묵향 8
외전-다크 레이디
제1차 제국 전쟁

묵향 8
외전-다크 레이디

초판 1쇄 발행일 · 2007년 06월 22일
초판 4쇄 발행일 · 2020년 09월 30일

지은이 · 전동조
펴낸이 · 유용열
기　획 · 김병준
편　집 · 김은희, 유지원
펴낸곳 · 도서출판 스카이미디어

주소 · 서울시 동대문구 용두동 234-35번지 대명빌딩 201호
전화 · (02)922-7466
팩스 · (02)924-4633
E-mail · skymedia62@hanmail.net
출판등록 · 제6-711호

Copyright ⓒ 전동조 2020

값 9,000원

ISBN · 978-89-92133-13-5 04810
ISBN · 978-89-92133-00-5 (세트)

※ 온라인상의 불법 복제물의 유포나 공유는 저작자의 재산권을 침해하는
　중대한 범죄 행위로 관련법에 의거해 처벌 대상이 됩니다.
※ 작가와의 협의에 의하여 인지는 생략합니다.
※ 잘못된 책은 본사나 구입하신 서점에서 교환해 드립니다.

DARK STORY SERIES Ⅱ

묵향

외전-다크 레이디

전동조 장편 판타지 소설

8
제 1 차 제국 전쟁

차례
제1차 제국 전쟁

알카사스 원로 회의 …………………………7
드래곤 하트의 위력 …………………………12
뚱뚱이와 뻔뻔이 ……………………………17
불쌍한 신의 실패작 …………………………35
전쟁의 시작 …………………………………43
미란 국가 연합 ………………………………51
사라진 그라세리안 드 코타스 공작 …………63
다크 폰 로니에르 파견군 사령관 ……………70
살라만더 기사단 ……………………………84
무서운 쥐새끼들의 침입 ……………………110
철없는 드래곤 아빠 …………………………124
수정궁 이동 마법의 비밀 ……………………130

차례
제1차 제국 전쟁

청기사 안드로메다의 첫 전투 …………140
금지된 최악의 마법 …………157
예측할 수 없는 전쟁 …………177
살인 기계 안드로메다 …………192
일방적인 전투 …………208
예상 밖의 승리 …………233
다크 폰 로니에르 공작의 추적 …………242
미네르바와 다크의 신경전 …………259
전설의 타이탄 헬 프로네 …………274
다가오는 최강의 대결 …………283

[부록] 제국의 기사단과 타이탄 …………297

알카사스 원로 회의

 마도 왕국 알카사스는 개국(開國) 이래 줄곧 중립 노선을 걸어온 거의 유일한 국가였다. 그 덕분에 전쟁이란 단어와는 거리가 먼 국가처럼 느껴지지만, 사실 알카사스가 지금까지 중립을 지켜 올 수 있었던 것이 막강한 군사력 덕분이라는 사실을 모르는 사람은 거의 없었다. 그만큼 알카사스의 군사력은 막강했고, 그 뒤를 받치는 마법사들의 힘 또한 세계 최강이었다. 타이탄까지 사용하지 않더라도 웬만한 국가쯤은 마법사들만으로 간단하게 멸망시킬 수 있는 저력이 이들에게는 있었기 때문이다.
 평화를 원하거든 전쟁을 준비하라는 옛말이 있다. 개국 이래 역대 왕들과 중신(重臣)들은 이 말을 착실히 실행해 왔고, 지금에 이르러서 알카사스는 4대 강국에 들어갈 정도의 군사력을 가지게 되었다. 하지만 과거나 지금이나 알카사스는 여전히 중립국이었다.

알카사스의 왕궁 지하 4층에 마련된 비밀회의실. 이곳은 튼튼한 강철과 벽돌로 이루어진 매우 튼튼한 건물임에도 불구하고 방의 외곽에는 다섯 겹의 마법 방어막까지 쳐져 있어서 사실상 이 안에 거주하는 한 타살당할 염려는 거의 없었다.

"크루마와 코린트의 움직임이 수상하오. 아무래도 대규모 전쟁이 벌어질 가능성이 크다고 생각하는데 그대들의 의견은 어떻소?"

원탁을 중심으로 놓여진 다섯 개의 의자에 앉아 있던 노인들 중 한 명이 의자에 깊숙이 몸을 파묻은 채 나지막한 어조로 말했다. 하지만 워낙 조용한 곳이라 그 노인의 말을 듣지 못한 사람은 한 명도 없었다.

"정보에 따르면 양국(兩國) 모두 마법사들을 비밀리에 소집하고 있다고 합니다. 은둔하여 마법 실험에 몰두하던 고위급 마법사들까지 움직이는 것으로 봤을 때 의장(議長)님의 생각이 거의 틀림없는 것 같습니다."

원탁 한쪽에 앉아 있던 노인이 재빨리 상대의 말을 받았다. 하지만 그 노인의 말이 끝났음에도 오랜 시간 그의 말을 받아 주는 사람은 없었다. 모두들 생각에 잠겨 왕국의 미래에 대해 고민하기 시작했기 때문이다. 이곳에 모인 다섯 명의 노인들, 이들이 바로 알카사스에서 최고의 권력을 가진 인물들이었다.

개국 초에 형성된 원로원(元老院)은 필요에 의해 왕권을 능가하는 최고의 권력 기관으로 성장해 왔다. 다섯 명으로 이루어진 원로원의 멤버는 최고의 마법사들만이 될 수 있었고, 또 종신직이었기 때문에 원로원의 멤버들 모두는 거의 1백 세에 이른 노인들이었다. 그 때문인지 이들은 아직까지 파격적인 일을 행한 적은 거의 없었다. 좋게 말하면 보수적이었고, 나쁘게 말하면 구태의연하다고 해야 할까? 어쨌든 이런 인물들이 최강의 권력을 가지고 있다 보니, 알카사스는 예로부터 큰 변화 없이 전해지는 대로 마법만을 추구하는 국가가 되어 가고 있었다. 하지만 그게 나쁜 방향으로 흐르지 않을 수 있었던 것은 마법사들이란 원래 지능이 우수해야만 될 수 있는 직업이었기 때문이다.

한 노인이 오랜 침묵을 깨며 찌푸린 얼굴로 나지막하게 말했다.

"국왕은?"

"국왕은 아직 모르고 있습니다. 국왕이 처리할 사안이 아니기 때문이죠."

"흐음…, 그거야 어떻게 되어도 상관없소. 일단 전쟁이 벌어진다면 최악의 경우 금지된 마법이 사용될 수도 있소. 이번에 전쟁을 벌이려는 국가들은 그 정도 능력을 지닌 마법사들을 보유하고 있기 때문이오. 그렇기에 우리들도 그에 대한 대비를 해야 할 것이고, 또 수출용 타이탄의 생산 대수도 좀 늘려 놓을 필요가 있소. 아무래도 전쟁이 벌어진다면 타이탄의 수요는 증가할 테니 말이오."

"타이탄의 생산량은 어느 정도나 늘리는 게 좋을까요?"

"그대의 생각은?"

"50퍼센트 정도 더 생산해 두면 될 듯합니다. 그 외에 마법 무기들도 좀 더 만들구요."

"잘만 하면 이번 기회에 왕국 내에서 수십 년 동안 처리하지 못했던 모든 재고품들을 처리할 수 있을 겁니다."

"그러려면 지금부터라도 코린트와 크루마에 사자를 보내 판매 교섭을 시작하는 것이 좋지 않을까요? 전쟁을 준비하고 있다면 그들도 교섭에 응해 올 것입니다."

"좋은 생각이오. 그리고 코린트와 크루마의 동향을 면밀히 감시하여 전쟁이 벌어지더라도 본국에 피해가 오지 않도록 해야 할 것이오."

여기까지 말한 후 그 노인은 한쪽에 앉아 있는 노인을 바라보며 말했다.

"라지에르 경."

"예."

"본국의 마법 방어막은?"

"예, 현재는 생산 에너지의 50퍼센트 정도를 실생활에 사용할 수 있도록 돌리고 있습니다만, 만일의 경우 전량을 방어벽으로 돌리도록 지시해 두었습니다."

"좋소. 하지만 그 두 국가들이 전쟁을 확대시켜 나간다면 본국도 위험할 가능성이 있소. 이번에 전쟁을 벌이는 국가들은 그만큼 강대한 제국들이기 때문이오. 그대들의 의견은 어떻소?"

"내 생각은 이렇소이다. 본국의 기사단은 모두 네 개. 상당한 전력이지요. 하지만 기사단은 이곳저곳에 조금씩 분산되어 있는 게 사실이오. 우선 기사단이 주둔하고 있던 요충 지대에는 중장기병사단(重裝騎兵師團)을 집어넣고, 몇몇 중요한 곳에 기사단 전력을 집중시켜 두는 것이 좋을 거라고 생각하오. 본국은 타국과 달리 공간 이동망이 매우 발달되어 있으니 필요할 때, 필요한 곳에 전력을 집중 투입할 수 있소. 그러니까…, 기사단이 주둔할 곳은 최강의 마법 방어막이 쳐져 있는 5대 도시가 좋겠지요."

"찬성이오."

"찬성입니다."

몇몇 노인들이 찬성의 뜻을 밝혔지만 의장(議長)이라 불린 노인은 약간 인상을 찌푸리며 말했다.

"하지만 그런 식으로 한다면 국왕 직속의 기사단들까지 우리들이 통제해야만 하지 않소? 근위 기사단이야 모두들 수도에 집중되어 있으니 상관없지만, 레드 이글(Red Eagle : 붉은 독수리) 기사단은 수도권을 중심으로 여덟 개 도시에 분산되어 있는데, 그들을 한 곳으로 끌어 모은다는 것은……."

"하지만 어쩔 수 없지 않습니까?"

"그게 그렇게 쉬운 일은 아니오. 국왕이 정면으로 거부 의사를 밝혀 온다면……."

"국법에도 정해져 있지만, 위급 시에는 왕권보다는 원로원이 우선합니다."

"내가 그걸 모르는 게 아니요. 그렇게 된다면 국왕파와 정면으로 부딪칠 수밖에 없다는 것이지. 특히 혈기 넘치는 젊은 기사들의 대부분이 국왕파를 지지한다는 사실을 간과해서는 안 되오. 여기서 문제를 일으킨다면 국론만 분열시키는 결과밖에 낳지 않는다 이 말이오. 물론 그들 대부분이 그래듀에이트가 아니기에 지금은 큰 문제가 되지 않겠지만, 나중에 그들이 그래듀에이트로 성장했을 때는 문제가 될 수 있소. 그러니 그것은 내가 국왕과 의논해서 조용히 처리하도록 할 테니까 그대들은 관여하지 마시오."

"알겠습니다."

"대신 원로원 직속의 2개 기사단은 회의가 끝난 후 곧장 이동 배치하는 것이 좋겠지요."

드래곤 하트의 위력

"흠, 그게 아니야. 자네는 인간들 일에 너무 간섭을 하고 있네."

"예?"

"내가 레어에만 처박혀 있는 것 같지만, 다른 드래곤들과도 간혹 연락을 하고 있지. 이번 일만 봐도 그래. 까딱 잘못했으면 자네는 큰일 날 뻔하지 않았나? 왜 인간들에게 그렇게 강력한 괴물을 만드는 방법을 가르쳐 주고 있나?"

그 말에 카드리안은 약간 난처한 듯 미소로 얼버무리며 대답했다.

"그게…, 재미있어서라고 할까요? 하지만 지금 현재의 타이탄 제조 기술로는 인간이 아무리 잘나 봐야 우리 드래곤들과 상대하기는 힘듭니다."

"지금은 물론 힘들겠지. 하지만 세월이 조금 더 지나면 더욱 강력한 것을 만들지 않겠나?"

아르티어스의 말에 카드리안은 피식 미소를 지으며 답했다.

"그렇지 않습니다. 엑스시온의 핵에 사용하는 것은 루비죠. 제가 연구해 본 결과 루비로 낼 수 있는 출력의 한계는 2.3이지요. 저는 이번에 그걸 완성해서 '적기사'라는 타이탄에 넣었습니다. 하지만 그 이상의 출력을 루비로 내려고 했다가는 곧장 출력이 폭주해서 폭발해 버리고 말 것입니다. 아마도 루비가 가지는 강도(强度)의 한계 때문이죠."

"하지만 루비보다도 더 강한 보석도 있지 않은가?"

"예, 물론 있죠. 핑크 다이아몬드. 제가 실험해 본 결과로는 그것으로도 2.5 정도밖에는 낼 수 없습니다. 또 붉은색 다이아몬드는 아주 희귀하기 때문에 제대로 된 타이탄이라면 한 대 만들기도 힘들 겁니다. 그렇기에 타이탄의 성능 향상은 아마도 더 이상은 불가능할 것입니다."

카드리안의 자신감 넘치는 대답에 잠시 말문을 닫았던 아르티어스는 뭔가를 곰곰이 생각해 보더니 조용히 말했다.

"자네…, 드래곤 하트로도 실험을 해 봤나?"

"드래곤… 하트…라고요?"

그 둘은 잠시 벙어리가 된 듯 입을 다물었다. 그런 그 둘의 모습을 붉은 머리털을 가진 아가씨가 유심히 바라보고 있었다. 하지만 아직 세상 물정을 모르는 젊은 드래곤은 둘의 대화가 가지는 의미를 확실하게 파악하지 못했다. 인간들이 최강의 드래곤으로 꼽는, 레드 드래곤의 일족인 바미레이드는 인간 따위가 아무리 강해져 봐야 그들 일족의 적이 될 수 없다고 확신하고 있었기 때문이다.

"왜 그러세요? 카드리안 아저씨. 겨우 인간 따위가 아무리 강해져 봐야 브레스 한 방이면 끝장이잖아요?"

하지만 바미레이드의 천진난만한 의견에 대해 카드리안은 답을 하지 않았다. 그 자신이 인간 세상에 있으면서 그들을 남몰래 비웃으며 언제나 품어 왔던 우월감. 그러니까 카드리안에게는 인간들 시계(視界)의 좁음과 편견, 고정 관념을 비웃으며 자신은 그렇지 않다는 우월감을 가지고 있었다. 그 우월감이 타이탄을 단 한 대도 만들어 보지 않은 한 늙은 드래곤에 의해 처참할 정도로 찢겨져 버린 것이다. 그 자신도 인간들과 함께 생활하는 동안 어느덧 그들이 가지고 있던 타성에 젖어서 엑스시온은 무조건 붉은색 '보석'으로만 만들어야 한다고 생각하고 있었던 것이다.

카드리안은 이 세상에서 가장 강한 금속, 마법의 불이 아니면 녹이지 못하고, 그 무엇보다도 단단하기에 최고로 귀한 물건, 즉 드래곤 본(Dragon Bone)을 잊고 있었던 것이다. 거기에다가 붉은색을 띠는 드래곤 하트는 엄청난 마나의 집약체이기에, 드래곤 하트를 사용하는 것 자체를 생각하지 못하고 있던 카드리안은 '그것을 사용하면 어떻게 될까?' 하는 생각만으로도 오랜 세월 타이탄을 연구해 왔던 그에게는 어렴풋이나마 그 위력을 짐작해 내는 것은 어려운 일이 아니었다.

"실험을 해 보지는 않았지만 어떤 괴물이 만들어질지…, 만들어 보지 않아도 대충 짐작이 가는군요. 그것을 사용한다면 아마도 최소한 2.5의 벽은 깰 수 있을 겁니다. 거기서 더욱 발전한다면 우리 드래곤은 더 이상 최강의 생명체가 될 수 없을지도……."

아르티어스는 상대가 의외로 순순히 수긍하고 들어오자 조금 의

외라는 생각을 했다. 만약 레드 드래곤이었다면 절대로 그럴 리 없다고 박박 우기려고 들었을 테니까.

"내가 우려하는 점이 바로 그거라네. 인간은 건드려서는 안 될 영역을 건드리고 있어. 원래가 인간이라는 이기적인 동물들이 마나의 강대한 힘을 깨닫게 해서는 안 되는 것이었네."

"아르티어스 님, 그렇게 너무 비약해서 생각하실 필요는 없습니다. 인간의 마법 능력이라는 것은 드래곤에 비해 형편없고, 또 드래곤 하트를 사용해서 엑스시온을 만든다는 것도 쉬운 일은 아닙니다. 설혹 인간들 중에 엄청나게 뛰어난 마법사가 태어나 드래곤 하트를 이용해서 엑스시온을 만들어냈다고 해도 대량 생산은 불가능하죠. 또 대량 생산을 했다고 하더라도 그걸 이용해서 드래곤을 죽일 수 있을 정도의 능력을 가진 기사는 몇 명 되지도 않습니다. 이게 얼마나 확률이 낮은 가정(假定)인지 아시겠죠?"

"아무리 확률이 낮다 하더라도 그만큼의 위험성은 존재하는 거야. 불가능해 보였던 많은 것들을 인간들은 해냈어. 설혹 인간들이 해내지 못한다고 하더라도 자네 같은 드래곤들이 인간들에게 자신이 연구한 성과를 알려 준다면 그것 또한 같은 결과가 아니겠나? 나는 자네가 인간들의 역사에 너무 깊숙이 관여하고 있다고 생각하네. 자네 생각은 어떤가?"

인간 세상에서 거의 80년 이상 생활하면서 그들의 변화와 탐욕을 지켜봤던 카드리안은 아르티어스의 말이 아니더라도 자신은 이미 떠날 때가 되었다는 것을 알고 있었다. 그렇기에 그는 더 이상 생각할 것도 없이 순순히 대답했다.

"물론 저도 그렇게 생각하고 있습니다. 원래가 인간 세상에서 마법사 노릇을 한 것, 그리고 코린트를 최강의 제국으로 만들기 위해 노력한 것, 그 모두가 몇몇 인간들을 제가 좋아했기 때문이었죠. 하지만 지금은 그것에 대해서도 회의적(懷疑的)이 되어 가는군요. 사실 아르티어스 님이 말씀하지 않았더라도 슬슬 정리하고 레어로 돌아올 생각이었습니다."

"잘 생각했네. 인간들의 일은 인간들의 손에 맡기는 것이 제일 좋은 거야."

"험험…, 그렇게 말씀하고 계신 아르티어스님도 저 아이를 위해 인간 세상의 일에 간섭하실 생각이 아니십니까?"

카드리안이 슬쩍 가리킨 것은 물론 절벽 아래를 따분한 듯 내려다보고 있는 다크였다.

"그렇지 않아. 저 녀석이 나한테 그런 걸 부탁할 리도 없고 말이지. 그리고 아버지한테 그런 걸 부탁할 정도로 저 아이가 힘이 없지는 않거든. 실은 너무 '부탁'을 안 해서 문제지. 참, 저 녀석을 너무 기다리게 했구먼. 이제 돌아가세나."

카드리안은 레어 입구까지 따라 나오며 말했다.

"어디로 가실 생각이십니까?"

"글쎄, 한동안은 저 아이를 따라 다녀볼까? 사실 레어 안은 너무 심심하거든."

그 말에 카드리안은 빙긋이 미소 지으며 말했다.

"아마도 그 고독이란 병 때문에 모두들 인간 세상에 나가고 싶어 하는 거겠죠. 아들과 함께 좋은 꿈꾸시길 바랍니다."

"고맙네."

뚱뚱이와 뻔뻔이

 넓은 호반이 펼쳐진 아름다운 대지. 그곳에 1백 년쯤 전에 대자연의 아름다움을 사랑하는 어떤 귀족이 그에 어울리는 아름다운 자그마한 성을 지어 놓았다. 그 귀족은 몰락해 버렸지만 그 아름다운 고성(古城)은 아직도 남아서 사람들의 방문을 기다리고 있었다. 그러나 그 성이 위치한 장소는 전략적인 요충지도 아니었고, 그렇다고 전술적으로 유리한 위치도 아니었다. 그야말로 대자연의 아름다움에 어울려 한 폭의 그림 같은 풍경만을 연출해 내기 위해 지어 놓은 사치품이었던 것이다.
 하지만 오늘의 그 고성은 오랜만에 손님들로 들끓고 있었다. 수십 명의 기사들, 그것도 그냥 기사들이 아닌 그래듀에이트들로서 자신의 타이탄을 하사받은, 선택받은 자들이었다. 그들 모두가 고성의 곳곳에 숨어서 외곽을 경비하고 있었고, 그들의 보호를 받고 있는 자들은 편안한 마음으로 고성의 한구석에서 회담을 나누고 있었다.

"허허허…, 그렇지만 그것은 너무 과한 조건이외다."

흔히 외교 사절들이 그렇듯 닳고 닳은 미소를 지어 보이며 뻔뻔한, 그러면서도 구렁이 담 넘어가듯 넘어가려고 하지만 그를 상대하는 사람도 그에 못지않은 인물이었다.

"그렇게 말씀하시면 안 되지요. 본국(本國)에서 총력을 다해 귀국(貴國)을 지원해 주는데, 겨우 지로테 강(江) 이남(以南)만을 약속한다는 것은 무리가 있습니다. 우리는 크로나사 평원 전체를 원합니다. 오랜 옛날부터 크로나사 평원은 우리 크라레스 제국의 영토였습니다. 그것을 코린트가 빼앗아 갔으니, 만약 코린트와의 전쟁에서 승리한다면 크로나사 평원에 대한 우선권을 본국에서 가지는 것은 당연한 것이지요. 그렇지 않습니까?"

"허허…, 하지만 크로나사 평원은 비옥하면서도 대단히 넓은 대지외다. 그 반 정도만 가져도 귀국은 엄청난 국력의 증가를 가져올 것인데, 귀국에서 본국에 대해 지원해 줄 수 있는 병력과 비교할 때 크로나사 전체를 원한다는 것은 너무나 큰 욕심이오. 귀국이 보유하고 있는 정규급 타이탄은 겨우 29대, 그걸 모두 본국에 지원해 줄 수는 없을 거고…, 최대한 많이 지원해 준다고 해도 20대의 타이탄이 고작일 거요. 그런데 겨우 20대를 지원해 주면서 크로나사 전체를 원한다는 것은……."

뻔뻔이의 말은 여기서 막혔다. 왜냐하면 크라레스에서 파견된 사절이 손을 들어 그의 말을 막았기 때문이다. 상대가 말을 중단하자 크라레스에서 파견되어 온 뚱뚱한 체구의 인물은 느긋한 어조로 말을 시작했다.

"귀하는 한 가지 생각하지 못한 게 있습니다. 본국은 치레아와 스바시에 왕국을 멸망시키면서 80대의 타이탄을 노획했습니다. 물론 대부분이 고철인 상태에서 노획된 것이지만 그것을 재료로 지금 현재 20대 정도의 타이탄을 생산해 냈습니다. 또 조만간에 그 수는 더욱 불어날 것입니다. 본국의 전력을 겨우 28대의 타이탄으로 과소평가하는 것은 문제가 있습니다."

정곡을 찔린 뻔뻔이는 약간 헛기침을 하면서 분위기를 살짝 돌리며 말했다.

"험험…, 미안하오. 그 점을 잠시 잊어 먹었군. 하지만 본국과 코린트와의 전쟁이 시작되면 뛰어난 타이탄이 아니면 별 도움이 되지 못하오. 귀국에서 노획했다는 타이탄들은 잘 되어 봐야 가까스로 정규급에 들어가는 타이탄들……. 그런 타이탄들은 흑기사를 가지고 있는 코린트와의 정규전에서 쓸 수는 없다는 말이외다. 물론 귀국에서 보유하고 있는 카프록시아는 대단히 뛰어난 타이탄이오. 그러나 카프록시아는 겨우 10대밖에 되지 않잖소? 그렇다고 근위 타이탄들을 몽땅 다 본국에 지원해 줄 리는 없을 테고……?"

뻔뻔이의 말에 뚱뚱이는 빙긋이 미소 지으며 답했다.

"물론 카프록시아는 본국의 얼굴이니 내줄 수는 없지요. 하지만 카프록시아와 같은 설계로 생산된 테세우스가 있습니다. 지금 테세우스는 28대가 생산되었고, 조만간에 12대가 추가 생산될 예정입니다. 폐하께서는 그 모든 테세우스들을 귀국에 파견할 계획이십니다."

뚱뚱이의 말에 뻔뻔이는 살짝 눈을 빛내며 말했다.

"응? 본국의 첩보부에서 들은 말과는 다르군요. 귀국에서는 그것들로 미가엘이나 루시퍼를 생산한다고……."

"그것은 차세대 타이탄 생산 계획을 숨기기 위해 본국에서 퍼뜨린 거짓 정보입니다. 카프록시아급 타이탄을 40대나 생산한다고 하면 누구라도 본국을 경계할 것이 분명하지요. 본국은 기사의 수가 적기에 그것들을 미가엘이나 루시퍼로 재생산한다면 그것을 탈 기사가 없습니다. 본국의 실정에 가장 적합한 방법은 소수의 고성능 타이탄을 생산해서 몇 명 되지 않는 뛰어난 기사들에게 배분하는 것뿐이지요."

뚱뚱이의 말에 뻔뻔이는 마치 큰 은혜나 받는다는 듯 과장되게 감사하다는 표정을 지으며 말했다. 하지만 그는 이런 엄청난 지원이라면 그 대가 또한 만만치 않을 것이라는 것을 알고, 상대에게 최소한의 양보만으로도 그것들을 얻어 낼 궁리를 시작하고 있었다.

"오오, 이번 전쟁에 그렇게 대폭적인 지원을 해 준다니, 폐하께서 그걸 아신다면 기뻐하실 거외다. 하지만… 파견군 사령관은 누구로 할 예정이오? 폐하께서는 귀국에서 뛰어난 기사들을 보내 주시기를 바라십니다."

상대의 능청스런 요구에도 뚱뚱이는 미소를 지으며 답했다.

"그것은 염려할 필요 없습니다. 근위 기사단이나 친위 기사단 소속을 제외한 본국의 모든 뛰어난 기사들을 투입할 것입니다. 사령관은 제2친위 기사단장, 다크 폰 로니에르 공작 전하가 되실 겁니다."

상대의 말에 뻔뻔이는 슬그머니 미소를 지었다. 로니에르 공작이라면 이름은 들어 본 적이 있었다. 치레아의 총독으로 임명되면서 혜성과 같이 권력의 전면에 등장한 신인이었다. 하지만 그가 크라레스의 황제에게는 꽤 신뢰를 얻고 있는 모양이지만, 대외에 아무런 실적도 드러난 게 없었다. 하지만 뻔뻔이는 그런 이름 없는 인물에게는 흥미가 없었다. 그리고 뻔뻔이를 이곳에 보낸 미네르바 공작도…….

"호, 얘기는 들었습니다. 상당한 수완을 지니신 분이라구요. 하지만 폐하께서는 귀국에서 파견군 사령관으로 스바시에 전투에서 뛰어난 무위를 보인 근위 기사단장인 프로이엔 폰 론가르트 경을 보내 주실 것을 원하고 계십니다. 그런 뛰어난 기사들이 모여야만 상대할 수 있을 정도로 상대의 코란 근위 기사단은 강하기 때문이지요. 안 그렇소?"

뻔뻔이의 말에 뚱뚱이는 웃음을 터뜨리며 말했다. 스바시에 전투에서 가장 큰 공훈을 세운 사람은 지금 스바시에 총독인 루빈스키 공작이다. 하지만 루빈스키 공작이 프로이엔의 타이탄을 타고 싸웠기 때문에 지금 외국에는 프로이엔의 검술 실력이 뛰어나다는 소문이 퍼지고 있었다. 그는 이미 터져 나온 웃음을 슬쩍 얼버무리며 상대에게 말했다.

"하하하…, 그것은 잘못 알고 계신 거지요. 그 타이탄에 타고 계셨던 분이 로니에르 공작 전하시니까요. 폐하의 만류로 아직 시험을 치르지는 않으셨지만 언제라도 마스터의 칭호를 획득하실 수 있는 분이십니다. 그분의 실력은 제가 보증할 수 있습니다."

뚱뚱이는 일부러 루빈스키 공작을 숨기고, 그 안에 타고 있던 인물이 로니에르 공작이라고 말했다. 상대는 그 타이탄에 탄 인물이

론가르트 백작으로 알고 있는 것을 보면, 어떻게 속여도 들통 날 가능성이 없다는 것을 간파했던 것이다.

"마스터…라고 했소? 하지만 귀국에 마스터는 한 명도 없는 것으로……."

"예, 폐하께서 본국의 전력 노출을 염려하셔서 취한 조치였죠. 로니에르 공작 전하께서는 본국 최고의 검객이십니다. 귀국과 마찬가지로 본국에서도 이번 전쟁에 사활을 걸고 있습니다. 그렇기에 폐하께서는 가장 아끼시던 그분을 전장에 보내실 결심을 하신 것이지요. 물론 본국에서 파견하는 모든 타이탄들은 귀국의 국가 문장을 달게 될 겁니다. 최대한 본국에서 귀국을 돕는다는 것을 숨겨야 하니까 말입니다. 만약 그렇지 못하면…, 본국은 코린트에게 간단하게 멸망당할 수 있으니까 말입니다."

"그 점은 충분히 이해하오."

"이해를 하셨다면 크로나사 평원 전체를?"

뚱뚱이의 말에 뻔뻔이는 슬쩍 능청을 떨었다. 전권 대사로 파견된 자신이 말하면 그것은 크루마의 황제가 말한 것과 같았기 때문에 최대한 말조심을 해야 했던 것이다.

"흐음…, 그건 폐하와 상의를 해 봐야……."

"귀국에서 크로나사를 줄 수 없다면 본국도 귀국을 지원해 줄 수 없습니다. 그리고 귀하를 믿고 드리는 말이지만…, 본국에는 과거 트루비아의 모든 타이탄들이 망명해 와 있습니다. 물론 파로인급 네 대야 쓸모가 없겠지만, 안토로스라면 얘기가 다르지 않겠습니까? 그리고 기사단장은 그라드 시드미안이라는 인물이죠. 대단히 뛰어난 기사가 아닙니까? 물론 전쟁이 끝난 후에 트루비아가 독립

할 수 있도록 귀국에서 도와주셔야 하겠지만 말입니다. 어떻습니까?"

그 말에 뻔뻔이는 맹렬하게 두뇌를 회전시키기 시작했다. 고성능 타이탄 44대. 웬만한 나라 열 개를 합한다고 해도 구할 수 있는 전력이 아니었다. 예로부터 외상이라면 황소도 잡아먹는다고 하지 않던가? 거기에다가 말로는 무슨 말을 못하겠는가? 상대가 원하는 크로나사 평원은 크루마의 땅도 아닌, 코린트의 땅인데 말이다.

"헛헛헛, 좋소이다. 귀국에서 그 정도로 성심껏 본국을 도와주신다고 하는데, 그 정도 대가는 있어야 하겠지요."

"하하하."

뚱뚱이는 너털웃음을 터뜨리며 자신의 뒤에 서 있는 기사에게 눈짓을 했다. 그것을 눈치 챈 기사는 재빨리 뚱뚱이에게 서류를 건네줬다. 뚱뚱이는 미리 작성된 2부의 서류 중에서 하나를 뻔뻔이에게 건네며 말했다.

"귀국의 언질을 못 믿는 것은 아니나, 일단 국가 간의 중대사이니만큼 기록으로 남겨야 하겠죠?"

자신의 앞에 놓여진 서류가 '전승했을 때 크로나사 평원을 양도한다'는 것임을 직감적으로 눈치 챈 뻔뻔이의 얼굴이 순식간에 확 구겨졌다. 잠시 망설였지만 뻔뻔이에게는 이 서류에 서명하지 않고 벗어날 명분이 없었다. 말이 끝나자마자 서류가 나오지 않았다면, 뻔뻔이는 이러쿵저러쿵 변명을 늘어놓으며 시간을 끌다가 헤어질 작정이었던 것이다. 뻔뻔이는 씁쓸한 표정으로 서류에 서명한 후 뚱뚱이에게 자신이 서명한 서류를 넘겨줬고, 곧이어 뚱뚱이가 서명한 서류를 받을 수 있었다. 뻔뻔이는 뚱뚱이가 건네준 서류에도 서명한 후 씁쓰름한 표정으로 자신의 뒤에 서 있는 기사에게 서류를 건네줬다.

기사가 서류를 조심스레 접어서 품속에 넣는 광경을 보지도 않고 뻔뻔이는 약간 일그러진 표정으로 뚱뚱이를 향해 슬쩍 비꼬았다.

"준비성이 좋으시군."

그 말에 뚱뚱이는 두터운 살집 위로 빙그레 미소 지으며 답했다.

"운이 좋았을 뿐입니다. 각하께서 제 의견에 찬성하지 않으셨다면 휴지 조각이 될 종이였을 뿐이죠."

"그렇다면 군대의 파견은 언제?"

"전쟁이 시작된 후 저희들은 기다리다가 코린트의 뒤통수를 치는 것이 좋을 겁니다. 그리고 혹시 필요하다면 본국이 들통 나지 않는 범위 내에서 기사단을 파견해 드릴 수도 있습니다. 만약 저희들이 기사단을 파견했다는 것이 밝혀진다면 우선 본국(本國)이 쑥대밭이 될 것이 뻔하니까요. 그 정도는 이해해 주시겠지요?"

뚱뚱이의 말은 당연한 것이었다. 하지만 그렇게 함으로써 전쟁이 시작된 후에도 세세히 이해득실을 따져 본 후 승산이 있다면 참전하겠다는 그 속셈을 눈치 채지 못할 정도로 뻔뻔이는 바보가 아니었다. 하지만 그걸 알면서도 뻔뻔이는 상대의 말을 인정해 줄 수밖에 없었다. 그만큼 코린트의 정보망은 대단히 치밀했고, 또 흑기사들의 위력은 감출래야 감출 수가 없기 때문이다.

"알겠소. 귀국의 전폭적인 지지를 폐하께 자세히 아뢰겠소. 앞으로도 많은 도움을 부탁드리겠소."

"물론이지요, 가레신 후작 각하."

능청스레 미소를 짓고 있는 뚱뚱이를 보며 가레신 후작은 속이 부글부글 끓었다. 하지만 자신이 당한 것은 어쩔 수 없었다. 대국(大國)의 체면상 말을 뒤집을 수는 없었기 때문이다. 이미 물 건너간 일을 가지고 왈가왈부하는 것은 멍청한 놈들이나 하는 짓. 가레신 후작은 맹렬히 두뇌를 회전시킨 후 느긋한 어조로 입을 열었다. 뭔가 돌파구가 될 만한 것을 생각해 냈기 때문이다.

"그렇게나 귀국이 본국에 성심성의껏 협조를 아끼지 않는 것은 매우 고마운 일이외다. 그런 고마움을 어떻게 보답해야 할까? 으음……."

가레신 후작은 짐짓 궁리하는 척하다가 이윽고 생각났다는 듯 과장된 표정을 지어 보이며 말했다.

"그렇지. 귀국의 기사단은 아무래도 본국의 기사단보다 약하지 않소?"

가레신 후작이 밑도 끝도 없이 말을 시작하자 뚱뚱이는 '저 노회한 너구리가 또 무슨 수작을?' 하는 생각을 하며 긴장했지만, 상대의 말을 반박할 수는 없었기에 일단 수긍을 할 수밖에 없었다.

"그렇지요."

상대가 자신이 놓은 덫에 걸려들자 가레신 후작은 회심의 미소를 지으며 말을 시작했다.

"본국의 기사단이 귀국보다 강한 것은 뛰어난 선생들을 많이 보유한 아카데미 덕분이죠. 본래 사람은 어머니 뱃속에서부터 검술을 익혀 가지고 태어나는 것이 아니니 당연한 것 아니겠소? 코린트의 그 강대한 기사단들도 따지고 보면 우수한 아카데미들이 코린트 내에 여럿 있기 때문이죠. 엘프리안에 있는 엘프리안 아카데미는 마법으로도 유명하지만 뛰어난 그래듀에이트들을 많이 양성한 기사학부를 가지고 있소이다. 어떻소? 귀국의 태자(太子)는 무술에 꽤 관심이 있는 것으로 알고 있는데, 본국에서 수련시킬 생각은 없소? 폐하께서는 귀국이 그토록 본국의 일에 도움을 주는 것을 아시고 본인이 떠날 때 태자를 엘프리안 아카데미 기사학부에서 뛰어난 기사로 키워 주는 것이 도리가 아닐까 하고 말씀하셨소이다."

물론 가레신 후작이 마지막에 한 말은 사실이 아니었다. 엘프리안 아카데미는 타국인을 받아들이지 않는 철저하게 폐쇄적인 학교로 유명했다. 그만큼 엘프리안 아카데미의 기사학부에는 뛰어난 기사인 스승들이 많았고, 그들의 가르침을 받은 학생들은 콩 심은 데 콩 난다는 말대로 크루마를 이끌어 가는 기둥으로 성장했다. 그런 전통과 실력이 있는 학교에 타국인을 받아들이는 이유는 뻔했다. 인질……. 하지만 뚱뚱이는 이미 그것을 거절할 찬스를 놓쳐 버린 상태였다. 상대가 '폐하'를 등에 업고서 말을 했을 때 뚱뚱이는 더 이상 할 말이 궁색해지고 말았다. 사실 대국(大國)의 황제가 무슨 할 짓이 없어서 이런 사소한 일까지 신경 쓴다는 말인가? 황제 폐하 운운하는 것이 새빨간 거짓말임이 확실했지만 그 말을 황제가 했다고 하는 데야 "그 말은 거짓말이야" 하고 반박할 수는 없었다.

뚱뚱이는 식은땀을 닦으며 마지못해 억지로 미소를 지으며 주절거렸다.

"너무나도 크신 은혜라 감히 그것을 따르기에는……."

가레신 후작은 그 일격에 상대가 쩔쩔매는 것을 보며 통쾌함을 느꼈지만 겉으로 드러낼 수는 없었다. 그는 가증스럽게도 근엄한 표정을 짓고는 상대방에게 마치 큰 은혜나 베푸는 듯한 어조로 말했다.
"아니오. 귀국에서 본국에 해 주는 것에 비하면 너무나도 작은 성의일 뿐이죠. 엘프리안 아카데미에서 신입생을 받는 것은 겨울이외다. 그때 3개월에 걸쳐 실력 테스트가 행해지고, 각자에 맞는 교육이 시작됩니다. 저희들로서도 든든한 우방이 생긴다는 것은 좋은 일이지요. 안 그렇소이까?"
"그, 그렇죠."
뚱뚱이와 뻔뻔이의 대결이 끝난 후, 뚱뚱이가 축 처진 몰골로 퇴장한 것을 보면 아마도 그가 마지막에 맞은 카운터펀치는 상당한 위력을 가지고 있었던 모양이다. 하지만 뚱뚱이는 황제 폐하의 진노 덕분에 목이 날아갈 가능성이 다분히 있음에도 서둘러 크라레스로 돌아갔다. 그런 후 황제 폐하께 자신의 실수를 아뢰었고, 곧이어 대책 회의가 열렸다.

"그건 절대로 불가능하옵니다, 폐하. 황태자 전하는 다음 세대의 크라레스를 이끌어 가실 분이옵니다. 어떤 일이 있더라도 전하를 파견하는 것은 아니 되옵니다. 그 때문에 코린트에도 가짜를 파견한 것이 아니옵니까?"
60세는 족히 되어 보이는 황실 시종장(侍從長)의 말이 끝나자, 토지에르 경도 고개를 주억거리며 말했다.
"시송장의 말이 맞사옵니다. 아무리 아카데미에서 무술을 배우게 된다고 하더라도 인질이 될 가능성이 다분한 이상 황태자 전하를 보낼 수는 없사옵니다."

이때 두툼한 뱃가죽을 자랑하는 안티노스가 천천히 입을 열었다.

"꼭 그렇게만 생각할 수는 없사옵니다, 전하. 코린트는 언젠가는 전쟁을 해야만 하는 상대지만, 크루마는 지금부터 착실하게 신뢰 관계를 쌓아 가야만 하옵니다. 코린트에는 무도회 정도만을 개최하는 공식적인 자리기에 가짜를 보내도 들킬 염려가 없사오나, 크루마는 아카데미 입학이기에 장시간 교육을 받고 또 그들과 함께 대화를 나누다 보면 우리 쪽에서 가짜를 파견했다는 것이 드러날 가능성도 있사옵니다."

안티노스의 지적에 모두 그가 지적하는 바를 생각해 보지 않을 수 없었다. 지그발트 폰 안티노스는 국내외의 모든 정보를 담당하는 정보국장이었기 때문이다. 휘하에 수많은 첩자들을 거느리고 있으며 조그마한 실마리라도 있다면 그것을 핵으로 이것저것 갖다 붙여 새로운 정보를 만들어 낼 수 있는 인물. 그렇기에 그가 가짜임이 드러날 수 있다고 한다면 그럴 가능성은 충분히 있는 것이었다.

"흠, 시종장."

"예, 폐하."

"만약 황태자를 파견한다면 최대한 붙일 수 있는 호위의 수는 얼마나 되는가?"

"예, 국제관례상 본국의 국력을 기준으로 했을 때, 전하께서 타국을 방문하실 경우 공식적으로 1명의 마법사와 5명의 기사, 20명의 호위병을 대동하실 수 있사옵니다. 그리고 4명의 시녀, 8명의 하인, 30명의 짐꾼을 거느리실 수 있습니다."

시종장은 법으로 명시되어 있지는 않지만 국제관례상 통용되고 있는 호위의 수를 상세히 설명했다. 강대국이 약소국을 방문하는 경우에는 이런 국제관례를 따질 필요가 없었지만, 황태자가 갈 곳은 크루마 제국이었고, 크루마는 4대 강국(四大强國)에 들어갈 정도로 강대국이었기에 국제관례를 철저히 따질 필요가 있었다.

"흠, 그 모두를 기사로 채운다고 해도 턱도 없는 전력이군."

약간은 허탈한 듯한 황제의 말에 시종장은 조심스럽게 말을 이었다.

"그렇사옵니다, 폐하. 거기다가 전하께옵서는 친선 사절로 방문하는 것이 아니라 아카데미에 입학하기 위해 가시는 것이라는 것을 생각하실 필요가 있사옵니다. 황태자 전하께서 크루마에 가고 오실 때에는 호위를 붙일 수 있지만, 아카데미에 계신 동안은 그 정도의 호위조차 상주시킬 수 없사옵니다. 아카데미에서 전하께 배정해 주는 방의 수와 규모에 따라 결정되겠지만, 아마도 호위 기사 2명 내외, 시녀 2명, 하인 4명 정도가 최대치일 것이옵니다."

"그대의 말이 옳겠지. 하지만 그 모두를 그래듀에이트로 채워 넣는다고 해도 크루마의 군사력을 생각해 볼 때 아무런 도움이 되지 못해. 그렇다면 경들은 어떻게 하는 것이 가장 좋겠다고 생각하는가?"

"폐하, 그러니까……"

젊은 황제의 질문에 입을 연 인물은 목소리는 들렸지만 그곳의 탁자에 앉아 있는 사람은 아니었다. 회의가 벌어지고 있는 밀실의 중앙에는 넓은 원형 탁자가 놓여 있었는데, 그 탁자에는 일곱 개의 의자가 놓여 있었다. 그리고 그 의자들에는 다섯 명만이 앉아 있었고 두 개는 공석이었다. 공석인 탁자 위에는 지름이 50센티미터 정도 되어 보이는 커다란 수정 구슬 하나가 놓여 있었는데, 그 수정 구슬 안에 비춰지고 있는 스바시에 총독인 루빈스키 공작이 입을 연 것이다.

"황태자 전하께 두 명의 시종만을 붙여 아카데미에 보내는 것이 좋을 듯하옵니다. 오히려 이쪽에서 호위를 붙이지 않는 편이 황태자 전하께 유리할 것이옵니다."

"경들도 그렇게 생각하는가?"

"예, 폐하. 호위가 유능할수록 감시는 오히려 더욱 강화될 것이 분명하옵니다. 그리고 만약 상대가 나쁜 마음을 품었다고 하더라도 즉시 손을 써 오지는 않을 것이옵니다. 호위 무사가 없으니 언제라도 잡을 수 있을 거라는 자만심이 앞서기 때문입니다. 만약의 사태가 벌어진다면 상대가 방심하고 있을 때 비밀리에 파견한 기사나 마법사를 통해 전하를 구출할 수 있겠지요. 아마도 그편이 성공할 확률이 훨씬 더 높을 것이옵니다."

"짐도 그렇게 생각하노라. 황태자는 길일(吉日)을 택하여 크루마에 보내도록. 하지만 크루마가 본국을 얕잡아보지 않도록 황태자의 일행을 호위하는 무사들은 최고의 정예들로 배치하라."

"예, 폐하."

"오래지 않아 전쟁이 벌어진다. 모두들 전쟁 준비에 만전을 기하라. 국외로 수련 여행을 떠난 기사들을 하루빨리 소환하도록!"

코린트의 황궁 '피의 궁전(Blood Palace)'의 중심에 위치한 중앙 홀에는 대규모 연회가 벌어지고 있었다. 가지각색의 우아한 옷들을 입은 처녀들과 최대한 늠름하게 보이려고 애쓰는 청년들. 수백 명에 이르는 남녀들로 연회장은 붐비고 있었지만, 황궁의 중앙 홀이 원체 넓다 보니 거의 반도 채우지 못하고 있었다. 중앙 홀의 한쪽에는 거의 1백여 명으로 이루어진 악단이 자리를 잡고 아름다운 음악을 연주하고 있었고, 금은과 각종 보석으로 아름답게 치장된 천장과 벽은 금은 세공에 뛰어난 실력을 가진 드워프들의 작품답게 호화찬란했다. 바닥은 아름다운 문양을 가진 대리석으로 만들어져 있었는데, 어찌나 잘 다듬었는지 거의 거울 같아서 얼굴이 비칠 지경이었다. 거기에다가 대리석의 곳곳에 각종 보석으로 모자이크를 만들어 놓았다. 수백, 수천의 보석 알갱이들을 마법사들을 동원하여 정확한 위치에 집어넣은 것은 결코 만만한 작업이 아니었을 것이다. 이 모든 것이 코린트가 가진 엄청난 부(富)를 과시하는 것이었다.

 물론 바닥 모자이크에 사용된 보석은 비싸지는 않지만 그래도 보석이라고 부를 수 있는 마노, 홍옥, 청옥, 갖가지 색의 수정 따위였고, 중앙 홀의 엄청난 넓이를 생각한다면 거기에 천문학적인 액수의 돈이 사용되었을 것이라는 것은 누구나 짐작할 수 있었다. 홀이 너무 넓은 데다가 모자이크의 규모가 매우 크기에 바닥 위에서 대충 봤을 때는 뭐가 그려져 있는지 알기 힘들었지만, 2층이나 3층 현관에서 내려다보면 전쟁의 신이자 코린트가 그들의 수호신(守護神)으로 받들고 있는 아레스(Ares)의 비호 아래 코린트의 군대가 전쟁을 벌이고 있는 모습이 매우 아름답게 묘사되어 있다는 것을 알 수 있었다. 물론 거기에 그려져 있는 전쟁의 주 무대는 그 땅을 획득함으로써 코린트가 비약적인 발전을 이룩할 수 있었던 크로나사 평원이었다.

참혹한 전쟁터가 그려져 있는 홀에서 무슨 파티냐고 생각할 수도 있지만, 모자이크의 규모가 워낙 크다 보니 바닥 바로 위에 서서는 무슨 그림이 그려져 있는지 알아보기조차 힘들었다. 하물며 수많은 사람들이 북적거리고 있으니, 그 위에 서서 파티를 즐기는 인물들에게 있어서 이 홀은 단순히 엄청나게 호화롭고 아름다운 장소로만 보였을 뿐이다. 홀에서 무도회를 즐기고 있는 남녀들의 거의 대부분은 코린트 시민이 아닌 타국에서 참석한 귀족, 혹은 왕족들이었기에 이곳에 그려진 그림이나 이 모자이크가 그려진 배경 따위를 알고 있어야 할 이유는 없었다.

이곳에 있는 청년들의 상당수는 상당한 미모를 지닌 것으로 알려져 있는 '로닌그레이' 황녀의 남편감 후보로서 초청된 인물들이었다. 세계 최강을 자랑하는 코린트 황실의 사위가 된다는 것은 대단한 영광이었기에 각국의 왕실에서는 황녀를 획득(?)하기 위해 앞다투어 그 초청에 응해 왕자들을 파견했다. 또 수많은 왕자들이 참석하는 연회인 만큼 그들을 사냥하기 위해 각국에서 온 공주들도 많이 있었다. 또 코린트의 귀족들도 타국의 왕자나 공주를 사귀기 위해 참석하기도 했다.

수많은 왕족과 귀족들이 득실거리고 있는 연회장이 한눈에 바라다 보이는 3층 현관에서 재미있다는 듯이 그들을 보고 있는 인물이 있었다. 짧은 콧수염을 가진 상당한 멋쟁이였는데 그는 보통의 귀족들이 그러하듯 탐스러운 금발을 상당히 길게 기르고 있었다.

"제법 무대가 갖춰져 가는 것 같군 그래. 초청에 불응한 국가는?"

그의 말에 뒤편에 서 있던 화려한 복장의 젊은이가 재빨리 대답했다.

"없사옵니다, 대공 전하. 오히려 로닌그레이 전하께 선택되지 않은 왕자나 귀족들을 사윗감으로 삼기 위해 각 국에서 공주들까지 파견하는 바람에 예상보다 많은 인원이 추가되었기에, 그 인원을 위한 준비가 힘이 들 지경이옵니다."

대공은 고개를 끄덕이면서 말했다.

"하긴 그래. 저 정도로 많은 사람이 참석할 거라고는 생각하지 않고 있었는데 말이야. 그런데 누가 크라레스의 왕자이지?"

청년은 한쪽을 가리키며 말했다.

"예, 바로 저쪽에서 춤을 추고 있는 건장한 젊은이이옵니다. 오른쪽에서 일곱 번째."

청년이 가리키는 곳에는 젊고 잘생긴 젊은이가 어떤 아름다운 여인과 춤을 추고 있었다. 키에리 드 발렌시아드는 그를 잠시 바라보다가 피식 미소 지으며 말했다.

"크라레스의 왕자가, 본국이 크라레스와의 전쟁 승리를 기념하기 위해 지은 '전쟁의 홀(Hall of War)'에서 계집들과 춤을 춘다. 크흐흐흐, 매우 재미있지 않나?"

"옛!"

발렌시아드 대공은 반쯤 농담 삼아 미소를 흘리며 말했지만 그 말을 듣고 있는 청년 무관은 얼굴에서 긴장을 지우지 않고 즉시 답했다. 그런 부하를 살짝 미소 띤 얼굴로 바라본 다음 발렌시아드는 또다시 시선을 크라레스의 왕자 쪽으로 돌리며 말했다.

"제법 잘생겼군. 하지만 아직 풋내기야. 그런데 그레지에트 왕과는 별로 닮지 않았는데?"

"예, 전하. 그 때문에 그의 신분에 대해 철저하게 조사를 했사옵니다만 아무런 이상도 발견하지 못했사옵니다. 부계보다는 모계 쪽에 가까운 얼굴을 지닌 것으로 조사되었사온데, 나이에 비해 상당한 실력을 갖춘 것으로 사료되옵니다. 아마도 크라레스 왕가 자체가 뛰어난 무사들의 혈통을 지닌 만큼, 나중에는 제법 괜찮은 기사가 될지도……."

그 말에 대공은 비웃듯 싱긋 미소 지으며 말했다.

"그럴지도 모르지. 저 녀석의 호위들은 어디에 있나?"

"예, 3-22호 숙소에 묵고 있습니다. 금십자 기사단 소속의 기사 몇 명이 감시 중인 것으로 알고 있사옵니다."

"크루마와 전쟁을 벌이려면 후방이 튼튼해야 한다. 크라레스에게 뒤통수를 맞지 않으려면 철저히 대비를 해야겠지. 알파레인 경에게 명하여 그래듀에이트를 몇 명 더 파견하여 동태를 감시하라 일러라."

"옛, 전하."

공작은 청년 무관에게 명령을 전달한 후 이제 더 이상의 볼일은 없다는 듯 천천히 걸어가기 시작했다. 그리고 화려한 복장의 청년은 자신의 뒤에서 대기하고 있던 무관 두 명 중의 한 명에게 무언가 지시를 내렸다. 청년의 지시를 받은 무관은 즉각 금십자 기사단장 프레드 드 알파레인 후작에게 대공의 지시를 전달하기 위해 달려갔다.

불쌍한 신의 실패작

"그런데 여기는 어떻게 오신 거예요?"

소녀의 말에 아르티어스는 빙긋이 미소 지으면서 말했다.

"네가 어떻게 지내는지 궁금해서 나와 봤지. 또 세상이 얼마나 바뀌었는지 구경해 보고 싶기도 했고……. 그런데 지금 어디로 가는 거냐?"

"일단은 부하 녀석들을 데려와야 하니까요."

"부하?"

"예. 견습 기사 두 명인데 코린티아에 있어요."

"견습 기사라고? 그런 녀석들 데리고 있어 봐야 아무런 도움도 안 되고 성가시기만 할 텐데? 좀 실력 있는 녀석들을 데리고 오지 않고 말이야. 크로돈에 가 보니 꽤 쓸 만한 녀석들이 많던데……."

"크로돈이라구요? 거기에는 왜 갔어요?"

"당연히 네 녀석이 거기 있는 줄 알고 갔지. 그다음은 치레아로 갔고 거기서……."

이때 다크는 아르티어스의 표정이 슬쩍 바뀌기 시작하는 것을 느꼈다. 엄청난 분노. 하지만 자신이 아르티어스에게 뭐 잘못한 것이 있었나? 하는 생각이 들었다가 곧이어 한 가지 생각이 떠올랐다. 자신이 장난쳐 놓은 것을 봤을지도 모른다는 것에 생각이 미쳤기 때문이다.

"헤헤, 치레아 총독부 건물이 꽤 근사하게 생겼죠? 물론 코린티아에 있는 피의 궁전보다 못하지만 말이에요. 저것 봐요. 얼마나 큰지 여기서도 보이네요."

"말 돌리지 마!"

아르티어스가 시큰둥하게 말하자 다크는 아르티어스가 아예 말을 꺼낼 시간을 주지 않고 선수를 쳐 버렸다.

"말 돌리는 게 아니라니까요? 붉은색의 장엄한 궁전이잖아요? 그럼 나중에 나는 금빛 나는 궁전을 하나 지을까요? 아름다운 호반 주변에 지은 다음 아르티어스궁이라고 이름 지으면 좋을 것 같죠?"

"글쎄…, 그렇겠지."

"그런 다음 궁전 기사단은 모두 다 금빛 나는 옷을 입혀 놓고 '골드 드래곤' 기사단이라고 이름 붙이는 거예요. 그렇다면 타이탄도 모두 금도금을 해야겠네요. 안 그래요?"

다크가 자신이 듣기에 좋은 말만 골라 하는 것을 아르티어스도 알고는 있었지만, 그래도 그게 싫지는 않았기에 은연중에 그도 그녀가 말하는 것에 따라 이것저것 상상을 하며 대답했다.

"음…, 글쎄다. 그러는 게 짝이 맞겠지."

"타이탄의 모양도 골드 드래곤처럼 멋지게 만드는 거예요. 하지만 거기에 금을 입히려면 돈이 많이 들 테니까, 한 10대만 만들면 되지 않을까요? 골드 드래곤이라는 게 원래 강한 데다가 지혜를 상징할 정도니까 문과 무를 함께 지닌 상징이잖아요?"

"그거야 두말하면 잔소리지."

"저는 나중에 궁전을 짓는다면 이왕이면 저따위 붉은색보다는 금색이 좋을 것 같아요. 저 녀석들이 붉은색을 칠해 놓은 것은 레드 드래곤이 최강이라고 생각하고 만든 모양이지만, 사실 레드 일족은 힘만 세고 머리는 텅 빈 녀석들이잖아요? 골드가 최고죠. 안 그래요?"

슬쩍 레드 드래곤 이야기를 끼워 넣자 평소에 '무식한' 그 녀석들하고 감정이 많던 아르티어스는 열을 올려가며 말했다.

"그거야 당연하지. 지혜하면 골드 드래곤 아니겠냐? 무식한 레드 일족 따위는 상대도 안 되지. 그런 무식한 놈들을 만든 것은 신께서 실수하신 거야. 멍청한 놈들! 또 원래가 금이란 것이 영원을 상징하는 신의 선물 아니겠냐? 영원한 제국을 뜻하는 말이 될 수도 있지. 왕궁을 짓는다면 금색을 입히는 게 최고야."

"그렇죠?"

빙그레 미소 지으며 다크는 지혜롭기는커녕 단순하기 그지없는 이 골드 드래곤을 어떻게 요리해 나가는 것이 좋을지 대충 감을 잡기 시작하고 있었다.

다크와 아르티어스는 수정궁이라는 여관이 어디에 있는지 물어

물어서 찾아갔다. 다크도 아르티어스도 이곳 코린티아에 온 것은 처음이었기에 둘 다 지리를 알지 못했기 때문이다.

"저기예요."

"호, 꽤 근사한 곳이군."

둘은 안으로 들어간 다음 일행들이 있는 방으로 갔다. 문 앞에 도착하자 문 앞을 지키고 있던 무사 두 명이 그들에게 조심스런 눈빛을 던지며 말했다.

"일행을 만나러 오셨습니까?"

"응."

"모두들 기다리고 있을 겁니다. 들어가십시오."

무사들 중의 한 명이 문까지 열어 주며 친절을 베풀어 왔다. 하지만 아르티어스와 다크가 안으로 들어가자마자 그는 동료에게 말했다.

"소녀와 함께 온 녀석은 또 누구지? 여기는 내가 지키고 있을 테니 자네는 빨리 죠드 경에게 연락해."

"알았어."

그의 지시를 받은 무사가 죠드라는 마법사를 찾기 위해 달려간 사이 남은 한 명은 문에 살짝 귀를 대면서 내부의 동정을 엿보기 시작했다.

다크와 아르티어스가 안으로 들어서자 지미와 라빈이 그들을 반겼다.

"어서 오십시오. 그런데 그분은?"

"응, 내 의부(義父)야. 그건 그렇고 인원이 좀 모자라는 것 같은데?"

"아, 예. 파시르하고 드워프는 잔뜩 먹고는 방에서 자고 있어요. 둘 다 신경의 굵기가 이루 말할 수 없더군요."

"그 녀석들 깨워서 데려와."

"예."

지미가 그들을 깨우러 들어간 후, 다크는 아르티어스를 향해 생긋 미소 지으며 말했다.

"아버지."

소녀가 아르티어스를 부드러운 목소리로 부르자 아르티어스는 그 속셈 뻔히 안다는 듯한 표정으로 심드렁하게 답했다.

"왜 그러냐? 너는 꼭 무슨 부탁할 게 있을 때만 그렇게 부르잖니?"

"꽤 성가신 놈이 있어서 그러는데 우리들을 이곳에서 멀찍감치 이동시켜 주실 수 있어요? 예? 부탁드려요."

"성가신 놈이라니?"

아르티어스는 수상쩍은 듯 의심이 가득한 눈동자를 소녀에게 던지면서 말했다.

"네 실력에 그런 녀석이 있다면 살려 뒀을 리가 만무하고, 또 상대가 그러고도 아직 살아 있는 걸 보면 뭔가 이유가 있을 것 아니냐?"

"글쎄요. 아마도 저를 좋아하는 모양인데…, 여기 온 것도 그녀석이 꼬셔서 온 것이거든요. 하지만 본격적으로 흑심을 드러낸 것도 아니고, 또 나를 좋아한다는데 없애 버릴 수가 없잖아요. 그러니까 부탁드려요."

"흐흐흐, 하기야 좋다고 따라다니는 놈을 어떻게 손봐 주기도 좀 그렇지? 그럼 어디로 가고 싶냐?"

"경치 좋고, 조금 색다른 곳이면 좋겠는데, 어디 아는 곳 없어요?"

"흠, 예전에 내가 여행했던 곳이 있는데 거기는 어떨까?"

"좋아요."

소녀는 아직 잠에서 덜 깬 얼굴로 방 안에서 걸어 나오는 두 명을 아르티어스에게 소개했다.

"이쪽은 파시르라는 용병이고, 저쪽은 뭐라더라? 어쨌든 드워프예요."

말도 안 되는 소개에 파이어해머는 발끈해서 외쳤다.

"뭐야? 나는 엄연히 지크레아 파이어해머라는 부모님으로부터 물려받은 근사한 이름을 가지고 있다고. '어쨌든 드워프'라는 요상한 이름이 아니란 말이야."

화내는 이유야 어찌되었든 드래곤의 입장에서 드워프란 존재는 심심할 때 '간식거리' 내지는 간혹 가다가 일이나 시키는 '노예' 정도에 지나지 않았다. 그런 존재가 감히 자신의 사랑하는 아들을 향해 짜증스런 어조를 내뱉자 아르티어스는 슬쩍 노기를 담은 눈을 드워프에게 돌리며 중얼거렸다.

"감히 신의 실패작인 드워프 주제에 내 아들한테 대들다니, 그렇게도 죽고 싶냐?"

딱 벌어진 어깨를 도전적으로 내밀고 수염을 푸들거리며 화를 내던 파이어해머는 '신의 실패작'이라는 어디서 많이 들어 봤던 표현을 사용하는 무례하기 짝이 없는 인간을 향해 분노에 찬 눈길을 던졌다. 서로의 눈과 눈이 마주치는 순간 파이어해머는 상대의 눈 깊숙한 곳에 감춰져 있는 순수한 난폭함, 광기, 분노 따위를 읽을 수 있었다. 만약 사람이 저런 눈을 가지고 있다면 그 사람은 정신이 바로 박힌 인물일 가능성은 아예 없었다. 저 정도 눈을 가지기도 전에 미쳐 버렸을 게 분명했기 때문이다. 하지만 불행인지 다행인지 파이어해머는 저런 눈을 가지고 있으면서도 미치지 않은 가증스런 존재를 이미 알고 있었다. 인간들조차도 자신들의 뛰어난 손재주를 인정하는데, 한 번씩 자신들을 노예처럼 부려먹으면서도 자신들의 능력을 결코 인정하려 들지 않는 자들. 거기에다가 신의 실패작이라고 모멸스런 표현으로 비웃는 놈들. 그 놈들은 바로······.

"당신은 드···, 드······."

처음의 호전적인 태도는 완전히 사라지고 완전히 고양이 앞의 쥐같이 무력해지며 파이어해머는 절망적인 표정을 지으며 중얼거렸다. 하지만 그런 중얼거림도 곧 끝났다. 머릿속을 울리며 어떤 목소리가 들려왔기 때문이다.

〈더 이상 말하면 죽여 버릴 테다. 내 정체에 대해서는 입 다물고 있어. 알았어?〉

사람들은 파이어해머가 "당신은 드, 드···"하고 말하다가 갑자기 고개를 맹렬히 위아래로 흔들어 대자 수상한 듯한 시선을 보냈다. 잠이 덜 깨서 헛것을 봤나? 하면서······.

다크는 방 안 공기가 약간 이상하게 돌아가기 시작하는 것을 느끼며 재빨리 입을 열었다.

"쓸데없는 말 하지 말고 빨리 가자구요."

"그러자구나."

아르티어스는 몇 마디 주문을 외우다가 말고 갑자기 생각난 듯 말했다.

"참, 잠시 잊고 있었는데 너를 만나겠다고 나를 따라온 녀석들이 있는데 만날 거냐?"

"따라오다니요?"

"왕이 보낸 녀석들이지. 아마도 눈치를 보아하니 그쪽에서도 너를 필요로 하는 것 같던데?"

"흠, 벌써 일을 벌이려고 그러나? 이상하네, 아직 때가 아닐 텐데……. 어쨌든 그리로 가죠. 어디로 갈 건지는 그 녀석들과 만나서 무슨 일인지 알아본 후에 결정하기로 해요."

"알겠다."

아르티어스는 재빨리 주문을 외우기 시작했고, 곧이어 방 안에 있던 모든 사람들의 모습은 순간적으로 사라져 버렸다. 역시나 아르티어스는 드래곤답게 이동용 마법진 따위는 사용하지도 않고 곧장 이동 마법을 시전했던 것이다.

전쟁의 시작

"모두들 기다리고 계십니다, 전하."

"좋아."

그녀가 방 안에 들어서자 넓은 탁자에 빙 둘러 앉아 있던 인물들이 재빨리 일어서며 인사했다. 그녀가 가볍게 답례를 한 후 자리에 앉자 그들도 앉으며 저마다 인사를 건네 왔다.

"작전 성공을 축하드리옵니다, 전하."

"고맙소."

그녀는 앉아 있는 스무 명 남짓한 인물들을 천천히 빙 둘러본 후 나직한 목소리로 말하기 시작했다.

"경들, 갑작스런 회의에 시간을 내줘서 고맙소. 내가 경들을 소집한 이유는 이거요. 카드렛 경!"

그러자 한쪽에 앉아 있던 30대 초반의 남자가 일어서서 그녀의 호명에 답한 후 입을 열기 시작했다.
"예, 전하. 모두들 알고 계시겠지만 어제 선전 포고를 하기 위한 사절이 코린트를 향해 출발했습니다. 선전 포고는 물론 15일 후 그들이 코린티아의 수도에 도착한 다음 코린티아 황궁에 전달될 것입니다. 그런 다음 전면전이 시작될 것입니다. 첩자들의 보고에 따르면 코린트의 기사단들이 속속 국경 주위에 배치되고 있는 형편이기에 폐하께서는 전쟁을 하루라도 뒤로 미루기 위해 선전 포고 사절단을 파견하기로 결정하신 겁니다. 상대도 이쪽에서 선전 포고를 위한 정식 사절단이 파견되었다는 것을 안다면 사절단이 도착할 때까지 기다리는 것이 대국(大國)으로서의 예의라는 것을 알고 있기 때문에 내려진 결정이었습니다. 이로써 본국은 15일의 시간을 벌었습니다. 그 15일을 어떻게 사용하느냐에 본국의 흥망이 걸려 있다고 하겠습니다."
"공작 전하께서는 어떻게 하실 의향이시옵니까?"
"일단은 황궁에서 내려지는 결정에 따라야 하겠지. 하지만 본국의 관례상 전시의 모든 작전권은 총사령관에게 있는 만큼 본인도 그에 대한 대비를 해야겠기에 경들을 소환한 것이야."
미네르바는 앉아 있는 인물들을 차근차근 훑어본 후 다시 입을 열었다.
"경들도 알고 있다시피 코린트가 본국을 침공해 들어오기 위해서는 미란 국가 연합을 통과해야 한다. 그 때문에 코린트도 섣불리 힘을 쓰지 못하고 있는 것이지. 이동 마법을 이용해 소수의 기사단만을 투입한다고 해서 전쟁을 끝낼 수는 없다. 정규군을 격멸하는 데는 기사단이 최고겠지만, 점령지를 확보, 관리하는 데는 군대 없이는 불가능하기 때문이야. 문제는 코린트가 투입할 연합군 병력의 규모와 그들이 어떤 경로를 통해서 본국과의 전쟁에 투입되느냐 하는 것이지."

그 말에 공작의 옆쪽에 앉아 있던 장년의 사내가 당당한 어조로 말했다.

"미란 국가 연합은 예로부터 본국과 코린트의 사이에서 힘의 균형을 잡아 가면서 번성해 온 국가이옵니다. 그들은 지금의 이 균형이 깨지기를 원하지 않을 것이오니 당연히 코린트는 미란을 짓밟지 않고서는 그들을 통과하기는 힘들 것이옵니다. 그 점도 생각해 두는 것이 어떠하올는지요?"

그 말이 떨어지기가 무섭게 한쪽에서 그에 대한 반론이 튀어 나왔다.

"하지만 미란 국가 연합은 도저히 코린트를 막을 수 없소. 만약 코린트를 막으려고 든다면 자국이 전쟁터가 되어야 할 텐데 그걸 감수하면서까지 코린트의 군대를 막을 필요가 그들에게 있겠소?"

"막을 힘이 있다면 가능하겠죠. 본국이 병력을 지원해 준다면……."

장년의 사내는 그의 말에 자신이 생각하는 바를 첨부해서 반박했다. 하지만 그는 뒷말을 흐릴 수밖에 없었다. 왜냐하면 크루마의 군사력을 지원해 준다고 해도 코린트를 막는 데는 역부족일 가능성이 컸기 때문이다.

"본국의 기사단은 본국을 지키기에도 벅찬 형국인데 타국을 지원해 준다는 것은 말도 안 되오. 아마도 코린트는 현재 군사력으로 봤을 때 최소한 20개 보병 사단, 5개 기병 사단, 2백여 대가 넘는

전쟁의 시작 45

타이탄을 투입해 올 거요. 물론 자국 방어 및 치안 안정을 위해 충분한 양의 기사단을 제외한다고 해도 말이오. 그 외에 코린트와 동맹을 맺은 국가에서 파견할 군대까지 감안한다면……"

"하지만 경의 생각은 좀 지나친 감도 있소. 왜 꼭 코린트가 전면전으로 나올 것이라고 생각하는 거요? 이쪽에서 군사력을 증가하지 못하도록 압력을 가하는 형식의 무력시위 정도로 끝날 수도 있소."

"무력시위? 하! 유감스럽게도 코린트는 본국에서 드래곤 한 마리에 해당하는 막대한 양의 드래곤 본을 삼킨 것을 알고 있소. 그들이 본국의 군사력이 엄청나게 확대되기를 참고 기다려 줄 것이라고 생각하는 거요? 나라도 그 정도 무력시위 좀 한다고, 아니 그 무력시위의 결과로 상대국에서 더 이상 무력 팽창은 하지 않겠다고 공개적으로 성명을 발표하고 각서를 쓴다고 해도 믿지 않을 거외다."

두 사람이 열을 올리기 시작하자 한쪽에서 그들을 향해 손을 내저어 보이며 열기를 가라앉히기 시작했다.

"자, 자, 너무 열을 올리지 마십시오. 현재 코린트의 군대가 이동하는 것을 파악해 본 결과에 따르면 결코 무력시위 정도로 끝나지는 않을 것 같습니다. 5개 사단 병력은 타렌 왕국과의 접경에 있는 쟈므시에 서서히 집결 중입니다. 그리고 군대가 이동할 수 있도록 미란 국가 연합과 물밑 접촉을 시도 중이죠. 그리고 본국을 둘러싸고 있는 세 개의 제국, 다섯 개의 왕국에 정치적 압력을 가하고 있는 실정입니다. 이 모든 것을 보면 코린트는 본국을 멸망시킬 의사가 충분히 있는 것으로 보입니다."

"옳은 말씀입니다. 하지만 그들이 언제 전력을 투입하느냐 하는 것이 문제겠지요. 지금까지의 정보로 봤을 때 코린트는 본국과의 전쟁에서 승리를 자신하고 있는 만큼, 한 번에 전 병력을 투입해서 끝장을 낼 생각은 없는 것 같습니다. 사실 그런 식으로 전쟁을 벌인다면 코린트로서도 막대한 피해를 감수해야 하는 것은 당연한 이치이기 때문입니다. 먼저 본국 주변의 국가들을 이리저리 쑤셔대고, 또 본국의 동맹국들을 괴롭혀 이탈하게 만들어서 본국을 고립시키는 작전을 선행하고 있습니다. 아마도 전쟁은 본국이 완전히 고립되고 난 후에 시작될 것으로 사료됩니다."

그들의 말에 미네르바의 옆에 앉아 있는 지크리트 루엔 공작이 천천히 고개를 끄덕이며 수긍했다.

"머리가 있는 놈들이라면 당연히 그 방법을 쓸 테지."

"하지만 꼭 그렇지 않을 수도 있지 않소? 현재로도 서로가 병력을 동원한다면 10대 6 정도로 본국이 밀리는데…, 거기다가 동맹군까지 가세한다면 10대 5도 되기 힘드오. 그런데도 코린트가 정석적으로 행동해 줄까?"

"좋은 지적이십니다. 현재까지 첩자들을 통해 들어오고 있는 정보로는 완전 고립 정책을 우선 시행하면서 천천히 전쟁 준비를 하고 있는 것으로 보입니다. 만약 기습전으로 나온다면 기사단을 후송해야 하는 군대가 어딘가에 대량으로 집결해야 함에도 그런 움직임은 보이지 않고 있습니다. 쟈므시에 집결 중인 5개 사단도 아직까지 국경을 통과하지 않고 있는 것을 보면 코린트의 동맹국인 타렌 왕국에서 아직 허가가 떨어지지 않은 모양입니다. 물론 타렌 왕국의 군함들이 렌트항에 속속 집결 중이라는 정보가 들어와 있는 것을 보면 곧이어 타렌의 국왕이 코린트의 5개 사단을 수송해 주겠다고 허가할 것 같지만 말입니다."

"흠, 코린트에 바다가 없다는 것이 이런 때는 매우 다행이군. 바다를 통한 이동을 하려면 일일이 타국의 도움을 받아야 하니 그 과정에서 정보가 누설된다 이 말씀이야. 안 그렇소?"

"그 덕분에 바다 쪽은 거의 걱정하지 않고 있는 것 아니겠소? 하지만 타렌 왕국이 병력을 수송해 주려고 든다면 그 대비는 충분한가요?"

"예, 마틸다 장군이 정예 해군을 배당받아 지키고 있습니다. 마법사들까지 지원받았으니 아마도 무난하게 저지할 수 있을 것이라고 사료됩니다."

"으음…, 이 상태로 코린트가 시간만 끌어 준다면 더 이상 좋을 것이 없을 텐데 말이오."

"하지만 두 달 이상은 힘들 것이오. 겨우 두 달 동안 신형 타이탄을 생산해 봐야 몇 대나 만들겠소?"

"잘하면 2차 증강분까지는 인도될지도 모르죠. 2차분의 타이탄은 자금 문제상 엑스시온만 아직 제작하지 못하고 있지 않소? **뼈대와 장갑판은 모두 제작된 상태니까 신께서 도우셔서 드래곤 본만 빨리 팔아치울 수 있다면 가능성은 있소.**"

"하지만 그 정도 황금을 가진 국가는 거의 없습니다. 또 드래곤 본은 엄청난 고가의 물건이지만, 그걸 가공하는 것도 매우 힘든 일이죠. 웬만한 국가들의 경우 드래곤 본 가공은 생각도 못 하지 않습니까?"

"그거야 생각해 보나 마나 알카사스에 판매하게 되겠지. 하지만 알카사스에 대량의 드래곤 본이 유입되고, 또 엑스시온을 제작하기 위한 재료들이 대량으로 이곳으로 운반된다면 그걸 눈치 채지 못할 바보는 하나도 없다는 것이야. 알카사스와 본국이 국경을 맞대고 있는 사이도 아니고 말이지."

이때 여태껏 아무 말 없이 앉아 있던 미네르바가 피식 미소를 지으며 입을 열었다.

"드래곤 본은 이동 마법진을 통해 알카사스로 운반될 것이니 경들은 걱정할 필요 없다. 문제는 엑스시온의 재료들을 어떤 경로로 가지고 오느냐 하는 것이겠지. 재료들 중에서 가벼운 것들이나 소량 사용되는 것들은 모두 다 이동 마법진을 통해 본국으로 전송될 것이야. 하지만 타이탄 생산에 대량으로 사용되는 미스릴이나 크로네, 황금, 은 따위의 금속성 물질들은 그 부피는 제쳐 두고 엄청난 무게를 가지고 있지. 하지만 그것들은 비밀리에 따로 운반될 테니 그대들은 걱정하지 말라."

"예, 전하. 하지만 그렇게 하면 시간이 많이 걸릴 텐데……."

그러자 미네르바의 옆쪽에 앉아 있던 지크리트 루엔 공작이 피식 미소를 지으며 말했다.

"우선 타이탄 몇 대 정도 제작할 수 있는 분량은 우선적으로 마법진을 통해 전송받았다. 나머지는 천천히 공급받게 될 거야. 그리고 금이나 은이라면 귀족이나 부자들을 통해서도 충분히 징발이 가능하니 수급에 약간의 차질이 생기더라도 문제는 없다고 생각하네."

"그 말씀을 들으니 안심이 되옵니다, 전하."

일단 어느 정도 토론이 오고간 후 미네르바는 좌중을 둘러보며 조용한 어조로, 하지만 힘주어 말했다.

"일단 본격적인 전쟁이 벌어지기 전까지 2차 증강 작업을 완료해야만 해. 이건 칙명(勅命 : 황제의 명령)으로 들어라. 이제부터는 시간과의 싸움이다. 경들은 각자의 군대를 확실히 장악하여 경거망동을 삼가도록 하라. 그리고 타이탄을 보유한 기사들은 이동 마법진이 갖춰져 있는 5대 도시에 모두 배치될 것이다. 그리고 마법사들을 철저히 보호하라."

"존명!"

미란 국가 연합

 미란 국가 연합은 다섯 개의 왕국들이 모여 이루어진 국가다. 서쪽으로는 강대국 코린트 제국, 동쪽으로는 강대국 크루마 제국의 사이에 끼여 있는 다섯 개의 왕국들. 이들이 어느 한쪽, 또는 몇 개씩 양쪽의 강대국들에 흡수, 통합되지 않고 살아남은 이유는 그 두 강대국 사이의 완충 지대 역할이 필요했기 때문이었다. 크루마와 코린트가 그 오랜 시간 국경을 사이에 두고 있으면서 단 한 번도 충돌하지 않은 이유가 이 완충 지대 덕분이었다. 완충 지대가 없었다면 아마도 오래전에 크라레스와 코린트처럼 대규모 전쟁이 터졌을 게 분명했다.
 이 작은 다섯 개의 왕국들은 일단 강대국의 사이에 끼인 채 살아남아야 했고, 그들이 살아남는 길은 중립을 지키는 것이었다. 그리고 서로가 뭉치는 방법뿐이었다. 그 때문에 등장한 것이 바로 이

'국가 연합'이다. 미란 국가 연합은 다섯 개의 국가를 다섯 명의 왕들이 통치한다. 그리고 5년 주기로 국가 연합의 의장(議長)을 선출하여 그가 국가 연합을 이끌어 가게 되는 것이다. 물론 의장은 연임이 가능하기에 통상의 경우 한 번 의장으로 추대된 후 큰 과실이 없다면 종신토록 의장직을 수행하게 되는 것이 관례였다.

다섯 명의 왕들 중 가장 능력이 뛰어난 왕이 의장이 되는 것이 아니라, 가장 나이가 많은 인물이 의장이 되는 이 독특한 체제를 유지하고 있는 미란 국가 연합의 의장이 가진 힘은 다른 왕들보다 조금 더 발언권이 강하다는 정도뿐이었다. 그렇기에 아직까지 별 말썽 없이 잘 유지되어 오고 있었다. 의장의 힘이 약하다는 것은 평상시에는 유리한 점이 많았지만 전시에는 그 반대의 결과를 가져올 수도 있었기에 크라레스가 멸망했을 때, 그러니까 지금부터 약 30여 년쯤 전에 전시에는 모든 권력을 의장에게 집중시킨다는 법안을 통과시킨 바 있었다.

미란 국가 연합은 두 강대국 사이에 끼여 있어서 불리한 점도 많았지만 유리한 점은 더욱 많았다. 양대 대국의 사이에서 중개 무역만 해도 엄청난 부를 축적할 수 있었다. 코린트의 경우 바다를 가지지 못한 내륙 국가였기에 모든 물자는 육로, 또는 운하를 통해 운송할 수밖에 없었기 때문이다.

미란 국가 연합의 5개국 토란, 가므, 쟈렌, 스므에, 알렌 왕국 중에서 현재 미란을 이끌어 가고 있는 것은 가므 왕국의 국왕 지크프리트 데 가므 3세였다. 가므 왕국의 수도는 마로니카라는 아름다운 호반 도시였다. 그곳에 단 한 번이라도 가 본 사람이라면 호수 옆에 세워져 있는 거대한 규모의 왕궁을 아마 죽을 때까지 기억하게 되리라. 미란 국가 연합 자체가 무역을 통해서 모두 막대한 부를 축적하고 있었기에 각각의 왕궁들의 규모는 상상을 불허할 정도로 장엄하고 호화찬란했기 때문이다.

성내의 수많은 문들에는 최소한 두 명 이상의 근위병들이 붉은색과 금은색의 수실을 사용한 호화로운 복장으로 창을 든 채 경비를 서고 있었고, 복도를 쭉 따라가면 좌우 양쪽에 아름다운 그림이나 조각물들이 빈틈없이 배치되어 자신들의 부를 자랑하는 듯했다. 수많은 방들과 복도가 얽히고설켜서 처음 와 보는 사람이라면 안내자 없이는 길 잃어버리기 십상인 곳이었다. 또한 5개국에서 엄선한 기사들로 이루어진 의장 직속의 라이오네 기사단이 똬리를 틀고 있는 곳이기도 했다.

각국에서 네 명씩, 제1기사를 제외한 랭킹 2위부터 5위까지의 기사들이 모인 집합체가 라이오네 기사단이었다. 겨우 20대만이 생산된 근위 타이탄 라이온을 지급받게 되는 이들 라이오네 기사단은 사실상 근위 기사단이나 마찬가지였고, 대우 또한 그러했다. 대개의 국가들의 경우 타이탄을 전쟁 도구 정도로밖에 생각하고 있지 않지만 이곳 미란 국가 연합은 조금 달랐다. 50년 전에 한참 이름을 떨치던 매우 고명한 조각가였던 리카르도 파바네가 외장 장갑을 설계했다고 전해지는 라이온은 전쟁에 사용하기에는 너무나도 아름다운 외형을 가지고 있었다. 외형을 치장하는 데 금과 은, 그리고 보석까지 사용된 라이온은 거의 예술품에 가까웠다.

미란 국가 연합의 의장을 만나러 가게 되면 거대한 접견실 좌우에 그날 비번인 여덟 명의 기사들이 놔두고 간 여덟 대의 라이온을 볼 수 있다. 이게 자신들이 돈이 많다는 것을 자랑하는 것이라고 욕하는 인물들도 있었고, 접견실 좌우에 그 거대한 쇳덩어리를 세워 둬서 상대를 심리적으로 압박하는 유치한 술수라고 욕하는 인물들도 있었지만, 대부분의 사람들은 그 아름다운 외형과 강력한 존재감에 자부심을 가지게 되는 것이다. 물론 그 대부분이 미란 국가 연합의 국민들이라는 것이 문제였지만.

지름 3미터 정도밖에 되지 않는 원형 탁자를 사이에 두고 다섯 명이 앉아 있었다. 그리고 원형 탁자 위에는 토란, 가므, 쟈렌, 스므에, 알렌 왕국을 합해 놓은 길쭉한 형태의 미란 국가 연합이 상세하게 새겨져 있었다. 하지만 종이 위에 그린 것이 아니라 탁자에 파놓은 형태였기에 그렇게 정밀하지는 못했다. 이 원탁을 사이에 두고 앉아 있는 다섯 명이 현재 미란 국가 연합을 이끌어 가는 왕들이었다. 그들은 뭔가 큰 일이 벌어졌을 때는 이렇듯 서로가 같은 위치임을 상징하는 원탁에 둘러앉아 회의를 벌이곤 했다.

"더 이상 지체할 수 없습니다, 의장. 이제 단안을 내려야 할 때입니다."

"그렇습니다."

그 말에 의장이라 불린 사내, 즉 가므 왕국의 국왕 지그프리트 데 가므 3세는 주위를 천천히 돌아본 후 힘주어 말했다.

"본 연합은 여태껏 모든 결정을 다수결로써 집행해 왔소. 그렇기에 지금 본 연합이 처한 상황을 정리하는 것이 우선이겠군요. 그렇지 않소?"

"그렇습니다."

"그럼, 자네가 정리를 좀 해 주겠나? 다수결을 하기 쉽도록."

"예. 첫째, 코린트와의 동맹입니다. 그리고 둘째 코린트를 막기 위해 크루마와 동맹을 맺는 것이죠. 셋째가 있다면 좋겠지만……"

어느 정도 간단명료하게 정리가 되자 가므 3세는 입을 열었다.

"좋아. 자네들도 알다시피 첫째 안건을 선택한다면 크루마는 멸망할 수밖에 없을 거야. 하지만 그렇게 되면 본 연합은 거대한 코린트 제국의 내부에 존재하게 된다는 것이지. 아마도 몇 년 지나지도 않아 본 연합은 코린트에 흡수될 것이네."

"코린트가 동맹국을 집어삼킬 수 있을까요? 그리고 동맹을 맺을 때 어떤 일이 있더라도 본 연합을 침략하지 않겠다는 약정서를 받아 낸다면 어떻겠습니까?"

"자네도 알다시피, 국가 간의 일에서 약정서 따위는 휴지 조각에 불과해. 약정서를 지키도록 위협할 만한 힘이 본 연합에 있다면 모르겠으나 그렇지 않다면 그건 무의미하지. 얼마 전에 코린트 연방에 소속된 작은 왕국, 트루비아가 멸망하는 것을 보고 자네들은 느낀 점이 없었나? 지금 현 시점에서 코린트가 하고자 하는 일을 막을 나라는 하나도 없어."

"그렇다고 크루마와 손을 잡을 수도 없지 않습니까? 그렇게 된다면 코린트는 곧장 본 연합에 대군을 투입해 올 것입니다."

"크루마의 황제에게 그것을 타진 중이야. 만약 서로 동맹을 맺게 된다면 어느 정도의 군사력을 지원해 줄 수 있는지 말일세. 본 연합의 군사력은 겨우 10개 보병 사단, 4개 기병 여단이다. 거기에 4개 용병 사단까지 합해 봐야 코린트와 상대한다는 것은 도저히 생각도 해 볼 수 없는 수준이지. 하지만 만약 크루마 쪽에서 그에 준하는 병력을 파견해 준다면 일단 전쟁 억지는 될 수 있을 듯도 해."

"만약 전쟁 억지에 실패한다면 어떻게 합니까? 그렇게 된다면 본 연합은 두 강대국의 전쟁터가 될 겁니다. 아무리 본 연합이 정격 출력 이상의 타이탄 123대를 가지고 있다고 하더라도 기사단의 질이나 수에서 도저히……."

"그렇다고 크루마가 멸망하도록 놔둘 수는 없지 않겠나? 코린트의 손을 들어 준다고 하더라도 코린트는 본 연합에 동맹군 파병을 요청해 올 테지. 그렇게 되면 우리는 그걸 거절할 입장은 못 돼. 크루마가 무너진 후에 그걸 빌미로 시비를 걸어 올 소지가 다분하기 때문이야. 그리고 동맹군 파병이 현실로 들어난다면 크루마가 선제공격을 가해 올 수도 있어. 이렇게 하나 저렇게 하나 어쨌든 이 전쟁의 소용돌이에서 비껴갈 수 있는 길은 없다네. 알겠나?"

쟈렌의 왕이 의장의 말에 한숨을 쉬며 푸념을 하기 시작했다.

"그야말로 고래 싸움에 새우등 터지는 격이군요. 어떻게 해서든지 두 국가의 전쟁을 막아야 합니다. 알카사스에 중재를 요청해 보시지 그러십니까?"

"그것도 해 봤다네. 하지만 알카사스는 이번 기회를 이용하여 대량의 군수 물자를 팔아먹을 궁리만 하고 있어. 30년 전의 크로나사 대전 이후 그렇게 대규모의 전쟁이 없었다는 게 그들로서도 문제겠지."

"하지만 본 연합의 경우 알카사스에서 타이탄을 전량 들여왔지 않습니까? 로메로, 노리에, 타이거, 라이온. 모두 다 알카사스에 의뢰해서 제작 또는 구입한 것들인데요. 그것들을 장만한다고 본 연합에서 알카사스에 준 금(Gold)은 막대한 양입니다."

"어쩔 수 없지. 모두들 자국의 이익만을 생각하고 있으니까 말일세. 오늘 저녁에 크루마에서 전권대사(全權大使)가 오기로 되어 있네. 자네들도 동석할 텐가?"

"일단 그러는 게 좋지 않겠습니까? 이제 서서히 둘 중 하나를 선택해야 할 때입니다."

밝은 적색이 주를 이루는 비단 제복에 금색 수실을 이용해 멋을 더한 화려한 복장. 거기에다가 금과 은, 보석이 수놓아져 있는 보검까지 허리에 찬 것이 라이오네 기사단의 정식 복장이었다. 만약 이런 복장을 하고 시내를 돌아다닌다면 모든 이들의 이목이 집중될 듯도 하겠지만, 왕궁에서는 그렇지 못했다. 왕궁의 문을 지키는 경비 무사들조차도 화려한 복장을 하고 있는 것이 바로 이 풍요로운 미란 국가 연합이었기 때문이다.

왕궁의 아침은 7시에 시작된다. 7시에 경비 무사들의 교대식이 벌어지고 있을 때 궁녀들은 식사 준비에 여념이 없고, 정확히 8시가 되면 각 식당에서 무사들이 모여 식사를 하게 된다. 물론 왕족들이나 지체가 높은 양반들은 침실에서 식사를 하게 되는 것이 관례였지만 그때 식사가 각 방에 배달된다는 사실에는 변함이 없다. 또 그날 대기했던 2개 조의 라이오네 기사단 기사들이 국왕의 접견실 좌우에 네 대씩의 타이탄들을 정렬시키는 것도 7시 정도다. 타이탄을 반납한 기사들은 이틀간 자유 시간을 얻게 되고 자유 시간을 즐긴 기사들은 앞으로 사흘간의 근무를 시작하는 때이기도 하다. 5일 중에 3일을 일하게 되는 이 순번이 언제 정해졌는지는 정확하지 않지만 모두들 예전부터 그래왔다는 말로 넘어가는 걸 보면 매우 오래된 것임에는 틀림없다.

지미 크로스비는 성의 한쪽 구석에 있는 자신의 방으로 돌아가 옷을 갈아입기 시작했다. 근무의 마지막 날은 야간 근무를 하는 것이 관례였기에 밤을 새웠다. 하지만 그는 오늘 아침 부족한 잠을 만회하고 있을 여유가 없었다. 그는 서둘러서 기사단 제복을 한곳에 벗어 놓은 후 옷장에서 새 옷을 꺼내 입기 시작했다. 이런 식으로 옷을 벗어서 정해진 곳에 놔두면 하녀가 와서 세탁을 한 후 다림질까지 깨끗하게 해서 옷장 안에 넣어 두게 된다.

그는 시민들이 보통 즐겨 입는 옷을 입은 후 짧은 단검을 옷 속에 감춘 후 서둘러서 밖으로 나갔다.

이곳 미란 국가 연합은 코린트와 크루마라는 양 대국의 사이에 위치한 만큼, 많은 양의 화물 외에도 수많은 여행자들이 거쳐 가는 교통의 요충지요, 관광지였다. 오래전부터 미란 국가 연합의 국왕들은 여행객들이 뿌리고 지나가는 돈의 액수가 상당하다는 것에 착안하여 일찍부터 수많은 관광 도시들을 개발해 왔고, 지금에 이르러서는 요양을 한다든지 관광을 위해 이곳을 들르는 인구가 증가 추세에 있었다.

미란 국가 연합에서는 관광지의 평화로움을 극대화시키기 위해 될 수 있다면 무장을 한 채 시내를 돌아다니는 것을 금지시키고 있었다. 또 엄청난 돈 덕분에 막대한 군사력까지 보유하고 있으므로 몬스터라든지 산도적 따위는 애당초 말살시켜 버려 매우 평화로웠다. 간혹 여행객들이 자신들의 무장 때문에 국경 경비대원들과 실랑이를 벌이기도 하지만 대부분의 여행자들은 우호적으로 나올 수밖에 없었다. 만약 자신의 검 따위를 모포 같은 것으로 돌돌 말아서 등에 지고 다니지 않는다면 아예 국경 통과가 되지 않는다는 데야 그들도 선택의 여지가 없었던 것이다.

지미 크로스비는 서둘러 말을 몰아 목적지로 달려갔다. 그가 달려가는 길은 대부분의 주요 도로가 그렇듯 시멘트와 돌을 이용해 잘 포장되어 있었다. 한 시간 반쯤 달려 목적지 부근에 도착했을 때 그는 일부러 말에서 내려 포장되지 않은 흙길로 말을 걷게 하면서 조용히 끌고 갔다.

"빠진 것은 없지?"
"예, 아씨. 그 질문 벌써 세 번째라구요. 가만히 좀 기다리십시오."

그늘진 곳에 세워져 있는 작지만 화려하게 치장된 마차에 앉아서 기다리기가 지루했던지 예쁘게 차려입은 소녀가 문을 열고 아래로 내려섰다. 그러자 재빨리 반대편 문이 열리며 늙은 하녀가 우산을 들고 달려 나왔다.

"모자를 쓰고 나가셔야죠. 이런 더위에 햇볕을 쪼이면 주근깨가 생긴다고 몇 번이나 말씀드렸습니까? 그리고 이 장갑도 끼세요."

늙은 하녀가 억지로 모자를 씌우고 장갑을 끼우자 그녀는 그걸 벗으려고 들며 말했다.

"안 그래도 더운데 답답해."

하녀는 그녀를 제지하면서 엄격하게 말했다.

"답답해도 숙녀가 되시려면 참으셔야죠. 마님도 제 속을 어지간히 썩이시더니만……. 일단 결혼하시고 나면 안 하셔도 되니까, 제발 결혼 전까지는 하시라니까요."

"하지만……."

그녀의 말은 무시무시한 하녀의 눈초리에 의해 쑥 들어가고 말았다.

"알았어, 알았어. 할게. 하면 될 거 아냐."

소녀가 투덜거리면서 모자와 장갑을 제대로 끼자 하녀는 소녀가 보지 못하도록 살며시 미소 지으면서 우산을 건넸다.

"우산도 쓰세요."

"알았어."

"미리 일러둘 말은 아무리 크로스비 도련님이 좋더라도 12시까지는 집으로 돌아가셔야 한다는 겁니다. 물론 도련님을 점심 식사에 초대하시든 그렇지 않든 그건 아씨 마음대로 하실 수 있지만 말입니다. 아시겠어요?"

"점심은 좀 늦게 먹어도 상관없잖아?"

"안 됩니다."

"응, 그런데 좀 늦는 것 같네?"

"말 돌리지 마세요. 분명히 아셨어요?"

"응, 알았다니까."

짜증스런, 그러면서도 초조한 목소리로 대답하면서도 소녀는 길 쪽을 하염없이 바라보고 있었다. 지금쯤 요란한 말발굽 소리가 들릴 때도 되었는데 하면서. 이때 그녀들의 등 뒤쪽에서 살며시 접근하는 인물이 있었다. 그는 우선 뒤쪽에 있는 하녀의 입을 막은 후 자신이 누구라는 것을 알렸다. 하녀는 엄청나게 놀라기는 했지만 접근 중인 이방인에 대해 소녀에게 알리지는 않았다. 그녀는 크로스비라는 악동이 기어 다닐 때부터 잘 알고 있었기에 그의 장난기를 익히 알고 있었고, 또 저 정도쯤은 젊은이들 간에 주고받을 수 있는 유희에 포함시켜 주는 아량 또한 있었기 때문이다.

"우왁!"

"끼아아악!"

엄청 놀랐던 소녀는 괴성을 질렀던 상대가 누구라는 것을 알자, 주먹으로 상대의 가슴을 가볍게 때리며 칭얼거렸다.

"아악! 미워 죽겠어. 왜 이제 오는 거예요?"

"교대식 끝나자마자 쉬지 않고 달려오는 길이야. 많이 기다렸어?"

"응."

"오랜만에 산책이나 하러 갈까? 요즘 꽃들이 많이 피어서 경치가 좋거든."

"예."

크로스비는 소녀의 보폭을 생각하면서 천천히 걸음을 옮기기 시작했고, 그녀 또한 그의 옆에서 사이좋게 걸어가며 정답게 대화를 나누기 시작했다. 아직 결혼을 하지 않은 숙녀와 함께 걸을 때는 상대와 팔짱을 낀다든지, 손을 잡는 것조차도 할 수 없었다.

지미 크로스비는 소녀와 즐거운 한때를 보낸 후 헤어질 때가 다 되어서야 마지못해 입을 열었다.

"저어…, 내일 약속은 지킬 수 없겠어. 내일부터 한동안 비상 대기에 들어가야 하기에……."

소녀는 지미와 함께 지는 해를 바라보고 있다가 이런 말을 듣고 언뜻 떠오르는 것이 있었다.

"오빠하고 오빠 친구들이 얘기하는 것을 언뜻 듣기는 했지만, 혹시 전쟁이 벌어지는 거예요?"

"아니! 아니, 저어 아직은 확실한 것을 알 수 없어. 일단 내가 알고 있는 것은 내일부터 비상 경계령이 내려진다는 사실뿐이야."

"그럼 한동안 만나지 못하겠네요."

"응."

"혹시 저하고 다음에 만나지 못하고 전쟁터에 가실 수도 있다는 건가요?"

소녀는 아직까지도 전쟁을 벌일 상대국이 어느 나라인지 알 수 없었다. 예전에도 몇 번인가 미란 국가 연합의 기사단이 전쟁 중인 동맹국을 돕기 위해 몇 명의 기사들을 파견한 적이 있었다. 소녀는 근래 1백 년이 넘도록 평화를 지켜 온 미란 국가 연합이 전쟁터가 될 수 있다는 것까지는 생각도 하지 못했다. 그만큼 미란 국가 연합은 평화롭고 풍요로운 국가였다. 그녀는 단지 지미가 어쩌면 동맹국에 파견되어 전쟁을 할지도 모른다고 생각했던 것이다.

"그렇게 될지도 몰라."

"그럼…, 그럼 이걸 저 대신이라고 생각하고 가져가세요. 몸조심 하셔야 돼요."

소녀는 자신의 목에 감겨 있던 스카프를 풀어 남자에게 건넸다. 지미는 소녀의 스카프를 소중하게 받아서 품속에 집어넣은 후 다정한 어조로 말했다.

"알았어. 그럼 이제 가 볼게. 잘 있어."

"예, 안녕히……."

지미 크로스비는 약혼녀의 집에서 관례상 한계점에 가까운 시간에 서둘러서 나왔다. 원래 숙녀의 집을 방문했을 때는 해가 지기 전에 나와야 했다. 하지만 소녀도, 지미도 이게 서로 간의 마지막 만남이 될 것이라고는 전혀 생각하지 못했다.

사라진 그라세리안 드 코타스 공작

　빛이 번쩍하면서 여섯 명이 나타나자 모두들 처음에는 기절할 듯이 놀랬다가 곧 그들 중에 낯익은 인물들을 발견하고는 서둘러 달려가 인사를 했다.
　"안녕하셨사옵니까? 전하."
　한눈에 봐도 엄청난 수련을 했다는 것이 뻔히 보이는 40대 중반쯤의 무사가 전하라고 부르자 파시르의 길게 나 있는 검상(劍傷)이 꿈틀했다. 아직까지도 자신에게 아무런 언질이 없었지만 전하라고 하는 것으로 보아 소녀가 왕족일 가능성이 높다고 느꼈기 때문이다.
　"호오, 자네들이 여기는 어쩐 일인가?"
　다크의 말에 그 기사는 황송하다는 듯 고개를 조아리며 답했다.
　"예, 폐하께서 찾으시는지라 이렇게 달려왔사옵니다."

"흠, 나는 벌써부터 일을 벌일 정도로 멍청한 녀석으로는 생각하지 않았는데……."

다크의 혼잣말에 그 무사는 약간 멍청해진 표정을 지으며 물었다.

"저, 누구를 말씀하시는 것인지?"

"몰라도 돼. 그냥 혼잣말일 뿐이다. 우선은 으음, 저기 식당에 가서 식사부터 하기로 하지."

"예? 전하, 한시가 급한 때이옵니다."

"닥치고 따라와."

소녀가 앞서가자 이럴 줄 알았다는 듯 팔시온을 선두로 일행들은 그녀를 따라 식당으로 걸어가기 시작했다. 물론 그녀와 꽤 오랜 시간 동행하며 그 습성을 잘 파악하고 있던 팔시온, 미카엘, 지미, 라딘이 앞장섰고 그 뒤를 남은 인물들이 마지못해 따라 들어갔다. 그리고 파이어해머는 어떻게 하면 자신에게 닥친 이 난관을 돌파할 수 있는지를 생각하며 슬금슬금 눈치를 보며 뒤로 쳐지고 있었다. 예로부터 드래곤과 드워프는 도저히 상종할 수 없는, 아니 드워프는 드래곤에게 악랄할 정도로 착취만 당하는 입장이었기 때문이다. 이때 그의 앞에서 걸어가던 아르티어스가 뒤도 돌아보지 않고 차가운 어조로 입을 열었다.

"도망칠 생각을 한다면 네 녀석 가죽을 통째로 벗겨 놓겠다."

어쨌든 다크와 아르티어스는 꽤나 죽이 잘 맞는 부자(父子)였다.

"끄응……."

일행들과 달리 식당 안으로 들어서는 파이어해머의 발걸음은 도살장에 끌려가는 소처럼 무거웠다.

이것저것 주문한 음식들이 나오자 다크는 꾸역꾸역 먹기 시작했다. 원래 그녀 정도의 고수는 음식물의 양을 따지지 않는 법. 많은 양의 음식물이 들어오면 기를 이용해 음식물의 일부를 위의 한쪽 구석에 뭉쳐 놨다가 천천히 시간 날 때마다 소화시킬 수 있는 재간이 있었기에 이론상 하루 한 끼만 먹어도 충분했다. 물론 최악의 경우 며칠 더 굶어도 상관은 없었지만…….

"그래서?"

"이유는 잘 모르겠…습니다. 오늘 저기 아르티어스 님이 떠나신 후에 본국과 통신 마법을 시도했었는데, 그때 로니에르… 님을 빠른 시간 내에 찾아서 귀환하라는 지시가 있었…습니다."

무사는 식당 안에 사람이 원체 많아서 그들의 대화를 엿들을 수도 있었기에 그녀에 대한 말투와 칭호를 변경했다. 하지만 상관을 그런 식으로 부르게 된 것이 원체 어색했는지 말투가 약간 이상하게 변했다.

"흠, 이유는 잘 모른다 이거지? 그런데 이런 중요한 때에 기사를 두 명이나 이곳에 보내다니, 자네는 누구의 지시를 받고 이리 온 거야?"

"옛, 저희들이 투입된 것은 로니에르 님께서 행방불명이 되신 것을 그분께서 아셨기 때문이죠. 저희들은 처음에는 순수한 호위의 입장에서 투입된 것입니다. 물론 나중에 아르티어스 님께서 합류하셨고, 또 오늘 아침에 새로운 지시가 내려졌지만 말입니다."

"알겠다. 일단 돌아가기로 하지. 하지만 별 볼일 없는 일일 때는 각오해 두라구."

둘 사이에 오고 가는 대화를 듣고 있던 아르티어스는 못마땅하다는 어조로 말했다.

"뭐야? 여행은 이제 끝이야?"

다크는 눈치 없는 드래곤을 향해 못마땅한 시선을 보내기는 했지만 그래도 격식을 차려 대답했다.

"예. 여행은 예전에 실컷 하셨다면서요? 그런데 왜 또 여행 타령이에요?"

"그래도 아들하고 오붓하게 둘이서 여행하고 싶었는데……."

"나중에 실컷 같이 여행해 드릴게요. 그러면 됐죠? 이만 가자."

일단 음식값을 지불한 후 그들은 한적한 도로로 나왔고, 마법사는 재빨리 마법진을 그리기 시작했다. 사람이 열한 명에 말이 여섯 마리나 끼어 있는 엄청난 인원을 장거리 이동시키는 마법진이었기에 그 규모가 엄청나게 컸고 또 정교하게 그려졌다. 낮은 클래스의 마법사가 이 정도 숫자의 인원을 공간 이동시키려면 자신의 부족한 능력을 충분히 보완할 수 있을 정도의 강력하면서도 정밀한 마법진이 필요했기 때문이다. 아르티어스는 마법사가 책을 힐끗힐끗 바라보면서 장시간에 걸쳐 공들여 낑낑거리며 마법진을 그리고 있는 것을 도와줄 생각도 하지 않고 다크와 정겹게 얘기를 나눴다. 남은 일행들은 기다리다가 지쳐서 하품을 하기 시작할 때쯤 그 거대한 마법진이 완성되었다.

마법사는 일단 마법진을 발동시킨 후 이마의 땀을 소매로 훔친 후 다크에게 조심스럽게 말했다.

"마법진이 완성되었사옵니다, 전하. 빨리 이쪽으로."

말과 사람들이 모두 마법진 위에 올라섰을 때 마법사는 시동어를 외쳤다.

"공간 이동!"

"이상한 일이군."

제임스 드 발렌시아드 후작은 보고를 올리고 있는 죠드의 목소리가 오늘따라 엄청나게 귀에 거슬린다고 생각하며 중얼거렸다.

"그렇습니다, 발렌시아드 후작 각하."

"코타스 전하께서는 그 소녀의 방에 들어간 후에 그녀와 함께 행방불명. 그리고 그 소녀는 갑자기 어떤 수상한 놈과 함께 돌아와서 일행들이 묵고 있는 방 안에 들어간 후 모두 행방불명. 이게 말이 되나?"

하지만 보고를 올리고 있는 무사는 식은땀만 흘릴 뿐 감히 대답을 할 수 없었다. 아는 것이 하나도 없는 상태니 추리조차도 불가능했기 때문이다.

"이상하군. 코타스 공작 전하라면 7사이클급의 대마도사이시다. 그런 분을 누가 감히 쓰러뜨릴 수 있다는 말이냐?"

그라세리안은 마법뿐 아니라 정령 마법까지 익힌 대마도사였다. 특히 그가 뇌전의 정령왕 카르스타까지 부릴 수 있다는 것은 제국의 최상층부만이 알고 있을 정도로 극비의 사항이었다. 정령 마법은 마법과 달리 주문을 필요로 하지 않는다. 시동어만 외치면 곧바로 최상급의 정령 마법이 튀어 나가는 것이다. 그렇기에 아무리 뛰어난 기사라고 해도 상대가 주문을 외워야만 능력을 발휘할 수 있는 마법사라고 생각하고 느긋하게 상대했다가는 결코 살아남을 수가 없었던 것이다.

그렇기에 죠드도 고개를 주억거리며 수긍했다.

사라진 그라세리안 드 코타스 공작 67

"그렇지요."

"마법의 탑에서 뭐라고 하더냐? 거기에도 당연히 물어봤겠지?"

"예. 하지만 개인적으로 이동 마법진을 사용해서 이동한 경우 그 통보를 각 마법사 길드에서 접수하기에, 수도 내에 있는 다섯 개의 마법사 길드 모두에서 정보가 취합되어 정리되려면 시간이 좀 필요하답니다. 영구 이동 마법진은 숫자도 적고, 모두 군사적 목적만으로 이용되는 실정이기에 수도 내의 모든 마법사들은 이동 마법진을 그리거나 단거리의 경우 이동 마법으로 이동하고 있습니다. 그게 하루에도 수십 건이기에 그중에서 찾아내기는······."

"정보가 모일 때까지 기다리지 말고 마법의 탑에 가서 오늘 통보되지 않은 공간 이동의 시간 기록과 그 추정 마력을 즉시 알아 와라. 그리고 다섯 개의 마법사 길드에 사람을 보내어 여태까지 보고된 모든 이동 마법 신고서를 복사해 와라. 서둘럿!"

"옛, 각하."

마법사 죠드가 지시를 받은 후 사라지자, 제임스는 자신의 오랜 친구 까미유 드 크로데인 백작 쪽으로 시선을 돌리며 말했다.

"자네는 기사들을 지휘해서 혹시 남아 있을지도 모를 흔적을 조사해 주게. 마법사도 몇 명 데려가고."

"그러지."

"켄벨!"

까미유까지 나간 후 이제 혼자 방 안에 남아서 지시를 기다리던 마법사 켄벨은 지체 없이 대답했다.

"예, 각하."

"너는 바로 마법의 탑에 가서 혹시 이동 마법 외의 강력한 마법사용이 포착된 것이 있는지 알아봐라. 그리고 있다면 그곳에 가서 철저히 조사해. 우선적으로 공격계 마법이다. 수도 내에서 그 정도 마법을 사용하는 놈이 있을 턱이 없을 테니 조사하기는 쉬울 거야. 그리고 혹시 다르게 포착된 마력이나, 마나의 움직임 따위가 있었는지 그것도 조사해서 보고하도록."

"예, 각하."

다크 폰 로니에르 파견군 사령관

　위대한 대마법사 그라세리안 드 코타스가 갑작스럽게 행방불명이 되자 제임스 드 발렌시아드 후작을 주축으로 그의 행방을 찾기 위한 움직임이 시작되고 있었다. 물론 아직 하루도 안 되는 시간이 지난 시점이었기에 그를 찾기 위해 움직이는 인원은 극소수에 불과했고, 위쪽의 높은 분들께는 아직 보고가 되지 않은 상태였다. 혹시나 그라세리안 드 코타스 공작이 머리를 식히기 위해 어딘가 조용한 장소에서 차라도 한잔하고 있을 가능성도 있었고, 만약 사실이 그러하다면 엄청난 망신이었기에 매우 조심스럽게 다루어질 수밖에 없는 문제였다. 하지만 그들이 찾고 있는 그라세리안 드 코타스, 아니 블루 드래곤 카드리안은 이미 싫증이 나 버린 인간 생활에서 탈피하여 오랜만에 본체로 돌아간 상태로 자신의 레어에 틀어박혀 낮잠을 즐기고 있었으니, 애당초 수색조들은 그를 찾을 수 없었다.

또 제임스가 쫓고 있는 두 번째의 인물, 즉 다크라고 이름을 밝혔던 소녀는 지금 코린티아시에서 멀찍이 떨어진 크라레스의 수도 크로돈에 와 있었다.

"로니에르 총독 전하께서 도착하셨습니다."

만약 이곳이 코린트나 크루마 같은 거대한 강대국이었다면 팡파레까지 울리며 입장을 하셨겠지만 로니에르 공작은 조용히 수행원만을 거느리고 입궁했다. 사실 입궁이라고 해 봐야 황실 한쪽 구석에 있는 마법진에서 순식간에 튀어나와 황궁 쪽으로 걸음을 옮긴 것이 다였고, 그녀와 그 일행이 튀어나오는 것을 본 인물들이 허겁지겁 황궁으로 달려간 것이 다였다.

"안녕하셨사옵니까? 전하."

로니에르 공작이 황실 내전으로 들어가려고 할 때, 안에서 나오던 인물이 하나 있었는데, 그는 로니에르 공작을 보자마자 미소를 지으며 재빨리 인사를 건네 왔다. 가장 큰 힘이 되어 줄 인물이 시기도 적절하게 나타났기 때문이다.

"호오, 이게 누구신가. 토지에르 경, 잘 있었나?"

"예, 덕분에."

소녀는 다짜고짜 토지에르의 멱살을 그러쥐고 자신의 얼굴 가까이로 끌어당긴 후에 조용히, 하지만 위압적인 목소리로 으르렁거렸다.

"오붓하게 여행을 즐기고 있던 나를 소환한 이유는? 내가 돌아가는 방법을 찾기라도 했다는 거냐?"

토지에르는 식은땀을 흘리며 말했다. 속으로는 '성격은 하나도 안 변했군' 이라고 생각하면서.

"저, 그런 것이 아니라, 사실은 전쟁이 임박한 관계로 그 때문에 찾은 것이옵니다."

"전쟁이라고? 내가 알기로는 지금 전쟁을 하기에는 너무 이른 것 같은데?"

"예. 그런데 지금 시기가 꽤 적절하기에……"

로니에르 공작은 미소를 지으며 상대의 멱살을 풀어 주고는 구겨진 상대의 옷을 슬쩍 펴 주면서 다정스럽게 말했다.

"호오, 상당히 재미난 일이 생길 모양이군. 좋아, 기·대·해·보·지."

다정스런 목소리였지만 제일 뒤에 내뱉은 말은 상당히 어감이 야릇했고, 만약 기대에 어긋난다면 반쯤 죽여 놓을 수도 있다는 경고로 들렸다. 하지만 토지에르는 그 정도에 다리를 후들거릴 정도로 배짱이 약한 인물은 아니었다. 죽을 때 죽더라도 지금 해야 할 일은 하는 사람이었으니까.

"기대하셔도 될 것이옵니다. 제가 판단하기로 전하께서 가시지 않는다면 패전할 것이 확실할 정도로 끝내 주는 전쟁터지요. 그건 그렇고, 폐하께서 기다리십니다. 저쪽으로."

내전 앞에 다다르자 소녀는 자신을 향해 끊임없이 의문의 시선을 보내고 있는 파시르와 파이어해머를 무시한 채 입을 열었다.

"너희들은 여기서 기다려라. 그리고 아버지도 여기서 기다리세요."

소녀는 그 말을 끝으로 경비병들이 좌우에 배치되어 있는 호화로운 문을 밀치고 들어가 버렸다. 그녀가 들어가는 것을 본 후 파시르는 지미와 라빈을 향해 입을 열었다. 여기 서 있는 인물들 중에서 가장 만만하게 보이는 인물이 이 둘이었고, 또 오랜 여행을 함께 했었기에 가장 친숙하기도 했기 때문이다.

"도대체 저 '전하'는 누구야? 황녀인가?"

지미는 피식 미소를 지으며 대꾸했다.

"아뇨, 아직까지 말씀드리지 못해 죄송해요. 다크 폰 로니에르 공작 전하시죠. 그리고 여기 계신 분들은 저기 아르티어스 님을 제외하고는 그분의 친위 기사단 소속입니다. 이제 아무래도 한식구가 될 것 같은데, 정식으로 소개를 드리죠. 저는 제2친위 기사단 소속 수련 기사 지미 도니에, 이 녀석은 라빈 엘느와. 그리고 저쪽 둘도 같은 수련 기사 미카엘 드 로체스터, 팔시온 엘마리노. 그리고……."

공작 전하라는 말에 파시르는 충격을 받지 않을 수 없었다. 전하라니……. 왕녀와 공작이 지닌 권력은 하늘과 땅 차이였기 때문이다.

지미는 서 있는 모든 사람들 한 명 한 명을 파시르에게 소개했다. 서로가 인사를 끝내자 지미는 대충 필요한 부분을 덧붙였다.

"제2친위 기사단은 공작 전하의 개인 기사단이에요. 공작 전하까지 포함한다면 기사 열세 명, 여덟 대의 타이탄, 그리고 다섯 명의 수련 기사, 세 명의 마법사로 구성되어 있죠. 모두들 좋으신 분들이에요. 저희 기사단에 입단하시게 된 걸 우선 축하드려요."

"으응…, 고맙구나."

파시르는 좀 떨떠름한 목소리로 대답했다. 왠지 속은 것 같다는 느낌이 없지 않았지만 정규 기사단이라는 단어가 아닌 '개인 기사단' 이라는 말에 약간은 구미가 당기는 부분이 있었다. 용병 생활을 오래 해 온 기사가 정규 기사단에 들어가 적응하기는 매우 힘들었다. 하지만 개인 기사단이라면 정규 기사단보다는 좀 더 많은 자유가 있었고, 또 기강도 좀 느슨한 편이었기 때문이다.

"경의 얼굴을 잊어 먹는 것은 아닌가 하고 생각했다네."
"별 말씀을…, 폐하."
"그리 좀 앉지."
"예, 폐하."
"지도를 가져와라."
"옛, 폐하."
곧이어 시종이 큼직한 두루마리를 가져오자 황제는 그것을 다크가 앉아 있는 테이블 위에다가 쫙 펼쳐 놓은 후 일일이 손으로 가리키며 말했다.
"자네는 별로 이곳 지리에 익숙하지 않으니까, 지도를 보면서 설명을 듣는 게 이해하기 편할 거야. 아마도 곧 코린트와 크루마 사이에 전쟁이 벌어질 것 같아. 두 나라 다 매우 강대한 제국들이야. 원로들과 토론해 본 결과 우리들이 힘을 키워 코린트와 대적한다는 것은 거의 불가능에 가깝지만 이들과의 전쟁에 편승한다면 코린트에 복수할 수 있을 거라는 결론이 나왔네."
"상당히 멀리 떨어진 국가들이군요."
"그렇지. 우리는 이번 전쟁에서 전폭적으로 크루마를 지원하기로 결정했어. 크루마는 전쟁이 끝난 후 그 대가로 크로나사 평원을 우리에게 돌려주기로 합의했지. 크로나사를 제외하고 과거 코린트의 땅만을 집어삼킨다 하더라도 크루마는 아마도 전쟁 후에는 최대의 대국으로 인정받을 수 있을 거야."

"병력은 어느 정도나 파견하실 생각이십니까?"

"응, 원래는 파병을 하지 않고 눈치를 좀 보다가 크루마에게 승리의 가능성이 조금이라도 보이면 참전할 생각이었지. 하지만 대신들과 의논해 본 결과 만약 이번에도 코린트가 승리한다면 크루마까지 삼켜 초거대 제국이 되어 버린 그들을 도저히 상대할 방법이 없다는 거야. 그래서 참전하려면 처음부터 적극적으로 참전하는 것이 좋겠다는 의견이 모아졌지. 저쪽에서도 우리들이 보병이나 기병 따위를 파견해 주는 것을 원하는 것은 아니야. 그런 것을 이동시켰다가는 당장에 코린트가 눈치 채게 될 테니까 말이야. 자네에게는 유령 기사단 중에서 테세우스와 로메로만을 주겠다. 나머지 타이탄들은 너무 밖에 알려져 있는 탓에 줄 수가 없어. 테세우스 40대, 로메로 23대. 그리고 경이 가지고 있는 또 하나의 타이탄 청기사를 사용해야 할 거야. 카프로니아는 이미 본국에서 총독 전용으로 제작한 것이라는 걸 타국도 알고 있다고 봐야 해. 자네가 그걸 가지고 치레아에서 연습하고 있는 것을 상대방 첩자들이 포착하지 못했을 것이라고는 도저히 생각할 수 없으니까 말일세."

"그렇다고 보는 게 좋겠죠."

"자네의 타이탄은 현재 총독 대행직을 수행하고 있는 카알 폰 카슬레이 백작에게 인계하도록 하게나. 타국에서 봤을 때 본국의 타이탄이 단 한 대라도 밖으로 돌아다니는 것이 발각된다면 본국은 파멸이야. 알겠나?"

"예."

"나중에 장군들의 브리핑을 받아 보면 알겠지만 상대국의 타이탄은 대단히 강력하다. 코린트가 자랑하는 근위 타이탄은 흑기사. 흑기사 자체의 성능도 대단하지만 가장 큰 위협은 그 수에 있지. 강력한 근위 타이탄을 30대나 제작해서 가지고 있는 나라는 코린트뿐이야. 그리고 기사들의 질적인 면에서도 대단히 우수하다. 그 점을 언제나 명심하게. 생각 같아서는 청기사를 몇 대 더 붙여 주고 싶지만 만약에 있을지도 모르는 코린트와의 충돌을 생각한다면 청기사를 뺄 수가 없어."

"뭐, 그렇게 안 하셔도 상관없습니다. 언제 크루마로 가면 됩니까?"

"일단 경도 처리할 일이 있을 테니 5일 후로 하세. 그때 경에게 유령 기사단을 주기로 하지."

"저…, 폐하. 혹시 로메로나 뭐 그 정도 등급의 타이탄을 한 대 얻을 수 없을까요?"

"왜 그러는가?"

"타이탄을 한 대 주기로 약속한 사람이 있는데, 그에게 줘야 하거든요. 원래는 제 카프로니아를 줄까 생각하고 있었는데, 그걸 카슬레이 백작에게 줘야 하니까 말입니다."

"그렇다면 이렇게 하면 되겠지. 자네 것은 카슬레이에게 주고 카슬레이가 가지고 있는 미가엘을 그 친구에게 주게. 그러면 되지 않겠나? 미가엘이 좀 무겁긴 해도 출력은 로메로와 같으니까 말일세."

"예, 폐하."

"참, 그리고 그쪽으로 출발하기 전에 토지에르 경을 만나고 가게. 파견대 사령관이 될 자네하고 몇 가지 의논해야 할 사항이 있을 거야."

"예, 폐하."

다크는 황제의 집무실에서 나온 후 그녀의 수하들이나 아르티어스에게 휴식을 취할 수 있도록 배려한 후 토지에르를 다시 찾았다.

"안녕하……."

그녀를 보고는 황급히 인사를 하는 토지에르의 말을 막으며 다크는 느긋하게 말했다.

"아까도 인사했으니 인사는 생략하고 넘어가기로 하지. 나를 부른 이유는?"

"예, 전하. 그러니까 이번에 크루마로 파견되는 병력의 규모는 이미 폐하께 전해 들으신 걸로 아옵니다. 청기사 1대, 카프록시아 Ⅱ 40대, 로메로 23대. 총 타이탄 64대지요. 그리고 전하를 포함하여 64명의 기사가 투입될 예정이옵니다. 문제는 이들이 본국의 기사라는 것이 절대로 밖에 알려져서는 안 된다는 것이옵니다. 그 때문에 모든 타이탄들의 외장 도색도 다시 해야 하고, 문장도 다시 그려 넣어야 하는 것이지요. 그러니 치레아로 가시기 전에 청기사를 반납해 주셔야 하옵니다."

테세우스는 모든 재원이 카프록시아와 거의 동일하다. 원래가 카프록시아를 생산하고 싶었지만 타국이 알아챌 우려가 있기에 카프록시아의 엑스시온을 그대로 쓰고, 그 겉장갑만 딴 사람이 알아볼 수 없도록 상당 부분 모양을 바꿔 놨을 뿐 실질적으로는 카프록시아와 똑같았다. 그렇기에 타이탄 생산공들은 테세우스를 '카프록시아 Ⅱ'라고도 불렀다. 그런 의미의 연장선상에서 총독 전용의 타이탄인 카프로니아는 '카프록시아 Ⅲ'라고 불린다.

"그건 어려운 일이 아니지. 치레아로 가기 전에 병기창에 가서 반납하겠다. 그다음은?"

"카프록시아Ⅱ의 남은 여덟 대는 나중에 보내 드리겠사옵니다. 아마도 20일쯤 걸릴 것이옵니다. 아직 생산 중이기 때문에 어쩔 수 없사옵니다."

"아직 생산되지 않았다는 데야 어쩔 수 없지. 그리고?"

"시드미안이라는 사람을 아실 것이옵니다. 그도 이 전쟁의 참전을 원하고 있사옵니다. 허락해 주실는지?"

"시드미안만 참전하겠다는 것인가?"

"아니옵니다. 외인 기사단 전체지요."

"흠, 외인 기사단이라면 들은 적이 있지. 트루비아에서 망명해 왔다는 왕자 일행들. 하지만 왕자까지 데리고 가면 시시콜콜 잔소리가 많아서 사양하겠어. 만약 그들이 싸우기를 원한다면 타이탄을 소유한 기사만 보내 달라고 해. 아, 참. 마법사도 여유가 있다면 보내 주든지……."

"예, 현명하신 판단이옵니다. 그리고 크루마에 파견되는 타이탄의 색상을 정해 주십시오. 시간이 얼마 없는 관계로 단일색이면 더욱 좋겠습니다. 청색, 흑색, 적색 등등 뭐든지 상관은 없사옵니다. 그리고……."

토지에르는 자신의 품속에서 몇 가지 문장이 그려진 종이를 꺼내든 후 말했다.

"타이탄에 문장이 없을 수는 없사옵니다. 여기 그려진 쌍두의 그린 드래곤은 크루마 제국의 국가 문장이고, 또 여기 그려진 백합은 크루마의 국화(國花), 그리고 이게 크루마로부터 할당받은 기사단 문장. 자세히 보실 것 없사옵니다. 살라만더니까요."

"살라만더? 살라만더가 뭐야?"

"살라만더는 불의 상급 정령이옵니다. 원래가 불이란 것은 파괴를 상징하는 것이니까 원래 기사단에서는 잘 쓰지 않는 문장인데, 아마 그런 이유 때문에 그쪽에서 지정해 준 문장이겠죠. 그리고 원래는 탑승하는 기사의 가문을 상징하는 문장. 그리고 에이…, 하여튼 원래는 정식적으로 타이탄에 수많은 문장들이 붙어 있어야 하옵니다."

"그만! 자네가 알아서 대충 그려 넣도록! 타이탄 껍데기에 그림 잘 그려 놨다고 잘 싸우는 것은 절대 아니니까 그런 자질구레한 것은 자네가 알아서 해. 그리고 될 수 있으면 자네 얼굴 보기 싫으니까, 그런 간단한 일은 누구를 시켜서 전하면 될 거 아냐?"

"상관에게 그렇게 하는 것은 예법에 어긋나는 일이옵니다, 전하."

"그럼, 더 이상 볼일이 없다면 나는 가 보겠어."

"참, 전하."

"왜?"

"그 아르티어스라는 분도 전쟁터에 함께 가실 겁니까? 그곳은 경치가 좋은 곳이 많으니 함께 시간을 내서 관광을 하시는 것도 좋은 추억이 될 것이옵니다."

"아마도……. 그건 자네가 신경 쓸 일이 못 되니까 신경 쓰지 말게나."

쿵하고 문을 닫고 나가는 것을 보며 토지에르는 자신감 넘치는 미소를 지었다. 물론 다른 사람을 보내어 통보할 수도 있는 일이었지만 제일 마지막에 한 말 때문에 다른 사람을 시키지 못한 것이다. 드래곤이 자신들의 편에 서 주기만 한다면…, 결코 코린트 따위는 무서운 적이 될 수 없었다.

다크는 우선 자신에게로 할당된 방으로 간 후 뜨끈한 물에서 목욕을 하면서 여행의 피로를 풀었다. 그런 후 그녀가 목욕을 하는 동안 치레아에서 긴급 수송되어 도착해 있는 자신의 옷을, 옷과 함께 도착한 세린의 시중을 받으며 입었다.
"그동안 잘 지냈냐? 괴롭히는 녀석은 없었어?"
"아뇨, 주인님. 이곳에 비해 치레아는 아주 살기 좋은 곳이에요. 훨씬 따뜻하고……."
"그럴지도 모르지. 그런데 왜 황제는 여기서 계속 살고 있는지 모르겠어. 치레아나 스바시에의 왕궁이 여기보다는 훨씬 더 호화로운데 말이야. 검을 다오."
"예, 주인님."
그녀는 세린이 건네는 검을 허리에 찬 후 밖으로 나왔다. 더 이상 일행들을 기다리게 하는 것은 예의가 아니었기 때문이다. 그녀가 도착했을 때 널찍한 방에서 모두들 목욕을 했는지 뽀송한 얼굴로 새 옷을 입고 있었다. 파이어해머는 맞는 옷이 없자 대충 자신에게 맞는 어린아이 옷을 입고 있었는데, 그게 체형에 잘 맞지 않았기에 거북한 부분을 잡아당기고 있었다.
"모두들 말쑥하군. 이제부터 치레아로 가기로 하지. 아버지도 함께 가세요. 거기서 한 이틀 머물고 다시 돌아올 거예요."

"뭐? 갔다가 올 거라면 뭐 하려고 그 먼 곳에 가겠다는 거야?"
"예, 좀 할 일이 있어서요. 파시르 자네도 함께 갈 거지?"
"그러죠."
"말 타고 갈 거냐?"
"아뇨, 마법진으로 곧장 그리로 갈 거예요."
 아들의 말을 들은 아르티어스는 히죽 미소 지으며 파이어해머에게 말했다.
"자네도 갈 거지?"
 그 말에 파이어해머는 자신도 모르게 고개를 아래위로 휙휙 소리가 나게 흔들며 답했다.
"물론이죠, 헤헤."
 치레아로 돌아간 다크는 일단 자신의 타이탄 도로니아와의 계약을 종료시켰다. 도로니아는 처음부터 자신에게 어울리지 않을 정도로 대단한 인물이 주인이었기 때문인지, 아니면 다음 순번을 조용히 기다리고 있을 안드로메다 때문인지 모르지만 순순히 계약 종료에 찬성했다. 그리고 다크는 자신을 대신해서 총독 노릇을 하고 있던 카알 폰 카슬레이 백작에게 도로니아를 인계했다. 카슬레이 백작은 자신의 타이탄 밀레토레와 계약을 종료한 후 월등히 뛰어난 타이탄인 도로니아와 계약을 맺고는 엄청나게 기뻐했다. 뛰어난 연주자들이 보다 더 좋은 악기를 원하듯 기사들도 더욱 뛰어난 타이탄을 원하기 때문이다.
"자네는 저 타이탄을 가지게. 내가 약속했던 녀석이야."
"하, 하지만 저런 걸 받아도 될지……."
"아니야. 내가 그냥 주겠다는 것이 아니고 자네를 제2친위 기사단의 일원으로 받아들이겠다는 거야. 이곳에 있으면서 검술도 수련하면 좋지 않나? 떠돌이 용병 기사가 되는 것보다는 이편이 훨씬 좋을 거야."

"감사합니다, 공작 전하. 이 은혜 잊지 않고 충성을……."

"이봐, 그 말이 좀 틀렸어. 자네가 한동안 충성을 바칠 상대는 내가 아니라 저쪽에서 헤벌쭉거리고 있는 카슬레이 백작이야. 저 녀석이 한동안 여기 총독이 될 거거든."

"예?"

"나는 내일 이곳을 떠날 거야. 몇 가지 일이 있어서 말이지. 자네는 빨리 저 녀석과 계약을 맺은 후 우정을 쌓아 나가는 것이 좋겠지. 한 두어 달 후에 만났을 때는 저 녀석과 좀 더 친숙해져 있기를 바라네."

"예, 아, 알겠습니다. 그럼."

파시르는 대충 인사를 한 후 갑자기 자신에게 주어진 타이탄을 향해 달려갔다. 파시르도 이런 식으로 타이탄을 주는 것이 어느 정도로 파격적인 대우인지 잘 알고 있었다. 용병 기사로 떠돌이 생활을 하기 전에 그 또한 부푼 꿈과 높은 이상을 가지고 정규 기사단에 소속되어 수련을 쌓았던 무인이었기 때문이다. 크라레스가 아무리 요 근래에 괄목할 만한 성장을 했다고 하더라도 대외적으로 알려져 있기로는 총 106명의 그레듀에이트에 타이탄 97대, 그것도 정규급 이상의 출력을 가진 타이탄은 29대뿐인 약소국이었다. 물론 나중에 국력을 더 키워 나간다면 얘기가 달라질 수도 있겠지만 현재로 봤을 때는 형편없는 전력을 소유한 국가였던 것이다. 그런 상황에서 정규급 출력을 가진 타이탄을 자신에게 줬으니 엄청나게 감동했을 것은 분명한 사실이었다.

 하지만 파시르가 모르고 있는 것이 있었다. 사실상 크라레스의 전력은 치레아와 스바시에를 병합한 후 최고조를 달리고 있었다. 그 두 곳에서 포로로 잡은 거의 180여 명이나 되는 그래듀에이트들의 세뇌 작업이 끝나가고 있었고, 노획한 타이탄들을 이용해서 50여 대의 신형 타이탄이 대량 생산되었다. 그것도 출력 1.3인 녀석들만. 현재 크라레스의 전력은 새로 포섭된 기사를 포함한다면 기사 총원 450여 명, 그리고 타이탄 178대였다. 숨겨진 전력인 유령 기사단이 차지한 정규급 타이탄이 80대인 것을 안다면 그 누구도 크라레스가 약소국이라고 생각하지 않았을 것이다.

살라만더 기사단

　희뿌연 빛이 사라지는 순간, 거대한 영구 마법진 앞에 나열해서 기다리는 사람들의 모습이 눈에 들어왔다. 거대한 마법진 위에 크라레스에서 오기로 되어 있는 동맹군 선발대 30여 명에 달하는 사람들의 모습이 나타났다. 하지만 그들은 모두 마법사나 되는 듯 두터운 로브(Robe)를 걸치고 있었는데, 워낙 깊게 눌러쓰고 있어 얼굴은 거의 보이지도 않았다. 그들이 나타나자 기다리던 사람들은 일순 흠칫했지만 오히려 그 점이 더욱 믿음직스럽게 느껴졌는지 그들 중의 한 명이 달려 들어오며 반갑게 인사를 건네 왔다.
　"어서 오십시오, 동맹군 여러분들."
　그 사람은 우글우글 서 있는 사람들 모두가 로브 자락으로 얼굴을 가리고 있었기에 누가 누군지 알아볼 수 없어서 대충 누구에게 랄 것도 없이 광범위하게 인사를 건넸다. 상대가 인사를 건네 오자 그들 중의 한 명이 약간 앞으로 나서며 정중하게 답례를 했다. 얼굴은 잘 보이지 않았지만 가까이서 보니 40대 중반은 되어 보이는 믿음직스러운 장년의 사내였는데 바로 그가 크루마 파견대 부대장(副隊長) 발칸 폰 크로아 백작이었다. 루빈스키 폰 크로아 공작을 배출한 크로아 가문은 크라레스에서 대단한 명문이었다. 그렇기에 그 명문의 일족답게 크로아 백작의 답례는 예절에 어긋남이 없었다.

동맹군을 파견하기 전에 크라레스 지휘부는 파견군 사령관을 선정함에 있어 가장 골머리를 앓았던 부분이 이거였다. 다크는 실력에 있어서는 나무랄 곳이 없었지만 귀족층이 익혀야 할 필수 과목이라고 할 수 있는 궁중 예절은 완전히 빵점이었고, 말투 또한 거칠며, 또한 너무 어려 보이는 치명적인 약점을 안고 있었다. 그래서 생각해 낸 것이 바로 이 '가짜'였다. 가짜는 될 수 있는 한 말투나 예절 등 모든 것을 확실히 마스터 한 인물을 세우고 그를 뒤에서 다크가 조종하는 것으로 결론지었다.

서로 간의 인사가 끝난 후, 크로아 백작은 자신의 일행들이 묵을 숙소를 마련해 달라는 부탁과 함께 좀 더 상층부의 인사와 만나기를 청했다. 그러는 과정에서 다크는 크로아 백작만이 들을 수 있도록 음성을 전달하는 고도의 기술인 어기전성(御氣傳聲)을 통해 지시를 내렸고, 크로아 백작은 그대로 따라서 격식에 맞게 상대를 향해 전달했다.

거의 10여 명 이상이 모여 앉은 널찍한 테이블 위에는 넓은 지도가 펼쳐져 있었고, 그 위를 이리저리 가리키며 작전 설명이 시작되었다.

"이것이 현재 저희들이 구상하고 있는 작전입니다, 공작 전하."

물론 이들은 대 크루마 제국의 높은 직위에 있는 무사들이었기에 로니에르 공작을 향해 극존칭을 사용하지는 않았다. 크루마에 비했을 때 크라레스는 형편없는 소국이었기 때문이다. 물론 크라레스가 파견해 주기로 약속한 전력은 엄청난 것이었지만 실지 그들의 타이탄을 직접 보고 검사해 본 것은 아니었고, 또 그것이 그들이 장담한 대로 강력한 타이탄이라고 하더라도 크루마보다는 훨씬 약체라는 사실에는 변함이 없었기 때문이다.

"우선 상황이 바뀌기 전까지 전하의 기사단은 미란 국가 연합에 배치되는 것이 좋을 듯합니다. 죄송하지만 이번에 가지고 오신 전력이 어느 정도인지 알려 주실 수 있겠습니까?"

"알기 쉽게 설명 드리면, 제가 가지고 있는 본국의 최신형 1.5짜리 한 대, 1.3짜리 40대 그리고 1.0짜리 23대라고 생각하면 과히 틀리지 않을 겁니다. 오늘은 절반만 왔고, 내일 나머지가 도착할 겁니다. 그리고 3차분 1.3짜리 8대는 15일 후에나 도착할 수 있을지 모르겠습니다."

"오오, 1.3이면 대단하군요. 그게 크라레스의 차세대 주력 타이탄입니까?"

"예."

"대단하군요. 크라레스가 코린트에게 짓밟혔을 때 저희는 이제 크라레스가 더 이상 일어설 힘이 없다고 판단했었는데, 그 정도의 저력을 가지고 계시다니 놀랐습니다. 오래지 않아 역사의 전면으로 다시 등장하실 날이 오겠군요."

"과찬의 말씀이십니다."

"절대 그렇지 않습니다. 크라레스는 오랜 역사를 자랑하던 대국이 아니었습니까? 이번 코린트 대전만 잘 마무리 지어진다면 크로나사 평원을 되찾으시게 되겠지요. 그렇게 되기 위해서는 코린트를 반드시 이겨야 하겠지만 말입니다. 최신형 타이탄을 이렇게 대량으로 보내 주셔서 너무나 감사하다는 말을 우선 드리고 싶습니다. 자, 그럼 일단 여기를 좀 봐 주십시오."

지도의 한 지점씩을 짚으며 그는 말했다.

"지금 현재 첩자들이 보내오는 적 기사단 및 군대의 위치입니다. 아무래도 상대는 본국을 점령한 후, 미란 국가 연합이 그 중간을 막고 있어 여러모로 곤란한 점이 많이 생기기에 미란 국가 연합까지 점령해 버릴 것 같습니다. 우선은 본국이 매우 강성하기에 미란과 본국을 한꺼번에 상대하는 것보다는 미란을 자신들 쪽으로 끌어들이려고 하겠지만, 결국에는 미란도 코린트에 점령될 수밖에 없습니다. 그것을 잘 알고 있기에 미란 쪽에서도 은밀히 본국과 행동을 함께 하겠다며 동맹군 파병을 요청해 왔습니다. 그 때문에 저희들은 미란 국가 연합에 대군을 파병하여 그곳에서 코린트를 막을 계획입니다."

"미란 국가 연합의 전력은 어느 정도입니까?"

"10개 보병 사단, 4개 기병 여단, 4개 용병 사단을 보유하고 있습니다. 그리고 타이탄 123대. 모두 다 정규급 이상의 출력입니다. 하지만 코린트를 상대함에 있어 그렇게 대단한 전력이라고 하기는 어렵죠. 코린트에서 크루마로 들어오려면 수십 개의 길이 있지만 많은 군대가 이동하기 위해서는 세 개 정도로 압축될 수 있습니다. 그중 하나를 맡아서 방어해 주십사하는 것이 제 의견입니다."

그는 세 개의 길들을 하나하나 짚으면서 상세히 설명을 시작했다.

"최신형 타이탄 미노바를 다량 보유한 코린트의 주력 금십자 기사단이 이동, 집결 중인 이곳 중앙은 본국의 제네리아 기사단과 근위 기사단의 일부가 막을 것입니다. 그리고 측면에 집결 중인 은십자 기사단의 정면에는 본국의 정예 지발턴 기사단이 위치하게 됩니다. 공작 전하의 기사단이 막아야 할 곳은 이곳이죠. 코린트는 아직까지 철십자나 동십자 기사단을 움직이지는 않고 있습니다. 그리고 코린트는 낙승을 예상하는 만큼 근위 기사단의 움직임도 없습니다. 그 때문에 만일을 대비하기 위해 엘프란 기사단과 근위 기사단의 일부는 투입하지 않을 계획입니다."

"우리가 상대해야 할 적의 규모는 어느 정도입니까?"

"예, 코린트의 남쪽에 서서히 집결 중인 코린트의 동맹군들입니다. 현재까지 집결된 군세는 7개 보병 사단, 3개 기병 여단급입니다. 아직까지 동맹국이 지원해 준 타이탄의 수는 확실히 파악되지 않았지만 적으면 50대, 많으면 1백 대 정도일 것입니다. 어쩌면 그 이상일 수도 있지만 정보국의 분석으로는 1백 대를 상회할 가능성은 거의 없답니다. 물론 최악의 경우 1백 대가 넘는 적 타이탄과 교전에 들어갈 수도 있을 겁니다. 그것에 대비해서 수십 대의 타이탄을 증원해 드리겠습니다. 물론 그것들도 본국의 기사단은 아니고 동맹군들입니다. 강력한 코린트의 중앙군들은 저희가 막아 낼 테니, 코린트의 동맹군들은 다섯 개 동맹군 중에서 최대의 전력을 이끌고 오신 전하께서 동맹군 전체를 인솔해 막아 주시면 좋겠다는 것이죠."

"그렇다면 정작 미란의 기사단은 어디에 투입되는 겁니까?"

"예, 미란 국가 연합의 기사단들은 원래 자국의 영토니까 지리에 밝을 것은 당연하겠죠. 저희들이 막는 길 이외의 길로 이동을 시작하면 그들이 막을 겁니다. 그리고 본국에서는 기사단 외에 8개 보병 사단과 4개 기병 여단을 파병할 예정입니다. 저희들의 계획은 상대가 아직 철십자와 동십자 기사단을 투입하기 전에 금십자와 은십자 기사단을 괴멸시킨다는 것입니다. 코린트의 전력을 각개격파(各個擊破) 할 수 있는 가능성을 찾아야 합니다. 만약 그게 힘들다면 전쟁은 더욱 어려워질 수밖에 없습니다. 참, 이리 오실 때 여분의 병력을 가지고 오지 않으신 걸로 아는데, 혹시 필요한 것이 있으십니까?"

"정찰대로 쓸 그래듀에이트 20명 정도, 그리고 마법사 10명 정도를 지원해 주십시오."

"그 정도로 충분하겠습니까?"

"토지를 지키는 것도 아니고, 그냥 상대의 군대를 막는 것뿐인데 더 이상의 필요는 없겠지요."

"그러면 언제 출발하실 생각이신지?"

"내일 후발대가 도착하는 대로 출발하죠. 혹시 이동용 마법진을 사용할 수 있겠습니까?"

"예, 하루가 급한데 그 정도는 해 드려야겠지요. 그리고 내일 말씀하신 20명의 기사와 10명의 마법사를 보내 드리겠습니다."

다음 날 다크가 거느리고 있는 유령 기사단 크루마 파견대의 나머지가 도착했고, 크루마 기사단에서 약속한 증원대도 도착했다. 크로아 백작은 합류한 크루마 기사들에게 감사를 표시한 후 마법진을 통해 곧장 미란 국가 연합의 국가들 중에서 가장 남쪽에 위치한 국가인 알렌 왕국으로 향했다.

알렌 왕국은 미란 국가 연합의 모든 국가가 그러하듯 매우 부유한 상업 국가였다. 알렌 왕국은 동쪽으로는 스므에와 산악 국가 스완 왕국, 북쪽으로는 쟈렌, 서쪽으로는 코린트 제국, 남쪽으로는 아르곤 제국과 국경을 맞대고 있는 엄청난 교통의 요지를 차지하고 있는 국가였다. 물론 뛰어난 외교전이 없었다면 일찍이 어느 한쪽에 병합되고 말았겠지만 알렌 왕국의 국왕은 미란 국가 연합이 탄생하기 전에 매우 뛰어난 외교적 수완을 발휘하여 불행한 사태를 막아 내는 데 성공했다.

이런 약소국의 경우 뛰어난 외교적 센스가 있다면 이렇듯 강대국들의 사이에서 살아남게 되는 것에서 멈추지 않고 상업을 통해 엄청난 부를 축적할 수도 있다. 하지만 여기서 한 발자국만 실수를 하게 된다면 강대국들 사이의 전쟁터가 되기도 하는 것이다.

이동 마법을 통해 먼저 알렌 왕국의 국경 부근의 도시에 도착한 마법사가 남은 일행들이 도착하기 쉽도록 거대한 마법진을 그리기 시작했다. 초장거리 이동은 아니었지만 그래도 꽤나 장거리 이동이었다. 하지만 이번 경우에는 그 이동 거리보다 이동 인원이 문제였다. 거의 1백 명에 가까운 사람을 움직여야 했기에 그만큼 거대한 마법진을 그리려면 아주 넓은 공터가 필요했다.

거대한 마법진을 통해 파견대가 도착했을 때 수백 명의 인파들이 그들을 성대하게 맞이했다. 한쪽에서는 50여 명은 족히 되는 악사들이 모여 음악을 연주하고 있었고, 광장에 그려진 마법진 위에 모습을 드러낸 맹방의 전우들을 위해 수십 명의 소녀들이 바구니에서 꽃잎을 꺼내 뿌려 댔다.

 시민들이야 로브 자락으로 몸을 숨긴 약간 복장이 수상해 보이는 인물들을 향해 열렬이 환호했지만, 군대라는 조직을 조금이라도 알고 있는 사람들은 모습을 드러낸 맹방의 전우들을 보며 미간에 주름살을 긋고 있었다. 마법사나 여행자들도 아닌 주제에 저토록 두터운 로브로 몸을 완전히 감싸고 있었고, 사람들 앞에서도 로브의 모자를 벗지 않는 예의에 어긋나는 무례한 행동을 했다. 거기에다가 명문의 기사들이라면 의례히 로브에 가문을 표시하는 문장이라든지, 소속 부대를 나타내는 문장 등등 각종 문장들을 붙여 놓기 마련이다. 물론 그런 것들을 붙여 놓으면 멋이 있기도 했지만, 사실 이 시대에는 그 문장들을 보고 상대의 출신 성분과 그 지위를 알게 해 주어 상대방으로 하여금 실수하지 않게 하는 역할도 톡톡히 하고 있었다. 만약 적지 어느 곳에서 비밀 임무를 수행하는 중이라면 모르겠지만 이곳은 동맹군을 환영하는 환영식장이었고, 이런 공식적인 자리에서는 공식적인 복장을 해야 하는 것이 관례였다.

 그런 것을 잘 아는 인물들이 문장을 살펴보기 위해 이들을 자세히 바라보면 오른쪽 가슴 윗부분에 자그마한 문장이 마지못해 하나 붙어 있다는 것을 알 수 있었다. 불타오르는 듯한 붉은 도마뱀 문장. 그것은 바로 불의 상급 정령 살라만더를 상징하는 문양이었다. 하지만 문제는 이런 문장을 가진 기사단이 크루마에 없다는 것이었다. 그 말은 곧 동맹군을 파견한다고 있는 생색은 다 내고는 급히 서둘러 편성한 엉터리 기사단을 보내 왔다는 것과 같았다.

 "모두들 서둘러 오시느라 수고하셨습니다. 여기 지휘관이 누구신지 알려 주실 수 있겠습니까?"

상대의 정중한 말에 크로아 백작은 한 발 앞으로 나서며 대답했다.

"접니다."

"시간이 있으시다면 함께 대화를 좀 나눌 수 있을까요? 시간은 그렇게 많이 걸리지 않을 겁니다."

"그보다도 먼저 저희들이 주둔하게 될 곳을 안내해 주십시오. 주변 지형 정찰도 해야 하고 할 일이 많습니다."

"아, 예. 매우 듬직한 말씀으로 들리는군요. 기사단 주둔지는 반나절 정도만 말을 타고 이동하면 도착할 수 있습니다. 그곳에서 30킬로미터만 더 나가면 중앙 기사단 제8전대가 주둔 중이죠. 그리고 거기서 50킬로미터 앞이 국경이고 말입니다. 참, 그 전에 저하고 상의할 일이 있으니까 따라오세요. 이봐, 자네는 기사님들 이동하실 수 있도록 빨리 준비를 해 주게."

그 말을 들은 젊은이는 약간 멍한 표정을 지었지만, 상관의 지시가 그러하니 서둘러서 마구간으로 뛰어갔다. 원래는 오늘 이곳에서 성대한 환영 무도회를 열고 다음 날 주둔지로 출발하게 되어 있었기 때문이다.

집무실 안으로 들어서자 상대는 정식으로 인사를 건네 왔다.

"저는 이곳 도시를 책임지고 있는 시장 로베르 카지마트라고 합니다. 혹시 술을 하십니까?"

"아니요."

카지마트 시장은 술병과 술잔을 꺼내서는 한 잔 따른 후 서둘러 한 모금 마셨다. 그런 식으로 끓어오르는 노기(怒氣)를 약간 가라앉힌 후에 그는 입을 열었다.

"사실 저는 그렇게 대단한 명문 귀족도 아니고, 권력을 가진 사람도 아닙니다. 그런 처지에서 실례가 될지도 모르겠지만 제가 당신에게 따지고자 하는 것은 이겁니다."

"말씀하시죠."

"예, 그럼 말씀드리죠. 저도 예전에 군대에서 근무를 해 봤던 사람입니다. 바로 옆에 있는 크루마 제국의 기사단 문장도 모를 거라고 생각하지는 마십시오. 귀하가 달고 있는 문장은 제가 단 한 번도 보지 못했던 문장입니다. 이걸 어떻게 설명하시겠습니까? 아무리 당신들의 전쟁이 아니라고 그렇게 급조한 기사단을 보낼 수 있습니까? 그것도 겨우 1백 명도 안 되는 인원을 가지고 말입니다. 이건 동맹국인 알렌 왕국을 모욕하는 처사가 분명합니다."

카지마트 시장의 분노는 어느 정도 합당한 이유가 있었다. 원래가 정상적인 기사단이라면 열 대의 타이탄을 보유했을 때 최소한 열다섯 명 정도의 그래듀에이트를 가진다. 그리고 아직 그래듀에이트가 되지 못한 수련 기사나 기사들 열다섯 명 정도가 포함된다. 이런 수준의 두터운 기사층을 가지고 있어야지만 그 열 대의 타이탄은 최적의 성능을 발휘할 수 있다. 그래야만 타이탄을 몰고 있는 기사가 은퇴를 하거나 사망했을 때 재빨리 그 자리를 이어받을 수 있는 것은 물론이고, 각종 정찰 등을 통해 타이탄을 적재적소에 투입할 수 있게 되는 것이다. 사실 이런 통상적인 개념으로 봤을 때 90명 남짓한 이 기사단이 보유해야 할 타이탄의 수는 많아봐야 30대 정도가 고작이었다.

"알렌 왕국의 접경 지역에 상대방의 10만에 가까운 대군과 수십 대가 넘는 타이탄이 집결 중이라는 것을 모르는 바보는 없습니다. 수많은 여행객이나 상인들이 소문을 퍼뜨리고 있기 때문이죠. 그런데, 겨우 30여 대의 타이탄…, 엠페른 기사단 8전대하고 합류해 봐야 45대를 채울 수 없는 상황에서 상대방을 막아 낼 수 있다고 여기에 온 겁니까? 이런 식이라면 아예 코린트에 두 손을 드는 편이 시민들을 위해 훨씬 더 좋을 겁니다. 이번 전쟁은 귀국 때문에 벌어지는 것인데, 어떻게 이럴 수가 있습니까?"

상대의 말에 크로아 백작은 쓴웃음을 지을 수밖에 없었다. 원래가 이번 전쟁은 코린트와 크루마 사이의 갈등에 의해 벌어지는 전쟁이었다. 그런 상황에서 재수 없게 중간에 낀 것이 미란 국가 연합인데, 미란이 크루마의 손을 들어 준 이상 크루마는 전력을 다해서 미란을 도와줘야만 했다. 만약 미란이 뚫린다면 그다음은 곧장 크루마니까 미란의 군세가 아직 튼튼할 때 협동 작전을 벌이는 것이 최상의 방책이었다.

"시장님은 뭔가 오해를 하고 계시군요."

"오해? 무슨 오해를 한단 말이오?"

"제가 가지고 온 기사단은 본국에서도 최정예급입니다. 그리고 64대의 타이탄들의 성능도 상당히 좋은 편이고요."

"64대라고 하셨습니까?"

"예, 정찰대로 30명을 데려왔을 뿐입니다. 그리고 며칠 후에 수십 명의 기사들이 또 도착할 겁니다. 저희들은 선발대일 뿐이지요. 아마도 크루마에서 지시가 있을지 모르겠지만 그들은 우리들과 동행이 아니니까 따로 숙소를 할당해 주는 것이 서로를 위해 좋을 겁니다. 참, 나중에 우리들과 같은 문장을 달고 있는 녀석들이 도착한다면 주둔지에 빨리 보내 주시기 바랍니다. 그럼 이만!"

천천히 말을 타고 주둔지로 향하면서 크로아 백작은 조심스럽게 주위를 둘러본 후 낮은 어조로 말했다.

"아무래도 일이 더 어려워질 것 같습니다."

거의 혼잣말에 가까울 정도로 낮은 목소리였는데도, 그 옆에서 말을 몰고 있던 백작과 같은 복장에 로브의 모자를 깊숙이 눌러쓴 인물이 그걸 들었는지 느긋한 어조로 답해 왔다.

"왜? 아까 그 영감한테 불려 가더니, 무슨 소리를 들었는데 그러나?"

"예, 여기 있는 일반 시민들이 모두 다 알 수 있을 정도로 코린트 쪽에서 병력을 끌어 모으고 있는 모양입니다. 이런 식의 무력시위가 계속된다면 시민들이 동요하게 되죠. 아마도 코린트는 급히 전쟁을 치를 생각이 없는 모양입니다."

"그건 시간이 말해 줄 테지."

칸테로마 드 지오르네 후작(侯爵). 은십자 기사단에 소속되어 있었던 뛰어난 무장이자, 공포스러운 마왕과 결탁하여 악의 힘을 불러일으키려 했던 사악한 왕국 트루비아의 정복자. 트루비아 전쟁에서 은십자 기사단 파견대와 동맹국 군사력을 아무런 잡음 없이 잘 이끌어 악의 왕국과의 전쟁을 대 승리로 이끌어 낸 덕(德)이 많은 장군. 그리고 그것을 인정받아 백작에서 후작으로 승진했고, 또 그때의 공훈을 인정받아 이번 코린트 동맹군 사령관으로 추대된 인물이었다.

"카돈 왕국의 크란켄 데 지그무스 후작께서 도착하셨습니다."

"오, 어서오시지요, 후작 각하."

"송구합니다, 지오르네 후작 각하. 자, 앉으시지요."

"트루비아 전쟁 후 처음 뵙는군요. 먼 길을 오시느라 수고가 많으셨습니다."

"하하, 뭐 수고랄 것이 있겠습니까? 코린트 제국의 적은 우리 카돈 왕국의 적이기도 하니까요. 정예 기사 13명과 8대의 타이탄을 거느리고 왔습니다. 미약한 힘이나마 보탬이 되었으면 합니다."

"미약한 힘이라니요. 트루비아 전쟁 때보다 거의 두 배의 규모를 가지고 오셨는데. 자, 자, 앉으세요."

"밖에 누구 있느냐?"

"옛!"

"카돈 왕국에서 도착하신 기사 분들을 정중하게 숙소로 안내해 드리고, 불편하지 않도록 특별히 잘 보살펴 드려라."

"옛! 각하."

"혹시 포도주를 좋아하십니까?"

"아, 예."

지오르네 후작은 우아한 동작으로 두 개의 잔에 포도주를 따른 후 한 잔은 지그무스 후작에게 건네고, 하나는 자신이 들었다. 천천히 향을 즐기며 한 모금 마신 후 지오르네 후작은 말했다.

"바지오 지방에서 생산되는 포도주는 우리 코린트의 보배라고 할 수 있지요. 어렵게 구한 로베르 7세 폐하 시절에 생산된 것입니다. 로베르 7세 폐하께서 통치하시던 때는 신께서도 코린트를 축복했는지 매년 풍년이 들었었죠. 그때 생산된 포도주의 맛과 향은 그야말로 최고라고 할 수 있죠."

은근히 자신의 교양을 과시하는 지오르네 후작의 성의를 봐서 지그무스 후작은 포도주를 간단하게 한 모금 마셨지만, 지금은 포도주 맛과 향 따위나 즐기고 있을 때가 아니었다. 그에게는 너무나도 궁금한 의문이 한 가지 있었기 때문이다.

"그런데 한 가지 궁금한 점이 있습니다."

"예, 기탄없이 말씀하시지요."

"예, 오다가 봤는데 대로의 좌우에 늘어서 있는 그 많은 타이탄들. 족히 80대는 넘어 보이는…, 정말 위압적인 장관이기는 했습니다만, 그렇게 되면 이쪽의 전력이 너무 노출될 우려가 있지 않겠습니까?"

상대의 말에 지오르네 후작은 자신감 있게 호탕한 웃음을 터뜨렸다.

"하하하, 난 또 뭐라고요. 그래 그것들을 보시고 느낌이 어땠습니까?"

"예, 솔직히 다리에 힘이 빠지는 걸 느꼈을 정도로 대단했습니다. 그렇게 많은 타이탄을 보는 것은 난생 처음이었습니다. 타이탄 전시회라도 하는 듯 각양각색의 타이탄들이 줄줄이 늘어서 있는 것은 정말 장관이었습니다."

"예, 바로 그것을 노린 것이지요. 각하가 거느리고 오신 타이탄도 숙소 앞쪽에 도열해 놓으십시오. 오래전부터 코린트와 크루마는 잘 지내 왔었지만, 요즘 들어 그들은 흑마법을 장려하고, 자연의 법칙에 어긋나는 마법 생물 키메라를 대량으로 생산하는 등 도저히 용납할 수 없을 정도로 타락해 가고 있습니다. 하지만 유감스럽게도 그 악의 제국이 너무 강하기에 그 누구도 선뜻 그들에게 정의가 뭔지 가르쳐 주지 못했다는 것입니다. 하지만 이번에 위대하신 황제 폐하께서는 용단(勇斷)을 내리셔서 그 어떤 희생을 치르더라도 크루마에게 잘못된 길을 가고 있다는 것을 알려 줘야 한다고 칙명을 내리셨습니다. 지금 악의 제국 크루마는 사악한 꾀로 미란 국가 연합을 꾀어 자신들의 동지로 삼은 모양인데, 서둘러서 전쟁을 벌인다면 미란과도 싸워야 한다 이겁니다. 우리들의 힘이 어느 정도인지 미란에게 충분히 인식시켜 준다면 그들은 사악한 제국을 버리고 다시 정의의 길을 선택하게 될 것입니다. 어떻습니까, 제 계획이?"

"후작 각하의 의견에 전적으로 동감하는 바입니다. 여러 전쟁터를 전전했던 본관도 이리로 오는 길에 수십 대가 넘는 타이탄들이 깔려 있는 것을 보고 다리에 힘이 빠졌을 정도니, 아직까지 전쟁다운 전쟁을 한 번도 해 보지 않은 그들에게는 충분한 위협이 될 것입니다. 정의의 길을 외면한다면 어떤 결과를 초래하게 될 것인지, 악의 길로 들어서면 어떤 희생을 치르게 되는지 먼저 가르쳐 준 후 다시 한 번 기회를 주려고 하시는 후작 각하와 아그립파 4세 폐하의 덕(德)에 감읍할 따름입니다."

"하하하, 과찬의 말씀이십니다. 본관은 폐하의 미천한 종일 뿐, 저에게 무슨 덕이 있겠습니까?"

"하하, 겸손이 너무 지나치십니다. 저희는 이렇게 덕이 많으신 사령관을 모시게 되어 절로 힘이 솟는 듯하군요. 언제라도 명령을 내려 주십시오. 카돈 왕국의 모든 기사들은 정의를 위해 언제라도 목숨을 바칠 각오가 되어 있습니다."

"너무나 감사하오. 카돈 왕국과 지그무스 후작 각하의 도움, 절대로 잊지 않겠습니다."

 지오르네 후작의 계획은 상당 부분 적중하고 있었다. 10만이 넘는 병력이 알렌 왕국과의 국경선에 포진하고, 또 1백여 대의 타이탄들이 도열해 있는 모습을 보고 전쟁이 곧 시작되리라고 생각하지 않는 상인들은 없었다. 더군다나 코린트의 군세가 알렌만을 목표로 하는 것이 아니라 가므 왕국과 토란 왕국 앞에 대규모로 집결 중이었기에 곧이어 전쟁을 예감한 약삭빠른 상인들은 미련 없이 미란 국가 연합을 등지고 다른 곳으로 떠나기 시작했다.

 또 우직하게 미란 국가 연합을 떠나지 않은 상인들은 곧 할 일이 급격히 줄어드는 것을 느낄 수밖에 없었다. 미란은 코린트와 크루마의 중개 무역을 주로 해 왔는데, 코린트 및 코린트 연합군에 의해 얼마 지나지 않아 국경선이 완전히 봉쇄되었기 때문이다. 그렇기에 코린트와 크루마 사이를 왕래하던 상인들이 미란을 통과하는 대신 훨씬 더 안전한 아르곤 제국과 산악국인 오실롯 왕국을 경유하는 루트를 통해 물건을 옮기기 시작했다. 이렇게 되자 풍요롭던 미란의 경제 체계는 서서히 무너지기 시작하였고, 시민들의 불만도 차츰 쌓여 가고 있었다. 다행히 시민들의 불만이 완전히 폭발하지는 않은 것은 아직까지 일부 상인들이 코린트-아르곤-알렌-크루마라는 무역 루트를 사용하고 있었기 때문이 아니라, 거대한 적인 코린트와의 전쟁이 임박한 상태였고, 무역로가 막힌 시간이 얼마 지나지 않았기 때문이라고 보는 것이 옳았다.

"어디 보자……."
 품속에서 꺼낸 얄팍한 마법책을 보며 배운 대로 이리 긋고, 저리 긋고 열심히 마법진을 그렸다. 본국의 마법사들이 원체 바쁜 관계로 마법사를 단 한 명도 데려오지 못한 덕분에 그녀는 직접 마법진을 그릴 수밖에 없었다. 그녀가 거느리고 있는 파견대 내에는 10여 명의 마법사들이 있기에 그들에게 부탁하면 되지만, 기밀 유지를 위해서는 어쩔 수 없이 그녀가 직접 그려야만 했다. 그리고 그녀가 알고 있는 그야말로 마법에 통달한 인물도 한 마리 있었지만 그 양반은 잔소리가 많아서 그런 걸 부탁하는 데는 무리가 있었다. 그녀는 이곳에 오기 전에 여러 번에 걸쳐 통신용 마법진을 만드는 것을 세밀하게 배웠다. 그렇기에 그걸 완성하는 데는 시간이 그렇게 많이 걸리지 않았다.

"휴…, 다 끝났군. 이제 수정구를 놔야지. 그런데 그걸 어디다가 뒀더라."

이리저리 뒤적인 끝에 발견해 낸 지름 30센티미터는 족히 될 듯한 수정구를 마법진의 중간에 올려놓자 나머지는 간단하게 마무리되었다. 마법책을 보며 알아보기도 힘든 룬어라는 망할 놈의 언어를 대충 흥얼거리며 마나를 법칙에 따라 유도하기만 하면 끝.

"안녕하셨습니까?"

"별로 안녕하지 못하다. 까만 토끼(토지에르)는 어디 있나?"

"예. 까만 토끼는 두 번째 귀염둥이(카프록시아Ⅱ)를 돌봐 주기에 바쁘죠. 우선 좋은 소식부터 전해 드리겠습니다. 까만 토끼는 5일 이내로 소포를 보낼 수 있을 거라고 하셨습니다."

"호오, 제법이군. 15일은 걸릴 거라고 그러더니 대단히 열심히 일한 모양이야."

"예, 새로운 정보가 들어왔기 때문입니다. 혹시 잘 모르실 수도 있기에 보고 드립니다. 알렌 왕국을 점령하기 위한 코린트의 우익 공격대는 바실리시에 집결 중입니다."

"그건 이미 알고 있어."

"예, 그런데 규모가 문제지요. 현재까지 파악된 것은 15개 보병 사단, 8개 기병 사단, 126대의 타이탄입니다."

"126대? 확실한가?"

"예, 확실합니다. 만약 따로 놔뒀다면 더 있을 수도 있겠지만, 바실리 시가지에 보라는 듯이 쭉 세워 놨기에 덧셈만 할 줄 안다면 누구나 그 숫자를 파악할 수 있습니다."

"이런 망할 녀석들. 절대로 1백 대는 넘어가지 않을 거라더니."

"예? 저희는 절대 그런 보고를 드린 기억이 없는데요?"

"너희들 말고. 타이탄 성능에 대해서는 파악된 것이 있나?"

"예, 유명한 타이탄들이 떼거리로 모여 있기에 파악하는 데 별로 힘들지는 않았습니다. 그래도 좀 위안이 되는 것은 코린트 동맹국의 근위 타이탄은 몇 대 없다는 것이죠. 대부분이 각국의 중앙 기사단 소속 타이탄들입니다. 거의 대부분이 정규 출력입니다. 1.2를 상회하는 타이탄은 정확히 9대입니다."

"대단한 정예 부대군."

"예, 하지만 동맹 연합군이기에 통일된 작전 수행 능력은 떨어질 것이 당연하니까 잘해 보시라는 까만 토끼의 전언이십니다."

"놀고 있군. 그렇게 쉬워 보이면 자기가 직접 와서 해 보라고 해."

"예, 전해 드리겠습니다. 그리고 나쁜 소식 하나 더. 현재 집결 중인 코린트의 군사력이 워낙 엄청나기에 모든 국가들은 코린트가 승리할 것이라고 확신하기 시작했습니다. 그 때문에 지금 병력 파병을 망설이고 있던 많은 국가들이 이 기회에 아그립파 황제에게 잘 보이기 위해 병력 파병을 서두르고 있는 실정입니다. 시간이 지날수록 더욱 많은 병력이 바실리시에 집결할 것으로 사료됩니다."

"나쁜 소식은 그게 다냐?"

"예, 박쥐(첩자)들이 돌아다니고 있으니 조만간에 더욱 정확한 보고가 들어올 것입니다."

"알겠다. 그런데 3일에 한 번씩 연락을 하는 것은 정보가 너무 늦어. 하루에 한 번으로 하지."

"예, 좋을 대로 하십시오."

"좋아, 그럼 수고하도록!"

"옛!"

소녀는 상대방의 모습이 수정 구슬에서 사라지자 슬쩍 발끝으로 마법진을 지워 버린 후 수정 구슬도 한쪽에 숨기며 중얼거렸다.

"흐음, 크루마 녀석들…, 제대로 된 정보를 알려 주지도 않다니. 그러고도 동맹국이라고 떠들어? 이것들을 당장 달려가서 그냥……."

투덜거리는 소녀의 목소리를 뒤로하고 슬그머니 몸을 숨기는 인물. 그는 재빨리 몸을 움직여 자신의 숙소로 돌아갔다. 그곳에는 그의 일행들이 자신을 기다리고 있었다.

"어떻게 되었나?"

"예, 예상이 맞았습니다. 그 소녀는 마법사더군요. 크라레스와 통신을 했는데, 마법진을 그리는 모습이 조금 엉성한 걸 보면 고위급의 마법사는 아닌 듯했습니다."

"통신의 내용은?"

"예, 5일 후에 뭔가가 도착한답니다. 대화의 맥락으로 봤을 때 '까만 토끼'라는 인물이 보내 주는 '두 번째 귀염둥이'라고 했습니다."

"까만 토끼? 그리고 두 번째 귀염둥이라. 그게 뭔지는 5일 후에는 알 수 있겠지. 그 외의 내용은?"

"현재 코린트 동맹군의 병력 상황입니다. 그런데 정말 타이탄이 126대나 집결하고 있는 겁니까? 그리고 보병과 기병을 합쳐서 23만이나 되는 대군에, 그 외에도 계속 집결 중이랍니다."

"정말인가?"

"예, 방금 전에 들었습니다. 15개 보병 사단에 8개 기병 사단, 그 외에도 계속 집결 중. 정확합니다."

"알겠다. 기사단 사령부에 문의해 보지. 만약 그 정도 규모라면 현재 이곳에 집결 중인 군대로는 역부족이겠는데, 어떻게 한다……. 이봐, 스칼! 본대에 연락을 취해라."

"지금 말씀이십니까?"

"그래, 지금."

"옛!"

스칼이라고 불린 마법사가 열심히 마법진을 그리는 모습을 힐끗 보며 그 우두머리가 말했다.

"정찰대로부터 보고는?"

"아직 변동 없다는 보고입니다. 아무래도 미란 국내에서만 정찰 활동을 하는 것은 무리가 있는 것 같은데, 몇 개 조는 코린트 안으로 들어가라고 할까요?"

"그것도 괜찮겠지. 3개 조만 코린트 안으로 투입해. 나머지 6개 조는 위치를 조금씩 수정해서 구멍이 생기지 않도록 조심하도록 지시해."

"예, 정기 연락 시간에 통신을 시도하겠습니다."

이때 마법진을 그려서 사령부를 부르던 마법사가 외쳤다.

"남작님, 사령부가 나왔습니다."

마법진 위의 수정 구슬에는 음침한 표정의 마법사가 나타났고, 그 마법사는 수정 구슬 가까이에 위치한 인물들을 알고 있는 듯 곧장 인사를 건네 왔다.

"무슨 일이십니까? 바지오 남작님."

"현재까지 바실리시에 집결한 적의 병력 상황을 알고 싶다."

"예, 적 타이탄 99대, 15개 보병 사단, 8개 기병 사단입니다. 적의 병력이 많기는 하지만 타이탄의 수는 그렇게 많은 편이 아니니 선전을 바란다는 사령관 각하의 명령이십니다."

"뭐? 126대가 아니고 99대라고?"

바지오 남작이라고 불렸던 우두머리의 말에 마법사는 약간 당황한 음성을 내뱉었다.

"어? 어떻게 아셨습니까?"

"뭐야? 이 자식 너 지금 뭐라고 하는 거야?"

"예, 실은 사령관 각하의 함구령이 있었습니다. 지금 바실리시에 집결 중인 병력은 예상을 훨씬 웃도는 숫자입니다. 만약 그 숫자가 정확히 동맹군 측에 전달된다면 최악의 경우 동맹군 측에서 전투 포기를 할 가능성까지 있기에 그들의 사기를 유지하려면 어쩔 수 없다는 결론이 나왔습니다. 이해해 주시길 바랍니다."

"그렇다면 126대가 정확한 거로군. 병력의 추가 지원은 없나?"

"예, 스므에 주둔 중인 엠페론 기사단 5전대와 가므 주둔의 제 4전대를 이틀 내로 그쪽으로 돌릴 예정입니다. 총전력은 로메로-H형 22대입니다."

통상 가벼운 무게와 재빠른 몸놀림으로 유명한 타이탄 로메로. 하지만 로메로에는 두 가지 형이 있다. 통상 로메로 하면 로메로-L(Light)형을 말하는 것이지만, L형은 재빠른 몸무게에 너무 치중한 나머지 파괴력이 없다는 단점이 있었다. 그것을 보완하기 위해 알카사스에서는 본국에서만 사용할 예정으로 좀 더 중장갑 형태의 H(Heavy)형 50대가 생산되어 배치되었다. 30년 전부터 파괴력이나 출력에서 로메로보다 더 뛰어난 노리에급이 생산되어 실전 배치되면서 H형도 전량 타국에 판매되었는데, L형이 243대가 생산되었던 것에 미루어 보면 H형은 매우 적은 숫자만이 생산되었던 셈이다. 그 때문에 그냥 로메로라고 하면 L형을 말하는 것이나 다름없었다.

"동맹군은?"

"더 이상의 증원은 없는 것으로 알고 있습니다."

"제기랄! 충분히 막아 낼 수가 있다고 생각했는데 여기서 구멍이 뚫리는군."

"더 이상 하실 말씀이 없으시면 통신을 끊습니다. 중요한 일이 아니면 통신을 자제해 주십시오. 상대의 전력이 워낙 크다 보니 사령부의 통신이 폭주하고 있는 상태입니다. 그럼 분투를 빕니다."

마법사의 모습이 사라지는 것은 신경도 쓰지 않고 우두머리는 지도를 노려보며 말했다.

"어려운 전투가 될 것 같군. 증원될 것까지 합하면 엠페른의 로메로 36대, 크라레스의 타이탄 64대, 그리고 후방에 포진 중인 동맹 4개국의 타이탄 32대, 총 132대의 타이탄. 하지만 대부분의 동맹국들이 첫선을 보이지도 않은 신형 타이탄을 집어넣던지, 아니면 아예 수많은 국가들이 사용하는 로메로나 노리에를 보내 주고 있다. 물론 그 녀석들의 마음을 이해해 줄 수는 있지. 표시 나게 본국을 지원해 줬다가 나중에 일이 잘못되면 코린트의 노여움을 사게 될 테니까. 크라레스를 포함해서 5개국이 본국의 편을 들어 준 것만 해도 엄청난 성과인 것이야. 그것도 인질을 잡은 채 반 억지지로 얻어 낸 것이 겨우 이 정도라니 한심하다는 생각도 들지만 말일세."

"코린트라는 장벽이 너무 높기 때문입니다."

"아직도 계속 집결 중이라니, 도대체 얼마나 많은 타이탄을 동원하려는 것이지?"

우두머리의 푸념을 뒤로하고 소녀는 아르티어스의 숙소로 향하며 중얼거렸다.

"동맹국들조차도 못 믿어서 첩보전을 벌이는 쪼잔한 놈들이 어떻게 큰일을 할 수 있겠어. 바보 같은 놈들."

"모두들 바쁘실 텐데 시간을 내주셔서 감사합니다. 자, 자리에 앉으시지요."

모두들 대충 인사를 끝내고 자리에 앉자 크로아 백작은 장중한 어조로 말을 시작했다.

"모두들 아시다시피 이곳 알렌 왕국에 투입된 타이탄의 수는 엄청난 수입니다. 엠페른 기사단 6전대가 거느린 로메로 14대, 뮬러 후작의 노리에 4대, 로메로 8대, 무터 백작의 로메로 8대, 칸텔 백작의 로메로 7대, 작센 백작의 노리에 1대, 로메로 4대. 그리고 제가 가지고 온 신형 41대와 로메로 23대. 총 110대 중에서 알카사스에서 생산된 것이 69대나 되는군요. 그렇다면 크루마의 동맹군은 알카사스인가요?"

어느 정도 농이 섞인 어조에 모두들 미소를 지었다. 이곳에 절대다수를 차지하고 있는 타이탄이 알카사스의 수출용 타이탄인 것은 모두들 자신의 소속 국가가 어디인지를 숨기기 위해서였다.

"현재 최신 정보로는 전면에 99대의 타이탄이 집결 중이라고 합니다. 물론 이곳에 집결된 연합군의 타이탄도 모두 정규 출력 이상이므로 군사적으로 매우 우위에 있다고 하겠습니다. 하지만 아직까지 통일된 지휘 체계가 세워져 있지 않다는 것이 가장 큰 문제점이겠죠. 이번에 경들을 모신 이유는 연합군의 지휘자를 선임하기 위해서입니다. 혹시 의견이 있으신 분이 계시다면 말씀해 주십시오."

뮬러 후작이 주위를 슬쩍 둘러본 후 침착한 어조로 입을 열었다.

"크루마에서 이곳에 오기 전 귀국에서 투입한 전력을 듣고 솔직히 조금 놀랬었습니다. 64대의 타이탄을, 그것도 귀국에 타이탄이 별로 많지도 않은 상황에서 이렇듯 많은 타이탄을 투입한 것은 대단한 모험이겠죠. 본관은 로니에르 공작 전하께서 군을 지휘해 주셨으면 좋겠습니다. 귀국에서는 이번 전쟁에 흥망의 도박을 거신 모양인데, 타이탄 투입 규모로 봤을 때 그 지휘관 또한 그에 걸맞은 인물을 보냈을 거라고 본관은 생각하고 있습니다. 여러분들의 의견은 어떻습니까?"

"본관도 그렇게 생각합니다. 가장 많은 병력을 투입한 쪽에서 지휘를 하는 것이 별 무리가 없겠지요."

"모두들 그렇게 생각하신다면 부족한 능력이지만, 제가 그 자리를 맡도록 하겠습니다. 부관, 지도를 가져와라."

부관이 큼직한 지도를 펼쳐 놓은 후 밖으로 나가자 크로아 백작은 지도를 손가락으로 짚으며 설명을 시작했다.

"적의 병력은 계속 증원되고 있습니다. 어쩌면 조만간에 우리들의 전력을 훨씬 상회하게 될지도 모르겠습니다. 그래서 하는 말인데, 뮬러 후작께서는 동맹 4개국의 기사단을 모두 거느리고 이곳에 주둔해 주십시오. 혹시나 퇴로가 막힌다든지, 아니면 적이 너무 강대하다면 아르곤이나 오실롯 왕국으로 후퇴하실 수 있을 겁니다. 그리고 크라이슨 백작."

"예."

"귀하가 거느리고 있는 6전대는 이곳에 주둔해 주십시오. 만약 엠페른 기사단에서 증원이 있더라도 모두 여기에 배치해야 합니다. 혹시 퇴로 차단 등 악조건을 당한다면 쟈렌 왕국으로 넘어가서 그곳에 주둔 중인 7전대와 합류해도 좋고, 아니면 그쪽이 막힌다면 우리들과 합류해도 좋겠죠. 중앙은 저희 살라만더 기사단이, 왼쪽은 뮬러 후작의 기사단, 오른쪽은 6전단이, 이렇게 세 곳에서 지키며 적의 동태를 파악하여 대처해 가는 것이 가장 유연성이 높을 것이라고 생각되는군요."

"공작 전하, 만약 상대가 현재의 전력에 머무른다면 이것은 좋은 생각입니다. 하지만 적의 전력이 이쪽을 훨씬 상회하는 사태가 벌어진다면 각개격파당하기 딱 좋은 배치입니다. 오히려 한 군데 뭉쳐 있는 편이 좋지 않을까요?"

"후작 각하의 말도 옳습니다. 하지만 우리들은 단일 국가의 군대가 아닙니다. 동맹국이죠. 이런 상태에서, 언제 적들이 침공해 들어올지도 모르는 상황에서 한 곳에 뭉쳐 있다가는 잘못하면 서로 간의 갈등만 심화되어 자멸할 수도 있습니다. 놈들처럼 사기 충천하는 상황이라면 몰라도 적의 군사력에 대해 심한 압박감을 받고 있는 상황이라면 말썽의 소지가 다분히 있습니다. 그 점도 생각해 두는 것이 좋을 듯합니다. 또 서로 간의 간격은 50킬로미터. 30분이면 달려갈 수 있는 거리입니다. 모두들 여분의 기사와 마법사들을 정찰대로 내보내 적의 동태를 파악하는 데 최선을 다하는 것이 좋을 듯합니다."

"그게 좋을 듯하군요."

무서운 쥐새끼들의 침입

 국경 근처가 잘 보이는 야트막한 언덕 위에 다섯 명의 인원들이 지도를 펴 놓고는 여기저기 두리번거리고 있었다. 모두들 여행자처럼 담요 대신으로 쓸 수 있을 만큼 두터운 로브를 입고 있었다. 하지만 이곳 국경은 이미 폐쇄된 지 며칠이나 지난 상태였기에 여행자라고 보기에는 어려웠다.
 "저곳인가?"
 "예, 저곳이 국경이옵니다, 전하."
 국경이라고 해 봐야 다른 곳과 그렇게 크게 차이가 있는 것도 아니었다. 그냥 잘 포장된 도로 근처에 검문소가 설치되어 있을 뿐이었다. 알렌 왕국의 검문소와 코린트 제국의 검문소는 1백 미터 정도 떨어진 위치에 있었고, 두 곳 다 서너 명 남짓의 인원이 서성거리고 있었다. 평상시에는 양국을 관통하는 이곳 주 도로(主道路)는 하루에도 수천 명의 인원이 통과했기에 위법 물건 따위가 반입되는 것을 막기 위해 경비병이 수십 명씩 배치되었지만, 지금은 양국의 국경이 통제되어 더 이상 통행인이 없어지자 경비원의 수를 줄인 것이다.

"국경 치고는 너무 인적이 없는 것 같군. 녀석들의 최전선 기지는 어디지?"

"옛, 이곳에서 2킬로미터 정도 더 들어간 곳에 위치한 카라엔 요새이옵니다. 코린트는 이곳 국경 검문소보다는 카라엔 요새에서 검문을 한다고 여기 적혀 있사옵니다. 주둔 병력은 1개 여단 정도이옵니다."

"카라엔 요새라. 그건 그렇고 정말 잘 포장된 도로군."

"옛, 도로의 너비만 봐도 열 명의 중장 보병이 횡대로 지나갈 수 있을 정도이옵니다. 이렇게 넓은 포장도로는 흔히 볼 수 있는 게 아니지요. 아마도 기사단은 몰라도 병력의 90퍼센트 이상은 이곳 크라무스 대로를 따라 이동해 들어올 것으로 예상되옵니다."

"맞는 말이다. 놈들의 병력이 많은 만큼 잔재주 부리지 말고 힘으로 밀어붙여 준다면 서로가 편하겠는데 말이야. 안 그런가?"

"옛, 전하."

"좀 더 깊숙하게 들어가 보자."

"예? 하지만 너무 위험하옵니다, 전하."

"상관없어. 말은 여기다 세워 놓고 가기루 하지. 믹, 자네가 여기를 지키도록."

"예, 전하."

믹이라고 불린 사내는 다섯 필의 말을 돌보기 위해 남았고, 나머지 넷은 국경 쪽으로 달려가기 시작했다. 하지만 이들이 달려가는 속도는 도저히 인간들이 낼 수 있는 속도가 아니었다. 거의 시속 1백 킬로미터는 될 것 같은 엄청난 속도. 그들은 도로 위를 달리지 않고 국경 경비대를 피해서 국경을 넘었다.

"저곳이 카라엔 요새이옵니다."

"상당한 규모로군."

"옛, 전하. 이걸 쓰시지요."

부하가 건네는 길쭉한 원통형의 막대기를 보며 다크는 물었다.

"어? 이게 뭔가?"

"예? 이걸 한 번도 보신 적이 없사옵니까? 망원경이라고 하는 것이옵니다. 멀리 있는 것을 보는 데는 그만이지요."

"어떻게 쓰는 거지?"

"이렇게 해서 초점을 맞추면 되옵니다."

부하는 슬쩍 원통의 길이를 늘였다 줄였다 하는 방법을 가르쳐 줬고, 다크는 부하가 가르쳐 주는 대로 늘였다 줄였다 하는 도중에 선명하게 보이는 위치를 잡을 수 있었다.

"오, 대단하군. 아주 잘 보이는데? 이런 물건이 있는 줄은 처음 알았어."

"흔히 사용되는 물건은 아니옵니다. 매우 고가의 물건인 데다가 구하기도 쉽지 않지요. 각국의 군대나 첩자들이 사용하고 있는 걸로 아옵니다."

"그래. 요새가 대단히 큰 규모로군. 하지만 군기가 그렇게 엄하다고는 생각되지 않아. 보초병들끼리 웃고 떠드는 걸 보니 승리의 여신은 자신들의 편이라고 생각하고 있는 모양이야."

"그럴 만도 하겠죠."

"이거 가지고는 잘 모르겠는데? 조금 더 들어가 보자. 아니, 놈들이 집결 중이라는 바실리시에도 한번 가 보기로 하지. 얼마나 호화찬란하게 하고 있는지 한번 구경을 해 주는 게 예의 아니겠어?"

"전하, 아니 되옵니다. 만약 일이 잘못되기라도 한다면……."

부하는 아차하는 듯한 표정으로 말끝을 흐렸다. 직접 본 것은 아니지만 상관의 검술 실력은 최고 중의 최고. 일이 잘못되더라도 그녀가 다칠 확률은 적을 거라는 생각이 들었던 것이다.

"뭐야? 일이 잘못되기라도 한다면 내가 어떻게 될 수도 있다는 말이야? 네놈은 그곳에 나를 능가하는 실력자가 있을 거라고 생각하는 거냐?"

음침한 미소를 지으며 묻자 부하는 일단 말문이 막힐 수밖에 없었다. 검술 실력 하나만으로 공작에 추대된 인물. 말로만 듣던 소드 마스터. 하지만 자신들이 직접 상관이 검 쓰는 것을 본 적도 없었고, 더군다나 상관을 아무리 자세히 봐도 뛰어난 검객에서 뿜어 나오는 그런 강인한 힘 따위는 느껴지지 않았다. 그들이 봤을 때 입만 거친 예쁘장한 계집아이에 불과했기에 도대체가 신뢰성이 가지 않는 것은 사실이었다.

"그런 것은 아니옵니다, 전하. 하지만 놈들의 기습을 당할 수도 있고, 마법사를 만날 수도 있사옵니다. 마법사의 기습 공격은 위험하옵니다, 전하."

"헛소리 말고 가자."

소녀가 먼저 달려가기 시작하자 그 부하들도 마지못해 그녀의 뒤를 따라가기 시작했다.

툭!

자그마한 돌멩이가 자신의 주위에 떨어지자 어둠 속에 몸을 숨기고 있던 사내는 돌이 날아온 곳을 향해 시선을 돌렸다. 그곳에는 물론 자신의 동료가 살짝 몸을 숨기고 있었다. 동료는 손짓으로 아래쪽을 가리키고 있었기에 그는 서둘러서 아래쪽으로 시선을 돌렸다. 그곳에는 상당한 속도로 달려가는 사람이 네 명 있었다. 워낙 거리가 멀리 떨어져 있어서 무장이나 인원 편성 따위가 어떤지는 보이지도 않지만 저렇게 달려가는 것을 보면 모두 기사들이 분명했다.

그는 자신의 옆에 앉아 있는 마법사를 향해 속삭였다.

"본대에 연락해라. 박쥐가 들어왔다고 말이야."

그 말을 들은 마법사가 적을 보기 위해 시선을 들었지만 그의 눈에는 아무것도 보이지 않았다. 오랜 수련을 거친 기사의 시력은 마법사보다 훨씬 뛰어났기 때문이다. 마법사는 뷰 마나 포스의 주문을 사용해서 상대를 파악해 볼까 하는 생각이 들었지만 곧 포기할 수밖에 없었다. 자신의 호기심을 충족시키는 것보다는 상부에 보고를 하는 것이 먼저였기 때문이다.

"인원은 네 명. 모두 기사다. 검은색 로브를 걸치고 있다. 저 녀석들은 곧장 바실리시로 달려가고 있다. 달리는 속도로 미루어봤을 때 아마 30분 후에는 도착하게 될 것 같아. 그런데, 저놈들도 되게 멍청하군. 정찰을 하겠다는 놈들이 저렇게 백주 대낮에 달려가는 것은 정찰대 노릇을 하면서 처음 보겠군. 멍청한……."

하지만 그의 말은 여기서 끝났다. 왜냐하면 바로 그 네 놈이 자신들이 있는 곳을 향해 엄청난 속도로 달려오기 시작했기 때문이다. 특히 그들 중의 한 명은 정말 빠른 속도로 달리고 있었고, 남은 세 명과의 간격이 점점 벌어지고 있었다.

"들킨 건가? 이렇게 먼 거리에서? 제길!"

사내는 재빨리 자신의 품속에서 원통형 막대기 같은 것을 꺼내 들었다. 그런 다음 그 막대기를 들고는 막대기 아래쪽에 붙어 있는 작은 구조물을 힘껏 당겼다. 그러자 곧장 푸쉬쉭 하는 소리가 들리더니 펑하는 소리와 함께 신호탄이 하늘 위로 날아올랐다. 구조물을 당기면 그 힘으로 심지가 점화되는 방식이었기에 빨리 발사할 수 있는 이점도 있었지만, 이 신호탄은 밤에는 잘 보이지만 낮에는 잘 보이지 않는다는 단점이 있었다. 사내는 주위에 퍼져 있는 다른 정찰 매복조가 그것을 볼 수 있기를 기대하는 마음에서 날린 것이지만 동료들이 밝은 대낮에 그걸 볼 가능성은 거의 없었다.

신호탄을 쏜 후 사내는 검을 뽑아 들었다. 상대는 믿을 수 없을 정도로 빠른 속도로 거리를 좁혀 오고 있었다. 먼저 자신의 동료가 상대를 저지하기 위해 뛰어들었지만 상대는 그걸 무시하고 달려드는 듯 보였다. 그사이에 금빛 같은 것이 번쩍였고, 곧 뛰어들었던 동료의 허리가 토막 나며 나뒹구는 것이 보였다. 상대는 정말 엄청난 실력을 가진 검객이었다. '잘하면 대어(大魚)를 잡는 공훈을 세울 수도 있겠는데' 하는 생각이 드는 순간 상대는 벌써 자신에게 육박해 오고 있었다.

"컥! 안 보여……."

두 번째 사내가 쓰러졌을 때, 마법사는 한참 주문을 외워 대고 있었다.

"멈춰!"
하지만 마법사는 주문을 계속 외웠다. 그러자 상대는 더 이상 망설이지 않고 검을 휘둘렀다.
툭……
마법사의 목이 떨어져 나가자 거의 완성 직전에 있었던 주문은 파괴되어 집중되었던 마나는 자연스럽게 대기 중으로 흩어져 버렸다. 다크는 금빛 나는 검을 검집에 천천히 밀어 넣으며 중얼거렸다.
"이제부터는 조심스럽게 가야겠군. 저놈들이 있다는 것은 바실리시가 멀지 않다는 말인가?"
뒤늦게 도착한 부하들은 이리저리 시체를 살펴보고 있는 상관을 믿을 수 없다는 눈길로 바라봤다. 소드 마스터. 그게 엄청난 실력을 가진 검객들만이 가지는 호칭인 것은 익히 알고 있었지만 직접 눈으로 보기는 이번이 처음이었다. 달려가는 속도도 무시무시했지만, 단칼에 상대를 죽이는 무서운 검술.
"이제부터는 조심해서 가야겠다. 저 녀석이 통신 마법을 쓴답시고 마나를 집중시키지 않았다면 눈치 채지 못할 뻔했다. 나중에 돌아간 후에 우리 쪽 정찰대 놈들에게도 너무 성급하게 마법을 쓰지 말라고 전해라."
"옛, 전하."
다크 일행은 시체를 철저하게 뒤진 후 그 자리를 떠났다. 그리고 두 시간 후, 이곳에는 방문객 다섯 명이 도착했다. 그들은 시체들을 살펴보며 인상을 찌푸렸다.
"대단한 실력이군. 검을 제대로 휘둘러보지도 못하고 모두들 당했어."

"하지만 대장님, 정찰 나오는 기사들은 실력이 그렇게 대단하지 않은 게 정석입니다."

"아니야, 놈은 진짜다. 아마 네 놈인 것 같군, 그렇지 않나?"

"예, 그런 것 같습니다. 그중 한 명의 발자국은 굉장히 작은데, 아마 여자인 것 같군요."

"그래 잘 봤다. 여자야. 사령부에 긴급 통신을 넣어라. 쥐새끼 네 마리가 잠입했다고 말이야."

"옛!"

마법사는 목이 날아간 시체를 치우고 거기에 그려져 있는 마법진 앞에 앉아 주문을 외우기 시작했다.

"신호탄이군. 으음, 이 위치에서 신호탄을 쏜다면 밤에나 보일까? 저쪽에 있는 정찰조가 알아보기는 힘들었겠는데?"

"예."

이때 저 밑쪽으로 내려갔던 두 명이 올라왔다. 그들은 믿을 수 없다는 듯한 표정으로 말했다.

"저쪽에서 이쪽으로 달려오다가 갑자기 방향을 틀어 이리로 달려왔습니다."

"뭐야? 정확한가?"

"예, 발자국의 간격을 봤을 때 상당한 속도로 달린 것이 확실합니다. 거의 전력 질주에 가까운 보폭입니다. 그런데 보폭의 거리로 봤을 때 그래듀에이트, 그것도 상위급에 랭크되는 실력자들입니다."

"나도 그렇게 생각해. 보폭, 검술. 모든 게 놈들의 실력을 말해 주고 있어. 그런데 내가 도대체 이해할 수 없는 것은 저 먼 거리에

무서운 쥐새끼들의 침입 117

서 어떻게 이쪽으로 갑자기 방향을 바꿔 달려왔지?"

"글쎄요. 설마 눈치 챈 것은 아닐까요?"

"이봐, 자네는 저 먼 거리에서 정신없이 달리면서 이쪽에 어떤 놈이 숨어 있는 것을 알 수 있나?"

"아뇨. 하지만 여기 숨어 있던 녀석들이 혹시 실수했을지도 모르잖습니까? 실수로 검에서 빛이 반사되었다든지, 예, 어떤 물체에 반사된 빛을 놈들이 우연히 봤을 수도 있죠."

"음. 가능성은 낮지만 그럴 수도 있겠군."

이때 마법사가 그들의 대화에 끼어들었다.

"백작님, 사령부 연결되었습니다. 혹시 더 전하실 말씀이 있으십니까?"

그 말에 우두머리인 듯 보이는 그 사내는 수정 구슬이 있는 곳으로 다가간 후 수정 구슬에 비춰지고 있는 상대방 마법사를 향해 말했다.

"쥐새끼는 남자 셋, 여자 한 명. 모두들 대단히 뛰어난 실력을 지닌 놈들이다. 그리고 그중 한 명 정도는 대단한 실력인 것 같아. 혹시 딴 정찰조에서 연락 들어온 것은 없나?"

"없습니다, 백작님."

"놈들의 실력으로 봤을 때 타이탄을 가지고 있을 가능성이 매우 높다. 기사단의 투입을 원한다고 후작 각하께 전하도록!"

"예, 그렇게 전하겠습니다."

"여기 76정찰조 매복 위치에서 바실리시 쪽 직선 거리상에 몇 개의 정찰조가 배치되어 있지?"

"12개입니다."

"좋아. 그 12개 정찰조가 매복한 곳을 향해 기사단을 보내라고 말씀드려라. 빨리."

"옛!"

"자, 우리도 움직이기로 하지."

시체들의 몸을 수색한 후 또다시 발걸음을 옮기고 있는 소녀를 향해 엘터는 재차 말했다.

"더 이상은 위험하옵니다, 공작 전하."

"뭐가 그렇게 위험하다는 것이지?"

"오는 도중에 벌써 일곱 개 정찰조에 걸렸습니다. 모두 다 죽였다고 하지만 곧 우리들의 행적이 밝혀질 것이옵니다. 더 이상 들어가는 것은 자살 행위이옵니다. 다시 한 번 더 생각해 주시옵소서."

"자네들 모두 다 그렇게 생각하나?"

"예."

"모두 다 그렇게 생각한다면 어쩔 수 없지. 돌아가기로 하자. 엘터 자네가 귀로를 생각해 봐."

"예, 여기서 남쪽으로 3킬로미터 정도 내려간 후 동쪽으로 돌아서 귀환하는 것이 좋을 듯 하옵니다."

"3킬로미터 정도 내려갈 정신이 있을까? 지금까지의 예로 봤을 때 거의 1킬로미터 거리로 1개 조씩 숨어 있는 것 같은데?"

"이제부터는 조심스럽게 움직이는 수밖에 없사옵니다. 상대를 보자마자 그렇게 죽이지 마시구요."

"좋아. 하지만 그건 놈들이 이쪽을 눈치 못 챘을 때에 한해서야. 가자구."

이제 백작 일행은 사령부 쪽에서 달려와 합류한 인원들까지 모두 35명을 넘어서고 있었다. 처음에 전멸당한 제76정찰조에서 직선거리에 있는 각 매복조에 다섯 명씩의 기사들을 투입했는데, 그들이 모두 뭉쳐 버린 것이다.

"귀관께서도 놈들을 보지 못했습니까?"

"예, 저희들이 연락을 받고 왔을 때는 이미 늦었더군요."

"어쩔 수 없는 일 아니겠습니까? 단일 국가 소속도 아니고, 이렇게 모두들 쉬시다가 달려와 주신 것만 해도 감사할 따름입니다."

"저희도 황망 중에 명령을 받고 출발했기에 마법사를 데려오지도 못했고, 그래서 이들의 시체를 보면서 어떻게 행동을 할까 망설이던 중입니다."

"잘되었군요. 저와 함께 행동하시면 될 겁니다. 일단은 쥐새끼들을 잡아야지요."

백작은 서둘러서 무리들을 이끌고 놈들을 향해 달려갔다. 물론 모인 인원들을 통솔할 권한 따위가 백작에게 원래부터 있었던 것은 아니다. 하지만 백작 일행은 그날 지명된 다섯 개의 순찰조들 중의 하나였다. 이렇듯 수십 개 국이 약간씩의 병력을 보내 주어 구성되어 있는 연합군 체계에서는 일단 지휘자가 있어야 했고, 정식으로 놈들을 추격해야 하는 명령을 받은 것은 백작 일행이었다. 나머지는 그 백작을 도와주기 위해 파견된 형식이었기에 지휘권을 놓고 군소리가 나오지는 않았다.

하지만 백작 일행의 인물들도 추격이 계속되면서 처음에는 토끼 사냥하는 기분으로 따라다니다가 점차로 마음이 바뀌고 있었다.

"정말 대단한 솜씨야. 이 친구는 쓰러져 있는 모양새를 보니 자신이 어떻게 죽었는지도 모르고 갔구먼."

"저기 있는 마법사도 마찬가지입니다. 백작님, 추격을 계속해야 할까요? 이게 제일 마지막에 포진하고 있던 정찰조였습니다."

"여러분들의 의견은 어떻습니까? 놈들이 도망친 방향을 추정해 보면 아르곤 쪽입니다."

"시체를 보면 죽은 지 20분도 채 되지 않았습니다. 시체의 온기가 아직 남아 있을 정도지요. 이런 상태에서 추격을 포기한다면 남들의 비웃음거리밖에 안 됩니다. 못 잡더라도 추격을 해야만 합니다."

"좋습니다. 그럼 전력으로 떱시다."

20분도 채 되지 않았다고 하더라도 기사들의 발걸음 속도로 봤을 때 거의 30킬로미터 앞에서 도망치고 있다고 봐야 했다. 그것도 느린 속도로 움직이는 것이 아니라 전력으로 달려도 거리를 줄일 수 있을지 없을지 모르는 그런 상대였다. 하지만 마지막에 죽은 시체를 봤을 때 그들은 포기할 수 없었다. 만약 거의 40여 명에 달하는 인물들이 추격을 해서 겨우 네 명을 잡지 못했다고 한다면, 그것도 20분 전쯤에 출발한 인물들을 잡지 못한다면 자신들의 명예뿐 아니라 자신들의 조국에까지 먹칠을 할 여지가 있었다.

그들이 추격을 단념한 곳은 아르곤 제국과의 국경선이었다. 놈들이 만약 알렌 왕국으로 도망쳤다면 그것은 매우 좋은 시빗거리가 될 수도 있었겠지만, 상대가 아르곤으로 도망쳐 버렸기에 그놈들이 알렌 쪽, 아마도 크루마 지원군 쪽의 정찰대라고 짐작은 되었지만 확실한 물증이 없었다.

무서운 쥐새끼들의 침입

살라만더 기사단, 정식으로 말한다면 크라레스 유령 기사단 크루마 파견대 내에서는 은밀한 소문이 퍼지고 있었다. 둘씩, 혹은 셋씩 모여 쑤군거리면서 퍼져 나가는 소문. 그건 딴 사람들에게는 별로 해당 사항이 없을지 모르지만 살라만더 기사단 소속의 대원들에게는 대단한 낭보(朗報)였다.

"글쎄 말이야. 세상에 나는 달리는 것만 해도 정신이 없을 지경이었는데, 그 먼 거리에서 놈들을 포착하고는 그쪽으로 방향을 틀어서 엄청난 속도로 달려가시더니 단칼에 끝장을 내시더군."

"정말이야?"

"내가 왜 거짓말을 하겠어? 그렇게 해서 죽인 놈들의 정찰조만 해도 15개는 될 걸? 기사 30명에 마법사 15명이야. 놈들의 품속을 뒤져서 가져온 지도가 몇 장인지 아그리오스 백작님께 물어보면 금방 알 수 있잖아. 절대로 거짓말이 아니라니까."

"소문대로 그렇게 검술이 대단해?"

"내 생전 그렇게 빠른 검술은 구경도 해 본 적이 없어. 한 칼에 한 명씩. 정말 정확하더군. 소드 마스터라는 게 얼마나 대단한가 했었는데, 눈으로 보니까 정말 끝내 주더군. 저런 분이 우리 사령관이시니까 아마 승리는 보장된 거나 다름없지 않겠어?"

타이탄 자체가 뛰어난 무사가 탈수록 괴력을 발휘하는 무기였고, 또 타이탄을 상대할 무기는 타이탄뿐이었기에 이 시대의 모든 전쟁은 타이탄의 숫자가 모든 것을 결정한다고 할 수 있었다. 하지만 각국이 타이탄을 아무리 많이 끌어 모은다고 하더라도 수백 대 정도가 고작이었기에 전략과 전술이 그렇게 발전하지 못한다는 단점 또한 안고 있었다. 기사단이 나간다면 그 기사단 소속의 기사들과 마법사로 구성된 정찰조가 쫙 깔리게 되고, 그렇게 되면 기습을 당할 가능성은 거의 없어지기에 몇몇 예외의 경우가 있을 수도 있겠지만 결국은 타이탄 대 타이탄의 육박전으로 끝나게 되는 것이다.

철없는 드래곤 아빠

"린넨 백작께서 도착하셨습니다."
"들어오라고 하게."
"옛!"
새로이 보충된 열여섯 명의 인원은 보초의 안내를 받아 실내로 들어섰다.
"안녕하시옵니까? 공작 전하."
그 말에 소녀는 고개만 까딱 하여 인사를 대신했고, 곧이어 그녀의 옆에 앉아 있던 크로아 백작이 입을 열었다.
"먼 길 오시느라 수고했소. 보고받은 인원보다 훨씬 많이 오셨군."
"예."
"힘든 전쟁터로 이렇듯 와 주니 마음이 든든하군. 크루마 쪽에서는 이쪽의 사기 저하를 염려해서 적들의 전력이 현재 120대 정도라고 속이고 있지만 사실은 그렇지 않아. 어려운 전쟁이 될 것 같으니 모두들 힘을 내주게나. 그런데 그쪽은 잘 모르는 얼굴인 것 같은데?"

"예, 공작 전하. 이쪽은 과거 코린트에 멸망당한 트루비아의 기사단이옵니다. 이번 전쟁에 참전해 주시겠다고 하셔서 이렇게 함께 왔습니다."

"오오, 어려운 결정을 내려 주셔서 감사하오. 그래, 왕자 전하께서는 평안하신지?"

"옛, 공작 전하."

"자, 이리로 오기 전에 몇 가지 들었겠지만 오는 도중에 며칠 경과되다 보니 정확한 정보를 듣고 싶겠지. 오늘 오전에 본국과 연락을 취한 결과를 말해 주게."

크로아 백작의 말에 소녀는 입을 열었다.

"예, 3일 전 엠페른 기사단에서 로메로-H형 22대가 추가되어 이쪽은 132대로 증강되었습니다. 그때 적은 140대로 증원되어 있었고, 그때부터 상대의 전력이 이쪽을 앞서가기 시작했습니다. 오늘 16대의 타이탄이 증원되었다고 하지만 상대는 176대로 증원된 것으로 알려졌습니다. 하지만 본국에서 정보 집계에 하루 정도가 걸리는 것으로 봤을 때 지금 적은 180대를 넘는 타이탄을 보유하고 있는 것으로 예측할 수 있습니다."

"180대······."

신음 소리 같은 음성이 여기저기서 터져 나왔다. 이때 그라드 시드미안이 주위를 환기시키듯 천천히 입을 열었다.

"어쩐지 이곳 전선이 더 위험한 듯 보이는군요. 제가 알기로 코린트의 병력이 세 곳에 집결 중인데, 그중 최대 집결지가 바실리시로 알고 있사옵니다. 코린트는 지휘 체계를 혼란시키지 않으려는 노력의 일환으로 모든 동맹군 병력을 이곳 바실리시에 집결시키고 있사옵니다. 아마 시간이 지날수록 더욱 많은 병력이 모일 것이고, 제 예상으로는 250대에서 3백 대 정도가 모일 것이 분명합니다. 과거 겨우 8대의 타이탄을 가진 트루비아를 정복하기 위해 은십자기사단 소속 타이탄 20대와 동맹국 타이탄 50대를 동원한 놈들이지요. 그런 그들이 수백 대의 타이탄을 가진 크루마를 멸망시키기 위해서라면 최대한 많은 동맹군을 동원할 것은 분명하옵니다."

"경의 말이 옳은 것 같군. 자, 먼 길을 왔을 텐데 숙소에 가서 모두들 좀 쉬게나. 본국을 통해서 새로운 정보가 들어오면 그때그때 알려 주겠네."

"옛, 전하."

수정 구슬을 통해 들려오던 말소리가 잠잠해지자 바지오 남작이 입을 열었다.

"크라레스의 전력이 정말 놀랍군. 그때 '까만 토끼'라는 녀석이 보내 준다고 했던 '두 번째 귀염둥이'는 역시 타이탄이었어. 아마 린넨 백작이 이끌고 온 열여섯 명이 가지고 있는 타이탄이겠지."

"아마도 그런 것 같습니다."

"이번에 합류한 그라드 시드미안이라는 녀석! 상당히 날카로운데? 아마도 자신의 조국이 코린트에게 멸망당했기에 그 녀석들에 대한 조사를 많이 했던 모양이야. 그가 말한 250대 이상이 모일 거라는 말도 지금 현실로 다가오고 있는 숫자야. 자네는 어떻게 생각하나?"

"저도 아마 그렇지 않을까 생각하는 중이었습니다."

"오늘 알아낸 것을 상부에 보고해. 그리고 그 여자 마법사, 이름이 뭐라고 했지?"

"예? 글쎄요. 그 여자 마법사 이름은 한 번도 들은 적이 없는 것 같습니다. 모두들 그냥 마법사라고만 부르니까요."

"그렇던가? 그 마법사 방에도 도청 장치를 할 수는 없나? 번번이 숨어들려니까 매우 성가시잖아."

"그럴 수 없습니다. 만약 그 마법사가 어느 날 심술이 나서 방 안 조사라도 하는 날에는 간단하게 알아낼 수 있습니다. 위험 부담이 너무 큽니다. 로니에르 공작의 방이야 여자 마법사가 임의로 조사할 수가 없기에 설치했습니다마는. 사실 그 방에 설치한 것만으로도 중요한 정보는 모두 다 얻을 수 있었잖습니까? 몇 번 실험을 해 봤지만 통신 마법으로 주고받은 말과 공작에게 보고한 내용은 거의 차이가 없었습니다."

"그럼, 마법사의 방에 도청 장치를 설치하는 것은 포기하기로 하지."

바지오 남작은 밖으로 나가다가 해를 슬쩍 바라보며 대충 시간을 가늠한 후 말했다.

"한 시간 후에는 정기 연락 시간이잖아?"

"예, 남작님."

"혹시 정찰조로부터 특이한 보고가 올라오면 재빨리 나한테 전해 줘."

"예."

스칼의 대답을 뒤로 들으며 바지오 남작이 밖으로 나왔을 때 눈부시게 아름다운 두 사람이 자신의 앞을 스치며 지나갔다. 바로 여마법사와 그녀에 준할 정도로 아름답게 생긴 남자였다.

"제발 그만 좀 하세요. 아버지하고 놀 시간이 어디 있어요? 그렇게 할 일이 없으시면 파이어해머하고 노시라구요."

"어떻게 그런 말을 아버지한테 할 수 있니? 그따위 신의 실패작 하고……"

"좋아요. 그럼 지금 해야 할 일만 끝내고 나서 놀아 드리죠."

"진작에 그랬어야지. 그래 얼마나 기다리면 되겠냐?"

"한두 시간 정도?"

"그렇게 오래?"

"싫으시면 말구요."

"좋아, 좋아. 뭐 내가 싫다고 했냐? 그건 그렇고 이거 한번 안 해 볼래?"

"그게 뭔데요?"

호기심을 보이는 아들에게 아르티어스는 주머니 속에 감춰 두고 있던 자그마한 물건을 꺼내들며 호들갑스럽게 말했다.

"짠! 자, 봐라. 얼마나 예쁜 귀걸이냐? 너한테 특별히 잘 어울리도록 주문 생산한 것이지."

"주문 생산이요?"

"응, 파이어해머 그 녀석을 협…, 아니 그 녀석한테 부탁한 거야. 어때 예쁘지?"

"설마, 그딴 거 만들라고 매일매일 파이어해머를 괴롭히는 것은 아닐 테죠? 요 며칠 제법 바쁜 듯이 돌아다니더니 이걸 만들고 있었던 모양이군요."

아르티어스는 속으로 찔끔했지만 열심히 부인했다.

"아니, 절대로 그 녀석을 괴롭힌 적은 없어."

"그래도 명색이 드…, 아니 약자를 괴롭히면 안 되잖아요."

"하늘에 맹세코 절대 그놈을 괴롭힌 적 없다니까. 내 말이 거짓말이면 마른하늘에 날벼락이 내 머리 위로 떨어질 거야. 그 녀석이 알아서 너한테 어울릴 거라면서 만들어 준 거야. 자, 한번 걸어 보라구."

원래가 드래곤이란 것이 지상 최강의 생명체. 설혹 날벼락이 떨어진다고 하더라도 아르티어스의 방어막을 뚫을 수는 없었다. 그렇기에 아르티어스는 배짱 좋게도 신의 이름을 팔아 가며 거짓말을 해 대는 것이다.

"에이, 그따위 거 싫다니까 그래요?"

"잘 어울릴 텐데 왜 그러냐? 그러지 말고 해 보라니까."

두 남녀가 사라질 때까지 뒤를 멍하니 지켜보던 바지오 남작.

"아버지? 도대체 저 남자 나이가 그렇게 많은가? 설마, 아니야. 그럴 수도 있겠어. 그렇다면 부녀가 둘 다 마법사겠군. 젊음을 유지하는 방법은 신학과 마법밖에 없지. 그렇게 생각한다면 신관일 수도 있겠군. 맞아. 통신 마법 따위를 사용하는 건 모두 저 여자잖아? 그 아버지란 사람은 아직까지 한 번도 중요한 자리에 나서지 않는 걸 보면 신관이 틀림없어. 아마 전투가 벌어지면 그때쯤 나서서 축복을 하며 돌아다니겠지. 나중에 전투가 벌어지면 잊지 말고 꼭 축복을 받아야겠군."

철없는 드래곤 아빠

수정궁 이동 마법의 비밀

"도대체 말이 되느냐?"

제임스 드 발렌시아드 후작으로부터 호출당한 죠드는 상관의 호된 질책을 들었지만, 어떻게 할 방법이 없었다. 이번 사건이 원체 모호했기 때문이다.

"기껏 잡아 왔다가 사라진 소녀와 그 일행은 놔두고라도 코타스 공작 전하께서 실종되신 지 벌써 10일이 경과되었다. 그런데도 알 수 없다는 변명이나 늘어놓고 있는 것이냐?"

"하지만 알 수 없는 것은 알 수 없는 것입니다. 자료를 보시면 아시겠지만……."

"자료? 무슨 자료 말이냐? 이따위 쓰레기를 자료라고 가져온 거냐?"

제임스는 죠드가 어제 밤새 쓴다고 낑낑거린 서류들을 내팽개치며 으르렁거렸다.

"무슨 일이 있어도 찾아내! 그 계집과 공작 전하를 말이다. 이제 곧이어 크루마와 전쟁이 벌어질 거다. 이런 중요한 때, 코타스 공작 전하께서 실종되신다면 이 얼마나 비웃음거리가 되겠냐? 돌아가셨다면 시체라도 찾아와."

똑똑!

한참 죠드에게 울화를 터뜨리고 있는데 갑자기 노크 소리가 들려왔다. 제임스는 문 쪽을 보며 짜증 어린 목소리로 외쳤다.

"무슨 일이냐?"

제임스의 짜증스런 목소리에 찔끔하는 듯했지만, 그래도 어쩔 수 없는 듯 조심스런 목소리가 들려왔다. 사실 무척 화가 난 상태인 상관의 주변을 얼쩡거리다가는 자칫 불똥이 튈 수도 있기 때문에 알아서 몸을 사려야 했지만, 이걸 전해 주지 않았다가는 나중에 더 큰 화를 당할 수 있기에 어쩔 수 없었던 것이다.

"예, 크로데인 백작님으로부터 통신이 들어와 있습니다."

"알겠다. 죠드, 너도 함께 가자."

"예, 후작 각하."

죠드는 어쩔 수 없이 내키지 않는 걸음걸이로 젊은 후작의 뒤를 따를 수밖에 없었다. 그러면서 그는 대단히 유능한 후작의 친구가 어떤 단서라도 발견해 냈기를 기대하고 있었다.

"오랜만이군."

"그래, 그쪽은 어떻게 되었나?"

"꽤 재미있는 사실이 몇 가지 발견되었기에 연락하는 거야."

까미유의 말에 제임스는 약간 얼굴이 환해지며 물었다.

"좋은 소식이야?"

"그건 자네가 들어서 판단해 봐. 우선, 그 소녀하고 일행을 봤다는 사람들을 발견했지."

"뭐야? 어디서?"

"코린티아시 외곽에서. 식당 주인에게서 확인까지 받았지. 거기서 식사를 하고 갔다고 하더군."

서둘러 탈출한 것이 아니라, 범행 장소 부근에서 식사까지 한 것을 보면 정말 간이 커도 보통 큰 놈들이 아니라고 생각하며 제임스는 질문을 던졌다.

"어디로?"

"글쎄. 마법진을 썼기에 어딘지 확실히 알 수 없어. 죠드가 말 안 하던가? 마법의 탑에서 알려 주는 자료만 가지고는 도대체 어디로 갔는지 알 방법이 없지. 마력이 발생한 대략적인 위치와 그 추정 마력. 그리고 그게 포착된 시간만 기록되어 있으니까 말이야. 어쨌든 마법의 탑에 알아 본 바로는 4백만 기간트라급의 이동 마법이야. 이 근처에 수소문을 해 봤더니 그 소녀의 일행은 꽤나 대 부대가 되어 있더군."

"그건 또 무슨 소리야?"

"소녀 외에 열 명. 꽤나 떼거리 숫자가 늘어나 있기에 그 패거리인지 확실하지가 않아. 엄청난 미인인 소녀 한 명, 그리고 드워프 하나, 그리고 죠드에게서 들은 대로 키 175센티 정도의 머리를 아주 길게 기른 눈에 확 띌 정도의 미남자 한 명. 이 셋이 끼어 있었다는 것은 확인했어. 그들 외에 덩치 좋은 검객 여섯 명하고 좀 호리호리한 남자 한 명. 그렇게 해서 열한 명이지. 도대체 어디에 다섯 명이나 되는 놈들이 숨어 있다가 끼어든 거지?"

"글쎄…, 그럼 놈들은 어디로 갔다는 거야?"

"글쎄 잘 모르겠어. 이들이 남겨 놓고 간 마법진도 발견하기는 했지만 시간이 너무 지난 관계로 희미해져 버려 별로 도움이 안 되더군. 마법의 탑에 알아본 결과 사람 열한 명과 말 여섯 필을 4백만 기간트라급 마력으로는 그렇게 초장거리 이동을 시키기는 힘들다는 보고만 받았지. 무게에 따라 상당히 오차가 날 수도 있지만 이동 거리를 대략 추정한다면 1만 1천에서 1만 2천 킬로미터 정도? 최대한 길게 잡는다면 1만 3천까지도 될 거라고 하더군."

까미유의 말에 제임스는 대충 지도와 축척(縮尺)을 머릿속에 떠올리며 외쳤다. 1만 2천 킬로미터라면 짧은 거리가 아니기 때문이다.

"1만 2천 킬로미터? 그렇다면 우리나라가 아무리 크다고 해도 충분히 국경을 넘을 수 있는 거리잖아."

"그렇다고 봐야지. 하지만 국경을 넘을 수 있는 곳은 몇 곳 되지 않아. 북쪽으로는 도달할 수 있는 나라가 없고, 동쪽의 아르곤, 남쪽의 크라레스, 그리고 서쪽에는…, 으음 그쪽은 좀 많군."

"꼭 국경을 넘었을 거라고 생각하기는 힘들잖아?"

"그럴 수도 있지. 그런데 한 가지 이상한 점이 있어."

"뭔데?"

"정밀 조사를 실시해 본 결과 수정궁의 그녀 일행이 묵었던 방에는 누 곳 어디에도 숯가루나 뭐 그 어떤 가루도 발견되지 않았어."

야외에 그리는 마법진은 바람이나 비 같은 것 때문에 곧이어 사라지므로 대충 아무거나 가지고 그리지만, 실내에서는 얘기가 다르다. 작대기 같은 것 가지고 그리는 것은 불가능하고, 연필이나 물감 따위로 그걸 그렸다가는 누군가가 씻어 내지 않는 한 남아 있기에 행적이 노출될 우려가 있었다. 그렇기에 보통 실내의 마법진은 밀가루나 숯가루 등을 이용해서 그리게 된다. 그러면 마법이 발동되는 순간에 움직이게 되는 마나의 기류에 의해 그 마법진은 지워지게 되어 흔적을 없앨 수 있다. 하지만 이때 여기서 마법진을 그렸다는 숯가루 등의 증거물은 남게 되는 것이다.

"그렇다면 거기서는 마법진을 사용하지 않고 공간 이동을 했다는 거야?"

"그렇다고 봐야지. 마법의 탑에 기록된 자료를 살펴보면 처음 공작 전하께서 실종되실 때, 그때 발생한 마력은 50만 기간트라. 그걸 마법진 없이 돌렸다는 것은 6사이클급 마법사가 이동 마법을 사용했다고 봐야 해. 50만으로 두 명이면 마찬가지로 거의 국경 가깝게까지 날아갈 수 있지. 두 번째 발생한 마력은 1천 기간트라 정도. 그 방 안에 있던 사람의 수를 생각해 본다면 상당히 근거리 이동이야."

제임스는 잠시 생각해 본 후 고개를 끄덕이며 중얼거렸다.

"흐음, 앞뒤가 대충 맞는 것 같은데?"

까미유는 슬쩍 제임스의 눈치를 보며 말했다. 친구도 자기와 같은 생각을 하고 있다고 확신했던 것이다.

"그렇지? 그녀는 공작 전하와 초장거리 이동을 해서 어딘가로 갔어. 그런 후 시간이 그렇게 많이 지나지 않아서 돌아왔지. 그때는 어떤 미남과 함께 왔지만 말이야. 그런 후 단거리 이동으로 코린티아 시외로 나왔고, 식사 후 초장거리 마법을 펼친 것이 확실한 것 같아. 그런데 마법의 탑 자료에 상당히 재미난 사실이 있더군."

일부러 흥미를 자아내는 듯한 까미유의 말에 제임스는 짐짓 흥미를 보인다는 듯이 질문을 했다. 자신의 친구에게서 빠른 대답을 들으려면 적당히 맞장구를 쳐 줘야 한다는 것을 잘 알기 때문이다.

"어떤?"

"바로 제일 마지막 이동의 시발점이 된 식당이 있는 곳. 그 근처에서 엄청난 마법이 사용되었어. 어떤 종류의 마법인지는 알 수 없지만 거의 850만 기간트라급 마법. 그리고 곧이어 24만 기간트라급 마법. 무슨 말인지 모르겠어?"

일부러 궁금증을 일으키게 만드는 까미유의 화법에 짜증이 난 제임스는 투덜거렸다.

"답답하게 굴지 말고 속 시원하게 설명해 봐."

"앞의 850만 기간트라급 마법은 뭔지 몰라. 하지만 하나는 확실하지. 두 번에 걸쳐 연속적으로 사용된 걸 보면 한 사람이 썼을 가능성이 매우 커. 그리고 그 사람이 두 번째 마법으로 공간 이동했다면 대충 앞뒤가 맞아. 24만 기간트라로 한 명이면 공작 전하가 이동한 곳과 거의 비슷한 거리까지, 아니면 바로 그곳에 이동이 가능해. 850만 기간트라급을 곧바로 썼다면 그는 7사이클급 마법사지. 그 마법사는 그리로 이동했다가 다시 돌아왔어. 소녀만 데리고 말이야. 그다음은 자네가 아는 대로지. 그런데 몇 가지 이해가 가지 않는 부분들도 많아."

"어떤?"

"그 정도 마법사가 있는데도 식당 근처에 그려진 마법진은 4백만 기간트라급 치고는 엄청나게 컸어. 마법사들의 의견으로는 저

위급 마법사가 안전을 위해서 그렇게 과도하게 크게 그린다고 하더군. 그 말은 거기서 마법진을 발동시킨 녀석은 고위급이 아니야. 그렇다면 고위급은 그 정도 마법도 쓸 수 없는 상태일지도 모른다는 결론이 나오지."

"호오, 마력을 거의 다 소모했다는 거야? 그렇다면……."

"그래, 아마도 그 녀석이 공작 전하와 싸웠을 수도 있을 거야. 이 풍경을 보면 어떤 생각이 드나?"

그 말과 동시에 까미유의 모습은 수정 구슬에서 사라지고 황폐한 벌판이 모습을 드러냈다. 그런데 그 벌판은 원래부터 황폐한 것이 아니라 뭔가 거대한 규모의 마법 실험이라도 한 것처럼 파헤쳐져 있었다. 그리고 곧이어 수정 구슬에는 까미유의 모습이 다시 나타났다.

"그게 뭐야?"

"그 마법사 녀석이 소녀와 수정궁에 나타나기 전. 그러니까 공작 전하께서 소녀와 없어진 시간은 그렇게 많이 걸리지 않았어. 그렇다면 돌아올 때도 이동 마법을 썼다는 결론이잖아? 그래서 그 시간에 8천 킬로미터 내외의 거리에서 50만 기간트라급의 마법이 있는지 조사하니까 한 곳 있더군. 그쪽으로 찾아가서 발견한 풍경이야. 어때? 근사하지?"

"글쎄, 뭔가 마법 실험이라도 한 것 같은 모습인데? 완전히 엉망이잖아."

"그렇지? 내가 데려온 마법사들의 의견으로는 전기, 그러니까 엄청난 규모의 뇌전에 의해 이렇게 된 것 같다고 그러던데?"

"그렇다면 거기서 공작 전하께서 싸우셨다는 거야?"

"그럴 가능성이 크지. 그리고 이 일대에는 타이탄 발자국도 있어. 7사이클급 마법사와 타이탄 한 대. 이 정도라면 아무리 공작 전하라도 힘들었을 거야."

"그럼 그 나쁜 연놈들은 공작 전하를 그곳에서 협공해서 시해(弒害)한 후 뻔뻔하게도 이쪽으로 왔다가 다시 어딘가로 갔다는 거야?"

제임스의 단순 무식한 추리에 까미유는 혀를 차며 말했다.

"쯧쯧, 단순하기는. 그렇게 단정 짓기는 힘들어. 왜냐하면 실지로 그곳에서 싸웠다면 모든 무사들을 그쪽으로 데리고 가지, 왜 소녀와 그 마법사만 갔을까? 그리고 왜 공작 전하께서는 그 소녀와 단 둘이서 그 먼 곳에 가셨지? 그리고 소녀와 우리가 처음 만난 시점에도 문제가 있어. 소녀가 공작 전하를 시해할 예정이었다면 코린티아 시가지를 어슬렁거리고 있어야지 그 먼 아르곤에는 왜 있었을까? 그리고 싸운 흔적을 보면 타이탄은 거의 움직이지도 않았고, 또 뇌전 외에 딴 마법이 사용된 흔적은 없어. 그렇다면 코타스 공작 전하를 놈들은 어떤 방식으로 해칠 수 있었지?"

"글쎄."

제임스가 이리저리 궁리를 하는 듯했지만 결국은 결론을 못 내는 것을 보며, 까미유는 자신이 생각한 바를 말했다.

"모든 것은 그 소녀를 찾아내야 알 수 있어."

"그, 그럼 어떻게 하지?"

"쯧쯧 머리하고는……. 어떻게 그 머리로 무술을 익혔냐? 내가 처음에 그 소녀를 발견한 곳이 어디라고 했지?"

제임스는 잠시 생각하더니 답했다. 기억이 났던 것이다.

"그야……. 그래, 크라레스라고 했지."

"맞았어. 나는 지금부터 크라레스로 갈 거야. 혹시 뭐 따로 전달할 사항은 없나?"

제임스는 고개를 가로저으며 답했다.

"아니, 아직까지는 없어."

"그럼 나중에 또 연락하지."

"잠깐! 누구하고 같이 갈 거야?"

"오스카하고 같이 갈 거야. 그리고 마법사는 리카와 스타키를 데려가지. 나머지는 돌려보낼 거야."

"겨우 그들만 가지고 될까? 기사를 몇 명 더 데려가는 게 좋지 않을까?"

"이봐, 오스카하고 나만 빠져도 벌써 제3근위대에 공석이 두 개나 생긴다구. 페트릭까지 데려가면 아마도 너희 아버지가 눈치 채실걸? 둘만 해도 충분할 거야. 그리고 페트릭 그 녀석은 너무 귀족 냄새가 나서 들통 나기 쉬워. 그럼 다음에 연락할게."

그 말을 끝으로 수정 구슬에는 더 이상 아무것도 나타나지 않았다.

"제기랄, 까미유! 어쩔 수 없지. 원래 크라레스는 별 볼일 없는 국가니까 적기사 두 대만 해도 충분할지도……. 죠드!"

"예, 후작 각하."

"일단 수색을 위해 파견했던 모든 기사와 마법사들을 소환해라. 더 이상 근위 기사단에 빈자리를 놔두기는 힘들어. 언제 근위 기사단을 타국에 파견하는 것이 결정될지도 알 수 없고."

"옛! 후작 각하."

"그리고 까미유로부터 확실한 보고가 들어오기 전까지 코타스 공작 전하께서는 적기사 제작에 너무 몰두하신 나머지 피곤이 쌓여 잠시 휴양을 취하러 가셨다고 하도록!"

"명심하겠습니다, 후작 각하."

"까미유가 잘해 주어야 할 텐데……."

제임스는 최악의 상황, 즉 코타스 공작이 사망하지 않았기를 바라는 수밖에 없었다. 하지만 그가 그렇게 바랄 수밖에 없었던 것도 지금 현 시점에서 공작의 사망 소식이 발표된다면, 그것도 누군가에게 살해되었다는 것이라면 코린트 군대의 사기(士氣)에 상당한 영향을 미칠 것이 분명하다고 판단했기 때문이다. 만약 진짜 코타스 공작이 사망했다면 그것은 전쟁이 끝난 후에 발표하는 것이 좋을 것이고, 그때 가서 철저한 피의 복수를 하려면 상대의 흔적이 조금이라도 남아 있는 지금 조용히 자료를 모아 놔야 했다.

청기사 안드로메다의 첫 전투

로니에르 공작이 사령관으로 추대된 후에 그가 있는 살라만더 기사단은 알렌 왕국 방어군의 주력(主力)이 되었다. 중앙에 주둔한 살라만더 기사단을 보조하는 우익은 엠페른 기사단, 좌익은 연합 기사단이었다. 이렇듯 세 개의 기사단이 각기 떨어져서 주둔하다 보니 살라만더 기사단에는 다섯 명의 마법사들이 추가로 증원되었다. 그들이 하는 일은 각 기사단, 그리고 각 기사단에서 파견한 정찰조로부터 지속적인 통신망을 유지하는 것이었다.

모든 정보를 살라만더 기사단에서 통합적으로 관리하게 되었기에 연합군의 식별을 용이하게 하기 위해서 살라만더에서 파견하는 기사단은 1이라는 숫자를, 엠페른은 2, 연합 기사단은 3이라는 숫자를 앞에 붙여 호칭하게 되었다. 그렇기에 101이라면 살라만더 기사단 소속 제1정찰대라는 뜻이 되었다. 이렇듯 세 개의 기사단에서 연일 파견하는 정찰대의 수는 20개를 넘어서고 있었고, 그들로부터 적의 동태에 관한 정보는 끊임없이 흘러들어오고 있었다.

다크가 직접 상대의 진영에 들어가 정찰 활동이라는 미명 아래 거의 30명이 넘는 기사들을 학살하고 돌아온 후 이틀째부터 상대의 활동이 왕성해지기 시작했다.

"106매복조에서 적 발견. 다섯 명으로 추정. 아마도 정찰조인 듯합니다."

"204조에서 적 발견. 다섯 명 정도가 국경 통과! 빨리 대책을 지시해 주십시오."

"206조에서 적 발견. 세 명이 국경을 넘었답니다."

"306조에서 적 다섯 명 발견. 국경 통과 중이랍니다. 대책을 지시해 주십시오."

네 개의 통신용 마법진을 그려 놓고는 각기 한 명씩의 마법사가 붙어 앉아 있었다. 이들은 하루 2교대로 근무 중이었는데 쉴 틈 없이 저마다 상황을 외치기 시작했다. 지금 깔려 있는 정찰조가 20개 정도인 것을 감안한다면 딴 정찰조들도 적을 발견하고 통신을 보내오고 있을지도 몰랐다. 다만 그것을 수신할 마법사가 없기에 연결이 안 되는 것일 뿐.

이렇듯 한꺼번에 정찰조들을 발견했다는 것은 아마도 상대가 계획적으로 한꺼번에 투입한 것이 분명했기에 통신실을 지휘하고 있는 비지오 남작은 일순 난감해질 수밖에 없었다. 하지만 그는 재빨리 정신을 차리고 외쳤다.

"각 정찰조에 전달. 교전을 최대한 회피하고 적을 감시하라. 그리고 자네는 이 사실을 사령관께 전하도록. 빨리."

"예."

곧이어 사령관인 크로아 백작과 마법사 소녀가 함께 들어왔다. 백작은 통신실에 들어서면서 외쳤다.

"예비 기사들을 출동시켜라. 그리고 각 기사단에서 타이탄을 소유한 기사들로 열 명씩 엄호 부대를 구성하여 파견하라고 전하라."

"옛!"

크로아 백작의 지시를 받은 즉시 린넨 백작이 아홉 명의 부하들을 거느리고 재빨리 국경 쪽으로 달려갔다. 하지만 모든 기사단들은 국경에서 거의 80에서 1백 킬로미터쯤 후방에 위치하고 있었기에 후속 부대가 국경에 도착하는 데는 거의 한 시간 정도가 경과되어 버렸다. 그동안에 마법사들을 거느린 상대의 정찰조들은 이쪽의 정찰조들을 찾아내어 각기 교전을 벌였고, 지원대가 도착할 때쯤에는 10여 명이 사망하고 20여 명 이상이 중상을 당하는 사태가 벌어지고 말았다.

자신이 도착했을 때는 상대는 이미 재빨리 후퇴하고 난 뒤였기에 뒷수습만 하다가 돌아온 린넨 백작은 곧장 사령관실로 들어갔다.

"놈들의 공격은 계획된 것이었사옵니다. 뷰 마나 포스의 주문으로 이쪽의 정찰대 위치를 파악, 정찰대만을 공격하기 위해 온 것이옵니다. 부상자들의 증언이나, 시체에 난 검상을 살펴봤을 때 상대방은 모두 그래듀에이트급들로 추정되옵니다."

"자네가 달려갔을 때는 놈들은 이미 철수한 후였나?"

"예, 전하."

"흐음, 보고에 의하면 다른 기사단에서 보낸 증원대도 마찬가지였다고 하더군. 놈들은 아마도 조만간에 전투를 개시할 생각일 거야. 그 전에 이쪽의 정찰조부터 손을 봐 두겠다는 계획이겠지."

"어떻게 하실 계획이시온지?"

"일단 전방의 모든 정찰조들을 조금씩 후퇴시켜라. 그리고 각 기사단에 통보해서 각 정찰조는 다섯 명 이상의 규모를 유지하도록 전하라. 바실리시에서 가장 가까운 위치에 있는 것이 본대다. 그리고 오늘 가장 피해가 컸던 것도 본대다. 여덟 명 사망, 여섯 명 중상이었다. 이런 식이라면 당분간 증원이 있을 때까지는 크루마 쪽에 정찰을 맡길 수 없다. 크루마 본국에는 더 많은 기사와 마법사 증원을 요청해 놨으니 그들이 도착하기 전까지는 살라만더 기사단에서 정면의 정찰 활동을 시작한다. 그리고 적 기사들과의 교전 가능성이 큰 만큼 마법사를 지원받을 필요 없이 기사들만 투입하기로 하겠다."

"하지만 그런 식으로 했다가 잘못되면 치명적인 전력 감소의 요인이 될 수도 있사옵니다."

"그건 상관없다. 오늘부터 3일간은 자네가 20명을 이끌고 가서 정찰하도록."

여기까지는 자신 있게 말한 크로아 백작은 소녀 쪽을 힐끗 봤다. 그러자 소녀는 일부러 눈을 부릅떠 보였고, 백작은 마지못해 중얼거리듯 말을 이었다.

"그리고 통신을 위해 저 아이를 데려가라."

어떻게 된 상황인지 이해한 린넨 백작이었지만, 상관의 황소고집을 꺾을 자신이 없었기에 할 수 없이 대답했다.

"예, 전하."

20명이 넘는 인원이 말을 타고 사라지는 것을 보며 바지오 남작은 고개를 갸웃했다. 정석대로라면 좌우에 포진하고 있는 다른 기사단의 인원을 보충받는 한이 있더라도 타이탄을 소유한 기사들을 투입하는 것은 금기(禁忌)였다. 만약 타이탄을 소유한 기사를 몇 명씩 분산시켜 배치했다가 순간적으로 벌어질 수 있는 적의 병력 우위에 의해 죽거나 부상당하면 상당한 전력 손실을 입을 수 있었기 때문이다.

"하기야, 이런 상황이라면 어쩔 수 없겠지. 저들은 여분의 기사를 단 한 명도 데려오지 않았으니까 말이야. 하지만 아무리 그래도 그렇지 저들을 투입했다가 놈들이 타이탄을 투입해 오면 어쩌려고……."

저 멀리 국경선이 보이는 위치에 포진하고 있는 것은 이제 정찰조들이 아니라 살라만더 기사단의 4개 조였다. 정찰조들은 살라만더 기사단 10킬로미터 정도에 배치되어 있었다. 겨우 오늘 하루 동안에 크루마에서 지원받은 기사들의 태반 이상을 잃었기에 어쩔 수 없이 취해진 행동인 것 같이 보였지만 사실은 그렇지 않았다.

"이놈들은 왜 안 오는 거야?"

"제발 좀 참으십시오, 전하. 너무 위험하옵니다."

린넨 백작은 애가 타서 외쳤다. 원래는 그와 소녀는 4개의 정찰조 뒤에서 지원을 해 줘야 정상이었지만, 사실은 4개의 정찰조는 그들 두 명의 훨씬 뒤쪽에 포진하고 있었다.

"뭘 참아. 나는 충분히 참고 있어. 더 이상 참으면 먼저 화병으로 죽을 거 같아. 이봐, 린넨."

"예, 전하."

"나중에 전투가 벌어지면 말이지. 자네가 책임지고 할 일이 있어."

"뭣이옵니까, 전하. 목숨을 다 바쳐……."

소녀는 상대의 말을 끊으며 심드렁하게 말했다.

"아, 목숨을 바칠 필요까지는 없고, 저 크루마에서 파견되어 온 녀석들을 모두 다 죽여라."

"예? 그건 무슨 말씀?"

"절대로 증거를 남겨서는 안 돼. 아마도 코린트와 전투가 벌어진다면 내 타이탄을 써야 할 거야. 그렇게 된다면 크루마 쪽에서도 청기사의 존재를 알 위험이 있지. 내가 왜 타국 기사단들을 멀리 분산시켜 놨다고 생각하나? 다 그것 때문이야. 크루마에서 파견되어 나온 그 바지오라는 녀석은 코린트라는 거대한 적을 앞에 둔 상황에서도 사령관실을 도청하고, 본국 기사단을 감시한다고 열을 올리고 있지. 크루마도 이 전쟁이 끝나고 난 뒤를 생각하고 있는 거야."

"명심하겠사옵니다, 전하."

"전쟁터에서는 누구나 죽을 수 있다. 알겠어? 하지만 우리가 했다는 증거는 없어야 한다. 그렇기에 자네에게 부탁하는 거야."

"황공할 따름이옵니다. 무슨 일이 있더라도 기필코 그들을 없애겠습니다, 전하."

"자네 혼자서 힘들 것 같으면 몇 명 더 써라."

"그래도 괜찮겠사옵니까?"

"뭐, 몇 명 정도야 상관없지. 빨리 해치우고 합류한다면 말이야."

"그 점 주시시켜 놓겠사옵니다. 제가……."
"쉿! 밤손님이 찾아왔다."
그녀의 말대로 먼 곳에서 다섯 명의 그림자가 맹렬한 속도로 접근하고 있었다. 상대는 마법을 이용해서 이쪽에 매복하고 있는 사람이 두 명뿐이라는 것을 알고 망설이지 않고 접근해 왔다.
"저쪽에 한 패거리 더 있어. 자식들, 오늘 아침에 한바탕 휘저어 놨으니 밤에 배치되는 정찰조에는 정규 기사들이 포함되어 있을지도 모른다고 생각하고, 한 건 올리려고 드는군."
"타이탄을 꺼낼까요?"
"아니, 놈들도 아직 안 꺼내고 있는데 벌써부터 꺼낼 필요는 없겠지. 봐! 녀석들 국경을 서둘러 넘어오는 꼴이 정말 멋지군."
소녀는 비웃으며 급속히 거리를 좁혀오고 있는 상대를 바라보다가 앞으로 손을 쓱 뻗으며 외쳤다.
"아쿠아 에로우(Aqua Arrow)!"
그러자 수십 개의 가느다란 물줄기가 상대를 향해 쏘아져 나갔다. 뭔가가 앞쪽에서 급속히 날아오자 그들은 재빨리 회피 이동을 했다. 그중에는 뛰어오르는 사람도 있었고, 좌로, 우로 뛰어오르는 인물도 있었지만 엎드리는 인물은 없었다. 일단 기사들의 싸움은 검을 통한 것이었고, 검을 쓰기 위해서는 우선 적과의 거리를 좁혀야만 했다. 그렇기에 일단 날아오는 것을 피하면서 더욱 거리를 좁힌 후 적의 궁수(弓手), 또는 마법사를 베어 버리는 것이 정석이었다.
하지만 그들을 향해 날아오는 그 무언가는 그게 뭔지 파악하기도 전에 엄청난 속도로 거리를 좁혀 왔고, 어두운 공간을 가로지르며 날아온 그것들은 눈이라도 달려 있는 듯 회피 이동을 하는 그들을 향해 휘어져서 날아오더니 곧장 구멍을 뚫어 버렸다. 사방으로 흩어지던 다섯 명이 일제히 땅바닥에 쓰러진 것은 바로 다음 순간에 벌어진 일이었다. 그리고 곧이어 공간이 열리며 다섯 대의 타이탄들이 일제히 모습을 드러냈다. 주인이 죽은 이상 계약이 종료되었기에 새로운 주인을 찾기 위해 모습을 드러낸 것이다.

겨우 두 명으로 알고 달려들었던 동료들이 일제히 쓰러져 버리자 뒤에 포진하고 있던 10여 명의 적들은 더 이상 망설일 것도 없다는 듯 타이탄을 꺼냈다. 일단 적을 없애는 것이 우선적인 과제였고, 그다음은 저 주인 없는 타이탄들을 수거해야만 했기 때문이다.

"놈들이 타이탄을 꺼냈습니다."

"나도 눈 있어. 일일이 보고할 필요 없다구. 자, 이제 본격적으로 한바탕해 볼까?"

그녀의 뒤에서 공간이 열리며 거대한 타이탄이 튀어나왔다. 전체적으로 검은색을 칠한 타이탄의 방패와 오른쪽 흉갑(胸甲 : 가슴부분 장갑판)에는 크루마를 뜻하는 쌍두의 그린 드래곤이, 그리고 왼쪽 흉갑에는 불타는 듯 붉은 도마뱀이 그려져 있었다. 하지만 그것뿐, 더 이상의 문장이 그려져 있지 않은 이 타이탄은 누가 봐도 일부러 문장을 그리지 않은 것이 확실했다.

"자네는 여기서 기다려."

달려오던 상대들은 어둠 속에서 엄청나게 거대한 타이탄이 모습을 드러내자 일순 찔끔한 듯 보였지만 자신들의 수를 믿는지 곧장 돌격해 들어왔다. 타이탄의 왼쪽 손목에 부착된 거대한 방패로 앞을 가리고 오른손에는 검을 든 채 달려오는 거대한 타이탄이 10여

대에 이르다 보니 그 굉음이 지축을 울릴 지경이었다.

"자, 처음 해 보는 실전(實戰)이니까 멋있게 장식하자구."

드디어 청기사라고 불리는 타이탄이 처음 적을 맞이하여 움직이기 시작했다. 6.1미터나 되는 거대한 높이. 그리고 그 높이에 걸맞게 로메로 두 대에 맞먹는 145톤이나 되는 육중한 체구. 방패와 검까지 더하면 160톤. 이 세계에서 최고로 육중한 타이탄이었다.

청기사는 그 거대한 몸체에 어울리지 않게 엄청난 속도로 움직이기 시작했다. 발을 디딜 때마다 대지가 비명을 지르며 푹푹 들어가고 있었다. 양쪽에서 최고 속도로 접근하다 보니 쌍방 간의 거리는 급속도로 좁혀 들어갔다.

쾅!

서로 간의 거리가 제로가 되는 순간 청기사는 12톤이나 되는 그 거대한 방패를 휘둘렀고, 그 거대한 방패에 충돌한 상대방 타이탄의 왼쪽 손이 방패째로 부서져 나가며 뒤로 튕겨 나갔다. 그와 동시에 오른손에 들려 있던 3톤이나 나가는 거대한 검이 믿을 수 없을 정도로 빠른 속도로 휘둘러졌다.

쿠직! 쾅!

청기사의 오른쪽으로 접근했던 적 타이탄의 검이 부서져 나가며 그대로 머리통이 함께 떨어져 나갔고 그 뒤에 따라오던 타이탄은 간신히 방패로 청기사의 검을 멈추게 하는 데 성공했다.

"모두들 조심하랏!"

"상대의 힘이 보통이 아니야."

왼팔이 부러져 나간 녀석을 포함해서 살아남은 아홉 대의 타이탄에 타고 있는 기사들은 뒤의 넓은 공간을 이용해 흩어지며 저마다 외쳐 댔다. 흩어져서 뒤의 넓은 공간을 적절히 활용하며 포위 공격하는 방식. 이때의 공격은 대부분이 일격을 가하고 이탈하는 방식이 애용된다. 이것은 가볍고 재빠른 타이탄이 무겁고 둔중한 움직임을 보이는 타이탄을 상대하는 최적의 기법이었다. 하지만 이 방법은 이 괴물 같은 시커먼 타이탄에는 통하지도 않았다.

제일 먼저 일격 이탈 전법을 구사하기 위해 달려들었던 타이탄은 상대방의 그 육중한 방패에 두들겨 맞고는 중심까지 잃으며 쭉 밀려났다. 검은색 타이탄은 첫 번째 공격자를 방패로 두들겨 패며 밀어 버린 후 자신의 공격 차례를 기다리고 있던 다른 놈을 향해 곧장 검을 들이밀었다.

그러자 그 녀석은 기겁을 해서 방패로 재빨리 막았고, 엄청난 굉음이 터져 나와 고막이 얼얼한 상태에서 자신의 타이탄이 뒤로 조금 밀리기는 했지만, 상대의 검을 막아 내는 데는 성공했다. 하지만 바로 그 순간 검은색 타이탄의 검은 그의 방패를 미끄러지며 옆으로 빠져나간 후 그의 오른편에서 아직도 12톤짜리 철판에 부딪친, 그것도 그 뒤를 받쳐 주는 145톤의 무게까지 합쳐진 충격에서 벗어나지 못하고 있던 동료를 순식간에 베어 버렸다.

퍽!

베어져 나간 철갑 조각들이 흩어지는 가운데 그 타이탄은 서서히 무릎을 꿇고 있었고, 악마 같은 형상을 하고 있는 검은 타이탄은 또 다른 먹이를 찾아 도약했다. 그 거대한 덩치가 대지를 박차고 오르자 엄청난 흙먼지가 뿜어져 올라왔고, 순간 대지가 푹 파였지만 어두운 밤이었기에 그것을 본 인물은 그렇게 많지 않았다.

그다음 순간 검은색 타이탄은 방패로 앞에 있는 타이탄을 후려치고는 상대의 방어벽이 허물어진 틈을 타서 오른손 팔꿈치에 붙은 스파이크를 상대 타이탄의 머리 깊숙이 쑤셔 넣었다. 탑승자는 비명을 지를 틈도 없이 사망했고, 그 거대한 스파이크는 탑승자를 관통한 것도 모자라서 탑승자의 아래에 위치한 엑스시온까지 뚫어 버렸다. 곧이어 상대 타이탄은 서서히 무릎을 꿇으며 침몰해 버렸다.

이때 검은색 타이탄의 뒤쪽에 위치한 적 타이탄은 상대의 등이 빈 이 호기(好會)를 놓치지 않고 등을 찔러 왔다. 그 순간 검은색 타이탄의 허리가 왼쪽으로 거의 180도가 넘게 급속도로 회전했다. 상대가 찔러 넣은 검은 그 거대한 방패에 막혀 튕겨져 버렸고, 곧이어 검은색 타이탄의 거대한 검이 그대로 무방비 상태인 그 타이탄의 허리를 갈라놓았다.

이쯤 되자 제일 처음의 충돌로 왼팔이 날아가 버린 타이탄이 슬금슬금 뒤로 후퇴하기 시작했다. 이때 검은색 타이탄은 다섯 번째 먹이를 향해 몸을 날렸다. 그 상대 녀석은 재빨리 뒤로 후퇴했지만 오히려 덮쳐드는 거대한 타이탄의 이동 속도가 더욱 빨랐다.

쾅!

방패와 방패가 충돌하며 굉음이 울렸고, 곧이어 그 거대한 충돌로 자세가 허물어진 틈을 타고 검은색 타이탄의 검이 그대로 상대의 흉갑을 뚫고 들어가 버렸다. 다섯 대째의 타이탄이 어이없이 허물어지자 살아남은 다섯 대는 재빨리 뒤로 돌아서 달려가기 시작했다. 타이탄의 수거보다도 자신들 목숨의 안전이 더욱 중요했기 때문이다. 바로 그 순간 검은색 타이탄의 검에서 엄청난 빛이 뿜어져 나왔다. 시퍼런 색의 빛은 순식간에 대기를 관통했고, 곧이어

달아나던 다섯 대의 타이탄은 상체 부분이 토막 나며 굉음을 울리며 쓰러졌다.

다크는 자신의 청기사 돌려보낸 후 어둠 속 저편에서 걸어오는 린넨 백작에게 외쳤다.

"마법사는?"

"예, 두 명 다 처치했사옵니다. 마지막에 쓰신 그 기술 때문에 제 타이탄을 꺼내지 못하게 막으신 것이옵니까?"

"그래, 제법 쓸 만하지?"

"쓸 만한 정도가 아니옵니다. 그런데 왜 처음부터 그 기술을 쓰지 않으시고……."

"뛰어올라서 피해 버리면 그만이잖아. 그리고 한 번에 모두 다 없애 버리면 재미가 없기도 하고. 부하들을 불러 모아서 이 고철 덩어리들을 회수해라. 하루 저녁에 열다섯 대를 노획했군. 이 정도면 돈벌이가 엄청난데? 가만있자…, 그건 그렇고, 이걸 회수해서 어떻게 하지? 만약 그냥 가져가면 크루마 놈들한테 뺏길 거고…, 옳지, 그러면 되겠군."

쓱삭쓱삭, 통신용 마법진을 그리기는 했는데 막상 주문을 외우려고 하다 보니 뭔가가 빠진 것 같았다.

"앗차! 수정 구슬. 그걸 놔두고 왔군. 그렇다면 어쩐다? 이봐, 자네 수정으로 된 거 아무거나 가진 것 없나?"

"예? 수정… 말이옵니까? 수정이라면 이것도 되옵니까? 이건 자수정(紫水晶)인데요."

그러면서 린넨 백작은 자신의 검집을 가리켰다. 그 검집에는 큼직한 자수정이 두 개 붙어 있었다. 검집이나 손잡이를 보석으로 장식하는 경우가 많았지만 치레아와 스바시에를 점령하기 전의 크라레스는 매우 가난한 국가였기에 황제가 기사들에게 하사하는 보검에는 모두 다 자수정 같은 싼 보석을 박아 넣었다.

"자수정? 그놈도 수정은 수정이니까 한번 시도를 해 보기로 하지. 빨리 줘."

린넨 백작이 품속에서 꺼낸 단검을 이용해서 자수정 하나를 뽑아 건네자 다크는 그걸 마법진 위에 올려놓고 주문을 외웠다. 그러자 곧 작은 자수정 안에 자수정의 보라색에 가려 잘 보이지는 않았지만 피곤한 듯한 모습의 마법사가 나타났다.

"무슨 일이십니까? 잘 보이지 않는데, 관등성명을 말씀해 주십시오."

잘 들리지 않을 정도로 작은 소리이기는 했지만 약간의 짜증을 내포한 상대의 목소리가 들려왔다.

"다크 폰 로니에르 공작. 크루마 파견군 사령관이다."

하지만 그 마법사는 좀 더 언성을 높여서 짜증스러운 듯 다시 되물어왔다.

"잘 들리지 않습니다. 다시 한 번 말씀해 주십시오."

이번에는 다크가 짜증을 내포한 어조로 말을 하자 귀 기울여 듣고 있던 상대는 화들짝 놀라며 답했다.

"몰라 뵈어 송구하옵니다, 전하. 그런데 어떻게 통신 상태가……"

"잔말 말고 들어. 이곳 좌표를 알려 주겠다. 즉시 이곳으로 타이탄을 가지지 않은 그래듀에이트 다섯 명과 마법사 한 명을 보내라. 이쪽에서 대응 마법진을 그릴 테니 안전에 신경 쓸 필요는 없을 거야."
 그런 후 그녀는 품속에서 책을 꺼내어 좌표를 불러준 후, 평탄한 대지를 골라 책자에 그려진 대로 널찍한 마법진을 그렸다. 저쪽에서는 이 마법진을 목표로 공간 이동을 시키면 되기에 훨씬 안전성이 높아지게 된다. 다크가 마법진을 다 그린 후 한 10여 분 정도 기다리자 뿌연 빛이 번쩍이더니 여섯 명이 모습을 나타냈다. 그들은 나타나자마자 자신들의 앞에 서 있는 엄청나게 높은 상관을 알아보고는 즉시 인사를 했다. 다크는 대충 인사에 답한 후 즉시 본론으로 넘어갔다.
 "저쪽에 다섯 대의 타이탄 보이지?"
 "예, 전하."
 "각자 저 타이탄들과 계약을 맺어라. 그런 후 각 타이탄들보고 저쪽에 널려 있는 고철 덩어리 한 대씩을 가지고 공간 저편에 기다리게 해라. 그런 다음 자네."
 "예, 전하."
 "여기서 본국으로 저 다섯 명과 함께 돌아갈 수 있겠지?"
 "예, 전하."
 "좋아. 빨리빨리 해. 저 열 대의 타이탄을 가지고 빨리 본국으로 돌아가. 그리고 린넨 경."
 "예, 전하."
 "자네는 부하들을 불러들여라. 남은 다섯 대는 사령부로 가져가야지. 그래야 다른 기사단의 사기도 오를 거고 말이야."
 "그렇게 하시는 게 좋을 것 같사옵니다, 전하. 그럼 저는 부하들을 부르러 가겠사옵니다."

크라레스에서 왔던 기사들이 타이탄 열 대를 수거해서 돌아갔을 때쯤 린넨 백작은 사방에 퍼져 있던 기사들을 이끌고 돌아왔다. 그는 이끌고 온 부하들을 동원해서 자국의 최고 기밀이라고 할 수 있는 청기사의 발자국들을 없앴고, 또 상대방 타이탄들의 발자국들을 눈에 보이는 대로 지워 버렸다. 물론 그걸 하나하나 깨끗하게 지워 버린다면 누구라도 이상하게 생각할 것이므로 이끌고 온 부하 20명에게 각기 자신들의 타이탄을 꺼내게 한 후 그 위에서 기동 연습을 행함으로써 뭐가 뭐의 발자국이고, 누가 어떻게 움직였는지 아예 알아 볼 수 없도록 모든 발자국을 짓뭉개 버렸던 것이다.

이렇게 해서 알렌 왕국에서 벌어진 코린트 연합군과 크루마 연합군의 처음 전투는 크루마 연합군 쪽의 승리로 끝이 났다. 하지만 전투는 이곳 알렌 왕국에서만 일어난 것이 아니라 가므와 토란 왕국에서도 벌어졌고, 그 다음 날 집계된 쌍방의 타이탄 손실은 간단한 접촉이라고 하기에는 도가 지나치게 피해가 컸다. 약간 파손된 것은 제외하고 파괴된 타이탄만 헤아려도 크루마 파견 기사단 18대, 엠페른 기사단 9대, 코린트 15대, 코린트 연합 15대를 기록했을 정도의 피 터지는 전투를 벌였지만, 자국군의 사기 앙양을 위해 자신들의 피해는 축소하고 상대의 피해는 과대하게 선전했기에 정확하게 누가 누구의 타이탄을 얼마나 부쉈는지는 알 수 없는 노릇이었다.

코린트는 35대의 적 타이탄을 파괴했다고 주장했고, 크루마는 40대의 적 타이탄을 고철로 만들었다고 선전했다. 그런데 전투는 국경에서 벌어졌고, 전투 후 쌍방은 상대의 타이탄들을 견제하며 파괴된 타이탄 및 시체나 부상자들을 수거했기에 정확한 적의 손실을 파악하기는 힘들었다. 하지만 딴 곳은 어떤지 모르겠지만 알렌 왕국 쪽에서 벌어진 전투에서 크루마 연합군 쪽에서 대승을 거둔 것은 명확한 사실이었다.

"승전을 축하하오, 린넨 백작!"

각본에 따라 린넨 백작은 모두가 지켜보는 앞에서 승전 보고를 사령관에게 올렸고, 사령관은 그의 공적을 치하했다.

"국경을 침범해 온 적의 기사 15명과 마법사 둘을 타이탄 다섯 대와 함께 몰살시키다니 정말 대단한 전과요."

"송구하옵니다, 공작 전하. 이쪽이 타이탄 21대를 동원했기에 국지적인 병력 우세를 통해서 얻을 수 있었던 승리였사옵니다. 속하보다는 공작 전하께서 어젯밤 놈들이 도발해 올 것을 미리 파악한 그 심원하신 안목이 적중한 것이옵니다."

"너무 겸손하게 말할 필요는 없소. 그건 그렇고 바지오 남작."

"예."

"첫 승리를 통한 노획물이니만큼 분배를 어떻게 하는 것이 좋겠소? 원래는 전과에 따라 이쪽에서 노획물을 모두 다 가지는 것이 상례이긴 하지만, 첫 승리인 만큼 모든 동맹 기사단에 한 대씩 나눠 주어 그들의 사기를 부양(扶養)하는 것이 좋지 않겠소?"

이곳에 있는 크루마 동맹국이 다섯 나라니까 다섯 대의 노획 타이탄을 한 대씩 나눠 가지는 게 좋겠다는 말이었다. 공작이 이런 식으로 말을 하자 바지오는 지금 나눠가지는 것이 문제가 아니라 전과에 따라 모두 가진다는 말이 신경 쓰였다. 만약 그런 식으로 분배된다면 나중에 본격적인 전투가 벌어진 다음 이쪽 전선에서 크루마로 돌아올 몫은 단 한 대도 없는 것이다. 왜냐하면 이곳에는 크루마의 타이탄이 한 대도 없었으니까.

  그렇지만 바지오 남작이 잠시 어떤 식으로 대응을 해야 할지 생각에 빠졌던 사이, 각 동맹국들은 공작의 안을 받아 들여 버리고 말았다. 그들로서야 전과에 따라 나누든, 아니면 크루마가 생각 중이던 비율 분배제, 그러니까 고정된 어떤 비율을 정하여 전과가 어떻든 간에 그 비율대로 나누면서 자신들도 한 다리 걸치겠다는 생각이었는데, 적 타이탄은 지금도 엄청난 숫자였고, 중요한 것은 타이탄 한 대가 공짜로 생긴다는 데 있었으니까.

금지된 최악의 마법

 알렌 왕국 주둔군들이 노획한 타이탄 분배 문제로 인해 단 한 대, 아니 타이탄의 일부도 나눠 받지 못한 엠페른 기사단과 크루마 쪽이 불편한 심기를 감추고 있을 무렵 코린트의 상층부는 아예 뒤집혀 있었다. 그 일의 발단은 아침 일찍 까뮤 드 로체스터 공작이 친우이자 코린트 최고의 권력자라고 할 수 있는 키에리 발렌시아드를 찾아오면서 시작되었다.
 "큰일이 났더군."
 진짜 큰일 난 듯 허둥대는 까뮤를 향해 키에리는 시큰둥한 표정으로 아무 일 아니라는 듯 답했다.
 "큰일? 겨우 국지전에서 패배한 것 말인가? 연합국 놈들, 자기들 전투가 아니라고 별 볼일 없는 타이탄과 기사들을 보내 준 모양이야. 기습을 하기 위해 투입된 두 명의 마법사와 타이탄 열다섯 대가 행방불명인 것을 보면 말이야. 처음부터 그놈들에게 별로 기대를 한 것은 아니지만, 좀 심하군. 하지만 걱정할 것은 없네. 우리들의 힘만 동원해도 크루마가 멸망한다는 사실에는 변함이 없을 테니까 말이야."

"그게 아닐세. 마법의 탑에서 긴급 전문이 도착했네. 거기서는 즉시 보고서를 올린 모양인데, 도중에 갈 길을 못 찾고 갈팡질팡하다가 나한테 올라온 모양이야."

친구의 말에 키에리는 어리둥절해서 되물었다.

"마법의 탑? 거기서 무슨 긴급 전문을 보낸단 말인가?"

"놈들이 금지된 마법을 사용했어. 마법의 탑에서 어젯밤, 그러니까 양국 군대가 충돌했을 바로 그때 크루마에서 사용한 모양이더군. 무려 4억 기간트라급 마법이 거의 10회에 걸쳐 사용되었다고 여기 적혀 있네."

"4억 기간트라? 억 단위면 9사이클급 마법이잖아? 하지만 크루마뿐만 아니라 전 세계를 걸쳐 9사이클급 마법사는 한 명도……."

"그게 아니라 마법진을 쓴 거야. 마법사들의 보고에 의하면 정확한 것은 좀 더 조사해 봐야 하겠지만 유성 소환 마법(Meteor Strike)인 것 같다고 하더군."

로체스터의 말에 키에리는 경악했다. 유성 소환 마법은 그야말로 악질적인 금지 마법이었기 때문이었다.

"뭣! 유성 소환? 그렇다면 도착은 언제?"

"한 달 후."

"한 달? 그렇다면 시간은 충분하니까 빨리 대응을 해야 할 거 아냐? 그라세리안을 불러. 어떻게 대응을 해야 할지는 그가 잘 알고 있을 거야."

그 말에 약간은 당황한 듯한 표정으로 로체스터가 대꾸했다.

"자네한테 오기 전에 그라세리안에게 갔었네. 원래 마법의 탑은 그의 관할인데 왜 그 보고서가 나한테 올라왔는지 물어보려고 말이야. 찾아가 보니까 그는 없더군. 집사의 말로는 10여 일 전부터 행방불명이래. 자네 아들하고 함께 나간 후에 돌아오지 않았다고 하더군."

"뭐야? 나는 그런 보고는 받은 적이 없는데? 이봐! 밖에 아무도 없느냐?"

"예, 공작 전하."

"제임스를 불러 와라. 만사를 제쳐 놓고 빨리 오라고 해."

"옛, 전하."

10분도 지나지 않아서 제임스가 달려 들어왔다. 그는 어젯밤 있었던 전투에 대한 모든 계획을 추진했었고, 또 통신 마법을 통해 어느 정도 깊이까지는 직접 지휘도 했다. 전투가 끝난 후에 자세한 보고까지 들어야 했었기에 그는 늦게 잠들 수밖에 없었다. 그런데 곤하게 자고 있는 그를 아버지가 신경질 꽉꽉 난 어조로 찾는다는 하인의 보고였으니 옷만 대충 걸쳐 입고 달려온 것이다.

"무슨 일이십니까? 아버님."

"그라세리안은 지금 어디에 있냐?"

갑자기 아버지가 질문을 던져 오자, 제임스로서는 난감할 수밖에 없었다. 언젠가는 아버지 귀에 들어갈 줄은 알았지만, 그래도 자신의 예상보다는 빨랐다. 제임스는 그라세리안 건에 대해서 그 어떤 단서도 잡은 것이 없었다.

"예? 예, 저…, 그게 말이죠."

"빨리 대답햇!"

제임스는 고개를 푹 숙이며 중얼거렸다.

"그건, 지금 저도 알 수 없습니다."

"그라세리안의 집사는 너하고 함께 나간 후부터 행방불명이라고 했다던데 그건 어찌된 일이냐?"

"예, 그게 매우 얘기가 복잡해서 말입니다. 잠시만 기다려 주십시오."

제임스는 밖으로 달려 나갔다가 잠시 시간이 흐른 후 서류 뭉치를 들고 들어왔다. 이것은 그라세리안 드 코타스 공작의 행방을 추적하면서 작성된 보고서였는데, 제임스는 이것을 언제 자신의 아버지에게 전달해야 할까, 고심에 고심을 거듭하며 자신의 방에 놔두고 있었다.

"여기 보고서가 있습니다."

아들이 건넨 서류 뭉치를 찬찬히 읽어 보며 천천히 표정이 굳어가던 키에리는 이윽고 다 읽은 후 그것을 까뮤에게 넘겨주고는 아들을 향해 말했다.

"그래서 결론이 뭐냐? 그라세리안이 죽었다는 거야? 아니면 납치되었다는 거야?"

죽었다는 말이 나오자 까뮤의 서류 읽는 속도가 점점 더 빨라졌다.

"예, 아직 정확히 알아낸 것은 하나도 없습니다. 지금 까미유가 오스카와 함께 추격하고 있습니다."

"오스카까지 데려갔냐?"

"예, 그리고 마법사는 리카와 스타키를."

"그 정도 클래스의 인물들이 움직이는데…, 나한테는 한마디도 안 했단 말이냐?"

"죄송합니다, 아버님. 하지만 워낙 사건이 사건인 만큼 확실한 것이 밝혀진 후에 보고서를 올리려고 했습니다."

"잘한다. 이런 놈을 아들이라고 높은 자리에 올려놓은 내 잘못이지. 오늘부터 네 녀석의 모든 직위와 권한을 해제한다."

"아버님!"

"이런 중요한 일을 그따위로 처리한 것을 보면…, 내가 사람을 잘못 봤어. 너는 즉시 까미유와 합류해서 그라세리안 공작을 찾아라. 시체라도 찾기 전에는 돌아올 생각하지 마. 알겠냐?"

"예."

"즉시 떠나라."

"예."

제임스가 힘없는 발걸음으로 방을 나선 후 키에리는 근심스러운 어조로 말했다.

"큰일이군. 그라세리안 없이 유성 소환을 방어해 낼 수 있을까?"

"글쎄, 어쨌거나 시도는 한번 해 봐야겠지. 그건 그렇고 자네는 어떻게 생각하나? 설마 그가 진짜로 죽었을까?"

"그건 아닐 거야. 7사이클 마법을 구사하고, 더군다나 뇌전의 정령왕을 부릴 정도로 정령 마법에도 통달한 친구야. 그런 그를 처치할 수 있는 사람이 있을까? 마법을 이용해서 육신의 노화(老化)까지도 억제하는 인간 같지도 않은 녀석을 말이야."

"그래서 그런 그를 납치할 수 있을 거라고는 생각하지 않아. 납치보다는 죽이는 것이 오히려 더 쉬울 거야."
 "그건 그렇지만, 뭔가 방법이 있었는지도 모르지. 살아만 있으면 좋을 텐데 말이야. 만약 우리들의 친구 그라세리안이 죽었다면 그의 죽음에 관여한 모든 국가는 강아지 한 마리 남김없이 모두 다 죽여 버릴 거야."
 까뮤는 키에리의 증오에 넘친 마지막 말을 듣고 온 전신에 소름이 돋는 것을 느꼈다.

 키에리는 그라세리안이 부재중이었기에 그라세리안의 밑에 있던 마법사를 불러들였다. 그 마법사는 6사이클의 마스터였지만, 언제나 그라세리안 같은 인간 같지도 않은 인물과 함께해 왔던 키에리의 눈으로 봤을 때는 별 볼일 없는 3류 마법사처럼 보인 게 사실이다. 그렇기에 키에리는 급작스럽게 자신에게 불려 와서 당황한 표정을 감추기에 여념이 없는 노마법사를 영 미덥지 못한 시선으로 노려보다가 이윽고 입을 열었다. 지금은 이 영감보다 더 뛰어난 인물이 없다는 데야 다른 대안이 없었던 것이다.
 "자네도 별로 시간이 없을 테고, 나도 그건 마찬가지야. 쓸데없는 말은 빼고, 단도직입적으로 얘기하지. 자네도 보고를 받았을 테니 잘 알겠지만 놈들이 유성 소환 같은 금지된 마법을 썼다. 그라세리안이 없는 지금 자네가 가장 뛰어난 마법사인 것으로 나는 알고 있는데 대응 방법이 없을까?"
 "예, 공작 전하. 지금 최선의 방법은 한 달 후에 있을 유성 소환에 대비하여 최대한 방어 마법진을 구축하는 것이옵니다."
 "그래, 막아 낼 가능성은?"

"수도를 포함한 5대 도시의 마법 방어 체계는 코타스 공작 전하께서 직접 설계하셨사옵니다. 그렇기에 그곳들은 문제가 없을 것이옵니다. 문제는 나머지 도시들이옵니다. 마법의 탑에서 조사된 바로는 10여 회에 걸쳐 마법이 사용되었기에 나머지 다섯 개의 도시들이 어디냐 하는 것이 문제이옵니다."

"그거야 당연히 상업, 또는 군사적으로 중요한 도시들 순으로 꼽아 보면 되겠지."

"예, 5대 도시를 제외하고는 아무리 상업이 번창해 있다고 하더라도 전술상 군사 요충지가 아니기에 병력이 주둔하지 않사옵니다."

"흐음, 자네가 하는 말은 잘 알겠네. 그렇다면 상업 도시를 지킬 것이냐, 군사 도시를 지킬 것이냐, 그것이 문제로군."

"예, 한 달이란 시간은 너무 짧사옵니다."

"좋아. 한 가지만 묻지."

"예."

"만약 지금부터 준비했을 때 유성 공격을 막아 낼 수는 있나?"

노마법사는 미간을 찡그리며 이것저것 생각해 보는 눈치더니 이윽고 말문을 열었다. 유성 공격은 모든 공격 마법 중에서 최강의 위력을 발휘한다. 작은 유성 하나만 떨어져도 웬만한 도시는 완전히 가루가 되는 것이 정석이었다. 그렇게 강한 마법인데도 왜 유성 소환이 잘 사용되지 않느냐 하면, 우선 9사이클급 마법이기에 마법진을 사용한다고 해도 최소한 6사이클급 이상의 인물이 동원되어야 한다는 점이다. 그리고 마법진을 주도해 나갈 유성 소환 마법에 대해 매우 잘 알고 있는 인물이 한 명은 있어야 했다. 6 내지 7

사이클급 인물이 9사이클급에 해당하는 마법을 이론상으로 완벽하게 알고 있기는 힘들기에 실패 위험률도 매우 높았다. 그리고 마지막으로 가장 꺼려지는 요소로서, 사실 이것 때문에 유성 공격 마법이 잘 사용되지 않고 있었는데, 마법을 시행한 후 그 결과가 나오기까지 시간이 너무 길다는 것이었다.

"예에, 거의 불가능하다고 보시면 될 것이옵니다. 우선 거대 방어 마법진을 건설해야 하옵고, 또 그 방어 마법진에 마력을 공급하는 초대형 마법진도 여러 개씩 건설해야 하옵니다. 5대 도시의 경우 평상시에는 방어 마법진으로 가던 마력의 일부를 실생활에 사용하고 있사오나, 그걸 방어 쪽으로 돌리는 작업은 매우 간단하옵니다. 그런데 딴 도시들의 경우 모든 것을 새로 만들어야 한다는 것이 문제이옵니다."

"그렇다면 그걸 잘 알면서 왜 그라세리안은 딴 도시들에 방어 마법진을 건설하지 않았을까……?"

"수십만이 생활하는 도시 하나를 방어 마법진으로 싸는 데는 엄청난 돈이 드옵니다. 또 그 마법진의 핵을 구동시키려면 최소한 6사이클급 마법사 다섯 명이 필요합니다. 수백 년에 한 번 있을지 없을지도 모를 마법 공격에 대비하기 위한 준비로는 엄청난 물적, 인적 자원이 필요하기에 가장 중요한 도시들만 보호하고, 나머지는 포기하는 것이 정석이옵니다."

"흠, 알카사스도 그런가?"

"알카사스는 조금 다르옵니다. 그곳은 엄청난 수의 마법사를 보유한 국가. 그렇기에 30여 개의 도시가 방어망으로 보호되고 있사옵니다. 물론 시간이 지날수록 조금씩 늘어나고 있기는 하오나, 단 시간 내에 만드는 것은 그들도 하지 못하옵니다."

"그렇다면 어떻게 하는 것이 좋겠나?"

"공격 가능한 도시의 시민들을 대피시켜야 하옵니다."

"대피라……. 좋아, 자네 생각이 옳아. 시민들을 일단 대피시켜라. 그리고 크루마의 도시 열 개를 골라서 똑같이 유성 공격을 퍼부어라. 물론 마법 방어막이 갖춰진 도시는 공격할 필요가 없다. 없는 도시로 골라서 열 개를 박살 내 버려."

이때 노마법사와 키에리의 대화를 묵묵히 지켜보고 있던 까뮤가 끼어들었다. 키에리가 이성보다는 너무 감정적으로 흐르고 있었기 때문이다.

"이보게, 키에리."

"왜 그러나? 눈에는 눈, 이에는 이로 대응해야 해. 그래야지만 딴 나라들이 본국을 업신여기지 않아."

"자네 말이 맞긴 하지만, 내가 말하고자 하는 것은 그게 아니야. 한 달이라는 시간이면 아마도 전쟁의 결과가 대충 결정된 후일 거야. 그런 상황에서 유성이 도시에 떨어진다 이 말일세. 나는 말로만 들었지만, 유성 소환 마법은 저 우주 어딘가에 모여 있는 유성을 끌어들여서 목표로 하는 도시에 낙하시키기에 웬만한 도시는 흔적도 없이 박살 난다고 하더군. 전쟁이 거의 끝나가는 시점에서 점령한 도시를 가루로 만들 셈인가? 그건 너무 비효율적이야."

까뮤의 말을 들은 키에리도 고개를 끄덕이며 수긍했다. 한 달이라는 시간 차이를 자신이 망각하고 있었던 것이다.

"들어 보니 자네 말도 옳군."

"아예, 보복을 하고 싶으면 전쟁이 끝난 후에 유성 공격을 감행한 그 망할 놈의 엘프들을 몽땅 다 잡아서 노예로 팔아 버리든지, 아니면 죽여 버리든지 하면 끝날 일 아닌가? 번창하는 도시 하나하나에서 수입으로 거둬들일 수 있는 막대한 황금은 전쟁이 끝난 후 본국을 더욱 풍요롭게 해 줄 거야. 그런 도시들을 파괴한다는 것은 좀 과하다는 생각이 드는군. 물론 놈들이야 우리들과 싸워서 이길 자신이 없으니까 그 짓을 한 것이겠지만 말일세."

"흐흐, 최후의 발악이라는 건가?"

"그렇게 이해하는 편이 옳겠지."

"좋아, 자네 말이 맞아. 전쟁이 거의 끝나갈 때쯤 되어 유성이 떨어질 거라면 그따위 공격은 안 하는 게 좋지. 대신 크루마에 있는 마법사들과 엘프들을 어떻게 처리하든지 상관 말게. 그건 인정해 주겠지?"

"물론이네. 원래가 엘프라는 나약한 족속들은 노예로 쓰이기 위해 만들어진 종족일 뿐이야."

"역시 통하는 데가 있단 말이야. 하하하."

이때 둘의 대화를 조용히 지켜보고 있던 노마법사가 끼어들었다.

"저…, 그렇다면 공작 전하. 유성 소환은 어떻게 하올지?"

"그 계획은 취소한다. 자네는 적 유성 공격에 대한 피해를 최소화하기 위해 노력하도록 하게."

"옛, 전하."

이때 밖에서 묵직하면서도 예의 바른 목소리가 들려왔다.

"공작 전하, 필립 드 알카파인 후작께서 만나 뵙기를 청하옵니다."

"들라고 해라."

"예."

키에리는 새로운 손님이 있었기에 노마법사와의 대화를 빨리 종결하려고 했다.

"자네는 빨리 가서 일 보게. 우선 주민들부터 대피시키고. 만약 방어 마법진이 별 소용이 없을 것 같거든, 모든 주민을 딴 곳으로 이주시키는 것도 한 방책이겠지. 방어 마법진 건설에 필요한 자금을 새로운 도시를 건설하는 데 쓰는 거야. 소용도 없을 것 같은 방어 마법진 만든다고 시간을 보내는 것보다는 그편이 더 좋을 것 같군."

"명심하겠사옵니다, 전하. 그럼 소신 물러가겠사옵니다."

노마법사가 물러가고 나자 이번에는 장대한 체구의 무사가 들어왔다. 높은 직위에 오르면서 운동을 하지 않아 그런지 요즘 들어 배가 꽤 많이 나와 있었지만, 밖으로 드러난 신체가 매우 건장한 것을 봤을 때 한창때는 상당한 수련을 거친 것처럼 보였다.

"공작 전하를 뵈옵니다."

"어서 오게나, 알카파인 후작. 그래, 무슨 일인가?"

"예, 다름이 아니오라 알카사스에서 무기를 구매하는 것 때문에 상의 드릴 일이 있어서 왔사옵니다."

"무기 구매?"

"옛, 전하. 타이탄과 마법 장비들이옵니다. 전쟁 중이라고 가격을 높게 부르는 것도 아니고, 꽤 적절한 가격이기에 혹시 군부에서 필요하다면 구매를 할까 생각하고 있사옵니다."

"조건은?"

"대금의 10분의 1은 현금, 잔액은 20년 분할 상환이옵니다."

"20년 분할 상환이라, 조건도 상당히 좋군."

"그렇사옵니다. 또 크루마와 전쟁에서 승리하면 막대한 노획 물자가 들어올 것이 아니옵니까? 그렇게 된다면 타이탄 대금을 지불하는 데도 별 어려움이 없을 것으로 아옵니다."

"좋아. 그 녀석들 타이탄은 얼마나 가지고 있다고 하던가?"

"각종 타이탄 1백여 대를 보유 중이라고 하옵니다. 그중 정규 출력 이상은 50대이옵니다."

"모두 다 구입하도록 하게. 언제쯤 가져올 수 있나?"

"예, 일단 서로 간에 계약서를 주고받은 후, 타이탄을 지급받을 1백 명의 기사들을 뽑아 알카사스로 가서 가져와야 하니, 적어도 3일은 잡아야 할 것이옵니다."

"최대한 빨리 구매할 수 있도록 하게."

"옛, 전하."

"참, 마법 장비들도 좋은 걸로 조금 구입해 두는 것이 좋겠지. 전쟁이 끝나고 나면 논공행상(論功行賞)이 시작될 것인데, 그때 무훈(武勳)이 뛰어난 자들에게 그것을 폐하께서 직접 하사하시면 모두들 좋아할 테니까 말이야."

"옛, 전하."

알카파인 후작이 거구에도 불구하고 믿을 수 없을 정도의 조용한 걸음걸이로 물러나자 키에리는 싱긋이 미소 지으며 까뮤에게 말했다.

"알카사스에서 타이탄이 도착하면 곧장 전쟁을 벌이면 되겠군."

"3일 후에 말인가?"

"전 군에 전령을 보내게. 3일 후에 전쟁을 시작한다고 말이야. 서로 간에 선전 포고는 주고받았으니 더 이상 시간을 끌 필요는 없겠지."

"잘되어야 할 텐데 말이야."

"그건 걱정하자 말게. 참, 가므 왕국, 그러니까 금십자 기사단이 있는 곳 정면에 크루마의 대군이 집결 중이라는 정보야. 지금까지 알려진 바로는 지발틴 기사단과 근위 기사단이 주둔 중인 모양이더군. 물론 근위 기사단이야 일부만 와 있겠지만 하얀 유니콘의 문장을 달고 있는 기사를 몇 명 봤다는 첩자의 보고가 들어와 있어. 그렇게 된다면 가므에는 원래부터 있던 라이오네와 엠페른 기사단을 비롯해서 네 개 기사단이 모두 다 모여 있다고 봐야지. 그걸 금십자 기사단 하나만으로 상대한다는 것은 불가능해. 자네가 그곳에 가 주겠나? 아니면 리사를 보낼까?"

현재 코린트의 코란 근위 기사단은 3개의 부대로 나뉘어져서 관리되고 있었다. 흑기사 15대로 편성된 제1근위대는 까뮤 드 로체스터 공작, 흑기사 15대로 편성된 제2근위대는 리사 드 크로데인 후작 부인이, 나머지 적기사 5대로 편성된 제3근위대는 얼마 전 지휘권을 박탈당한 키에리의 아들 제임스가 지휘하고 있었다. 그중 최고의 정예는 제임스와 까미유 두 명의 소드 마스터를 보유한 제3근위대였지만 현재 최강의 타이탄이라고 볼 수 있는 적기사의 경우 집단전용 타이탄이 아닌 관계로 따로 관리되고 있었다.

타이탄이란 것이 일대일 대결일 때는 가볍고, 빠르고, 출력이 좋은 것이 물론 유리하지만, 집단적으로 치고받을 때는 얘기가 약간 달라진다. 사방에서 얽혀 싸우는 관계로 운신의 폭이 매우 좁아지기에 격투에 넓은 공간이 필요한 스피드형 타이탄에게는 상당히 불리한 환경이 되는 것이다. 적기사는 원래부터가 더 이상 코린트를 대적할 적은 없다는 오만한 가정 하에서 제작되었다. 방패 없이 두 자루의 검만으로 무장한 검붉은 색의 타이탄은 비밀 작전 시 벌어질지도 모를 소규모 격투전에 유리하도록 제작되었다.

 물론 2.3이나 되는 출력을 내는 엑스시온이 개발되어 있으므로 나중에는 흑기사들을 지휘할 지휘관용으로 좀 더 거대한 체구를 지닌 중장갑형도 만들 수 있겠지만, 최고의 타이탄 제작자라고 할 수 있는 코타스 공작이 부재중인 지금 그런 것이 가까운 시일 내에 만들어질 가능성은 거의 없다고 볼 수 있었다.

 어쨌든 키에리의 말은 제1, 또는 제2근위대를 흑기사 15대와 함께 파병할 생각이 있음을 까뮤에게 비친 것이다.

 "내가 가기로 하지."

 "자네가 가 준다면 나야 좋지. 하지만 명심해. 미란 국가 연합의 기사단도 결코 만만하지는 않아. 특히 20대의 라이온으로 구성된 라이오네 근위 기사단은 꽤나 정평이 있는 기사단이지. 그리고 크루마의 근위 기사단은 예전, 론드바르 제국과의 전쟁에서 그 무위를 떨치지 않았나? 하나같이 만만한 녀석들은 아니지. 가므에는 모두 다 합쳐서 170여 대의 타이탄이 집결해 있네. 만약 자네 혼자서 힘들 것 같다면 지체 없이 연락해 주게. 리사도 보내 줄 테니까."

 까뮤는 부드러운 미소를 지으며 키에리에게 말했다. 자신은 누가 뭐래도 마스터라고 불리는 강자였다. 그렇게 강한 자신의 안전을 이렇듯 걱정하는 인물은 키에리뿐일 거라고 생각했다.

 "자네답지 않게 그런 소심한 말을 하는가? 나 혼자서도 충분해."

"그렇지 않아. 만약 미네르바라도 거기에 와 있을 때는 자네 생명이 위태로울 수도 있어."

까뮤는 피식 미소를 지으며 말했다.

"미네르바는 아마 자국을 지키기에도 버거울걸? 지금 크루마는 거의 텅 비어 있지. 예전에 우리가 크라레스를 상대로 써먹었던 방법을 또 쓸지 모르니까 강력한 기사들은 모두 다 크루마에 남아 있을 거야. 참, 놈들에게 경각심을 일깨우는 의미에서 제3근위대를 놈들의 수도 엘프리안에 투입해서 반쯤 박살 내는 것은 어떨까? 그러면 가므에 파견 나가 있던 근위 기사들도 모두 다 엘프리안으로 소환되겠지."

"그 생각도 좋긴 한데, 제3근위대는 지금 공석이 너무 많아. 그라세리안의 실종을 추격한다고 세 명이나 빠져 있으니까 말이야."

"그렇다면 리사를 보내기로 하지. 흑기사 15대면 놈들도 혼비백산할걸?"

"좋은 생각이야. 리사한테 말해 두겠네."

까뮤는 약간 짓궂은 미소를 지으며 키에리에게 말했다.

"이번 기회에 자네도 한번 가서 몸 좀 풀어 보지 그러나?"

그 말에 키에리는 별로 감흥이 없다는 듯 시큰둥하게 대답했다. 자신같이 높은 경지에 이른 인물이 그런 난잡한 싸움에 끼어든다는 것이 기사도 정신에 걸렸기 때문이다.

"별로 할 일이 없으면 가 보기로 하지. 별 볼일도 없는 녀석들하고 싸우는 것은 내 타이탄에게 미안한 일이니까 말이야. 그건 내가 알아서 할 테니까 걱정하지 말고, 가므 쪽 전선은 자네에게 부탁하네."

"걱정하지 말게. 타이탄의 목 수십 개를 잘라서 자네에게 보내 주지. 그럼 가 보겠네."

내일 출발할 준비를 하기 위해 까뮤는 서둘러서 밖으로 나갔다. 제1근위대의 주력은 모든 국가가 공포심을 가질 정도로 막강한 타이탄인 흑기사 15대를 가진 뛰어난 기사 열다섯 명으로 이루어져 있다. 그리고 그것을 서포트(Support)하기 위해 열 명의 기사와 세 명의 마법사가 배치된다. 합계 스물여덟 명의 기사와 마법사. 그리고 그들이 전장에 갈 때는 시중들 하인이나 하녀들을 보통 두세 명씩 데려간다. 그렇기에 모두 합하면 최소한 60명이 넘어가는 대 부대가 되는 것이다.

밖으로 나가는 까뮤를 보며 키에리는 왠지 뭔가 찜찜함을 떨쳐 버리기 힘들었다. 이번 크루마와의 전쟁에서는 너무나도 많은 이변이 일어나고 있었던 것이다. 코린트 최고의 대마법사―원래는 정령 마법도 구사하므로 대마도사가 정확하지만 정령 마법을 구사하는 것은 신변 안정상 비밀이기에 대마법사라고 불렀다―그라세리안 드 코타스 공작의 돌연한 실종. 모두에게는 그가 정령 마법도 사용할 줄 안다는 것이 비밀로 되어 있지만, 순간적으로 마법의 힘을 뿜어낼 수 있는 정령 마법의 마스터인 그가 갑작스럽게 적에게 당했을 가능성은 거의 없었다.

키에리는 천천히 일어나 창밖을 바라보며 중얼거렸다.

"자네가 왜 지금 떠났는지 이해를 하지 못하겠군. 요즘 들어 갈등을 하고 있다는 것은 눈치 챘었지만, 꼭 지금 떠났어야 했나?"

최고의 기사 세 명을 시켜 찾게 했으니 그라세리안이 행방불명된 이유를 곧 알 수 있게 되겠지만, 키에리는 차라리 그가 납치되었기를 바라고 있었다. 만약 그가 자의로 은퇴나 은둔 같은 것을 했다면 다시는 그를 만날 가능성이 없었다. 그만큼 그라세리안은 키에리도 감당하기 힘들 정도로 강력한 마법사였기 때문이다.

"그 녀석들이 잘해 줬으면 좋겠는데 말이야. 그건 그렇고 이번 전쟁은 시작부터 너무 찜찜해. 밖에 누구 있느냐?"

"옛, 공작 전하."

"너는 이 전문을 즉시 알렌 전선에 가 있는 지오르네 후작에게 전해라."

키에리가 건네주는 전문에는 다음과 같이 적혀 있었다.

「기습하기 위해 투입되었다가 행방불명된 15대의 타이탄이 격투한 흔적을 정밀 추적할 것. 크루마의 발표대로 국지적 병력 우세인지 알아볼 것. 조금이라도 수상한 점이 발견되면 즉시 보고할 것. 또 전쟁이 벌어진 후 적이 동원한 타이탄의 종류를 파악하여 즉시 보고할 것.

키에리 드 발렌시아드」

전문을 건네받은 장교가 서둘러 밖으로 나서는 모습을 잠시 바라보다가 키에리는 다시 창밖으로 시선을 돌렸다. 15대의 타이탄이 행방불명. 처음에는 알렌 왕국과의 전선에 투입되고 있는 타이탄이 289대나 되었기에 별로 주의하지 않았었다. 하지만 키에리는 그것을 생각해 보면 볼수록 씸찜했던 것이다. 크루마의 발표로는 5대의 타이탄이 국경을 침범해 들어온 것을 격파했다고 했다. 물론 겨우 5대만 투입되었다면 잘하면 전력의 손실 없이 괴멸시킬 수도 있었을 것이다. 하지만 그때 투입된 것은 무려 15대나 되는 타이탄이었고, 그것을 아무런 피해 없이 괴멸시킨다는 것은 거의 불가능했다.

"첩자들의 보고에 따르면, 그곳 전선에 배치되어 있는 녀석들은 신상 파악이 불가능한 놈들로 구성되어 있는 살라만더 기사단이라……."

살라만더 기사단은 크루마 제국과 론드바르 제국 간에 벌어졌던 첫 번째 대회전에서 상대국의 기습을 받아 소멸한 크루마의 기사단 이름이었다. 그 사건이 벌어진 이후 크루마에서는 '살라만더'라는 이름이 재수 없다고 생각하여 그 이름을 붙인 기사단은 절대로 만들지 않고 있었다.

하지만 오랜 세월이 흘렀으니 그 이름을 붙인 기사단을 만들었을 가능성은 있었다. 신형 타이탄을 보급 받아 새롭게 편성된 기사단에 옛날 재수 없었던 명칭을 다시 쓰지 않는다는 보장은 없으니까 그 정도는 이해할 수 있었다. 그렇지만 키에리가 이해할 수 없는 것은 새롭게 편성된 강력한 기사단을 마주하고 있는 적들 중에서 가장 강한 전력을 보유한 금십자 기사단 쪽으로 돌렸어야지, 왜 알렌 왕국 쪽으로 보냈는가 하는 것이었다.

"아니야, 크루마의 새로운 기사단일 가능성은 없어. 모두들 두터운 로브로 얼굴을 가리고, 가문의 문장도 붙이지 않는 놈들. 기사단 문장도 로브에만 붙어 있을 뿐, 제복 따위를 입지도 않은 놈들. 그렇다면 대답은 몇 가지 안 되지. 첫째는 용병이고, 둘째는 본국의 이목을 속이고 크루마를 도와주는 놈들이야."

첩자의 보고로는 1백여 명 정도라고 하니까 절대로 용병일 가능성은 없었다. 그 어떤 용병대도 그렇게 많은 수의 기사들을 보유한 곳은 없었기 때문이다. 그렇다면 결론은 하나. 코린트 몰래 크루마를 도와주는 국가들이었다. 한 번씩 드러나는 개개인의 얼굴들을 전쟁의 신전에 알아봤고, 벌써 도움을 주는 나라들 네 개는 알아낸 상태였다. 아무리 슬쩍 변장을 했다고 하더라도 일단 전쟁의 신전에 등록된 그래듀에이트라면 그 데이터를 가지고 알아보면 웬만하면 신상을 파악해 낼 수 있었기 때문이다.

그런데 살라만더 기사단의 경우는 그게 되지 않았다. 여러 명의 얼굴을 가지고 알아봤지만 놀랍게도 그 누구도 전쟁의 신전에 등록되어 있지 않았기 때문이다.

"거의 대부분이 그래듀에이트급이라던데…, 60명이 넘는 인원을 전쟁의 신전에 등록시키지 않았다니. 어떤 나라인지 궁금해서 미칠 지경이군. 그렇게 해서라도 본국의 힘을 약화시키려고 들다니. 설마 타이렌 제국인가?"

타이렌 제국은 세 명의 헬 프로네의 주인공들 중의 한 명인 그래플 마스터 엘빈 코타리스를 배출한 저 남쪽의 강력한 국가였다. 타이렌 제국은 저 머나먼 서쪽 대륙과의 해상 무역을 통해 막대한 부를 축적한 국가였는데, 그때 서방 대륙에서 맨손 격투기를 수입해 들였다. 놀랍게도 맨손으로 사람을 죽이는 기술을 익힌 그들은 타이탄들 중에서도 특이하게도 맨손 격투용으로 제작된 '가이사르 Ⅱ'를 생산해 냈다. 물론 그렇게 많이 생산된 것은 아니었기에 대략적인 형태가 코린트 쪽에 알려졌을 때, 도대체 가이사르를 조종하는 기사들은 어떤 방식으로 상대 타이탄을 해치우는지, 또는 상대 타이탄의 공격을 어떻게 막아 내는지를 놓고 정보부에서 열띤 토론을 벌였던 것이다.

"맞아. 그놈들이라면 충분히 그럴 능력이 있다고 봐야 하겠지. 지금은 증거가 없지만, 본격적인 전투가 벌어진다면 그 녀석들도 타이탄을 꺼내 놓을 수밖에 없을 테고, 그렇게 되면 정체가 드러날 거야. 3백 대에 가까운 타이탄이 그곳에 있으니 놈들이 아무리 강하다고 하더라도 걱정할 필요는 없겠지."

예측할 수 없는 전쟁

"긴급 전문이 도착했사옵니다."

매우 당황한 듯 허둥대는 젊은 마법사를 향해 미네르바는 지도를 들여다보고 있다가 시선을 그쪽으로 돌리며 약간 짜증스런 어조로 말했다.

"뭔데 그러느냐?"

"본국이, 본국이 기습을 당했사옵니다."

그 말에 경악한 것은 미네르바도 마찬가지였다.

"뭣이? 언제?"

젊은 마법사는 대답을 기다리며 자신을 노려보는 미네르바의 강렬한 눈빛에 주눅이 들었지만, 그래도 힘을 내어 다급하게 말했다.

"지금 격투 중이라고 하옵니다. 적은 흑기사 열다섯 대와 붉은색 타이탄 두 대이옵니다. 루엔 공작 전하께서 근위 기사단을 이끌고 격전 중이라는 보고이옵니다."

아직 전투 중이라면 희망은 있었다. 그리고 적의 타이탄 수가 그렇게 많지 않다는 것도 충분한 위안이 되었다. 만약 코란 근위 기사단 전체를 동원해서 기습을 가해 왔다면 어쩌면 위태로울 수도 있기 때문이다.

"알겠다. 본국으로 돌아갈 수 있도록 마법진을 부탁한다."

"옛, 전하. 그런데 몇 분이 가실 것인지 알려 주십시오."

"다섯 명이다. 빨리 준비하라."

"옛, 전하."

미네르바는 자신이 거느리고 온 제2근위대 소속의 무사들 중에서 네 명을 긴급히 불러들인 후 마법진이 열리기를 초조하게 기다리며 중얼거렸다.

"제1근위대는 이번에 실전 배치된 안티고네 15대로 이루어져 있으니 밀리지는 않겠지만, 과연 잘 막아 낼지······."

이윽고 한참 마법진을 만들고 있던 마법사가 외쳤다.

"마법진이 완성되었사옵니다, 전하. 빨리 마법진에 오르십시오."

미네르바와 그 일행들이 마법진에 올라서자마자 마법사는 시동어를 외쳤고, 그들은 곧장 크루마의 수도 엘프리안으로 날아갔다. 하지만 그들이 도착했을 때 이미 전투는 끝나 있었다. 마법진을 만든다고 시간이 너무 지체되었기 때문이다.

흑기사들을 이끌고 온 리사 드 크로데인 후작 부인은 상대방 타이탄이 자신들이 이끌고 온 흑기사보다 훨씬 더 강력하다는 것에 강렬한 충격을 받았다.

원래 이런 기습 공격은 상대방의 기사단이 도착하기 전에 상대를 휘저은 다음 재빨리 탈출하는 것에 묘미가 있다. 그렇기에 이곳에 도착하는 즉시 상대 기사단을 박살 내고 황궁을 대충 박살 낸 후 미리 마법사가 그려 놓은 마법진으로 달려가서 재빨리 후퇴하는 것이 정석이었다. 그런데 상대방은 막강한 타이탄을 앞세워 저항해 왔고, 수도 부근에 주둔 중이었던 엘프란 기사단의 일부까지 달려왔다. 물론 엘프란 기사단은 저급 타이탄이 주력인 매우 약한 기사단이었지만, 강력한 근위 기사단을 보조하는 데는 큰 문제가 되지 않았다.

일단 돌진하여 맞붙은 상황에서 거의 백중지세를 이루는 대결을 하는 가운데, 자신보다 약간 낮은 실력을 가진 루엔 공작이 자신보다 더 뛰어난 타이탄을 가진 덕에 자신과 용호상박의 대결을 벌일 수 있게 된 것을 보고 경악할 수밖에 없었다. 물론 적기사 두 대가 더 있었기에 약간의 우세를 유지할 수 있었지만, 시간이 점점 더 흘러가자 리사는 이번 기습이 완전히 실패했다는 것을 직감했다. 그렇기에 그녀는 재빨리 탈출할 생각부터 했고, 그것을 실행에 옮겼기에 엘프란 기사단이 도착하기 전에 후퇴할 수 있었던 것이다.

"피해는?"

미네르바는 도착과 동시에 루엔 공작을 호출했다. 미네르바가 레디아 기사단의 총단장이자 총사령관이라면, 루엔 공작은 레디아 기사단의 부총단장이자 수도 경비를 책임지고 있었기 때문이다. 루엔 공작은 상관의 질문에 사뜻한 답을 할 수 있게 되었음을 다행으로 여기며 즉시 대답했다.

"예, 안티고네 몇 대에 가벼운 검상(劍傷)을 입은 정도입니다. 그리고 황궁 벽이 대여섯 군데 무너졌고, 구멍이 난 곳도……"

이리저리 자세하게 답을 해 오자, 미네르바는 살짝 미간을 찌푸리며 루엔 공작의 말을 가로질렀다.

"이번에 온 붉은색 타이탄은 예전에 보고받았던 그것들이던가?"

"예. '초록 도마뱀' 작전 때 봤던 코린트의 신형 타이탄이었습니다."

"두 대만 왔던가?"

"예, 하지만 전과는 달리 그렇게 엄청나지는 않았습니다. 그 덕분에 놈들을 엘프란 기사단이 도착할 때까지 붙잡아 둘 수 있었습니다."

미네르바는 타이탄 발자국이 군데군데 찍혀서 황폐해진 황궁 정원을 바라보며 천천히 입을 열었다. 정원의 중앙에 있던 분수대는 전투의 와중에 완전히 박살 났고, 정원에 피어 있던 아름다운 꽃들은 엄청난 무게를 지닌 타이탄의 발아래 완전히 가루가 되어 있었다.

"흐음, 그렇다면 전에 그 빨간 타이탄을 몰았던 녀석들은 딴 놈들이라는 말이 되는군. 놈들은 최신형 타이탄을 개발하기는 했지만 몇 대 만들지 못한 거야. 아마도 네 대 정도에서 많아 봐야 여섯 대 정도가 고작일 거야. 안 그런가?"

"예, 그 추측이 정확할 것입니다. 빨간색 타이탄은 믿을 수 없을 정도로 강력하고, 재빠른 움직임을 보이기는 했지만 전쟁용이 아니었습니다. 90톤에서 1백 톤 정도로 꽤나 중장갑이긴 했지만 방패 없이 검만 한 개나 두 개를 가진 것으로 봤을 때, 이번 기습 작전 같이 어떤 특수 목적으로 제작된 것으로 보였습니다."

"그래, 아마도 그게 맞을 거야. 만약 그렇지 않다면 오늘 자네하고 대결했다는 인물이 그 빨간색 타이탄을 몰았을 테니까 말이야. 그랬다면 전세가 조금 바뀌었을 수도 있었겠지?"

"그럴 필요도 없이 초록 도마뱀 작전 때 만났던 그 두 녀석이 빨간색 타이탄에 타고 있었다면 상당히 힘들었을 겁니다. 그 둘 다 저와 거의 동급의 실력으로 보였으니까요."

루엔의 말에 미네르바는 깜짝 놀라며 말했다. 루엔은 자신보다 한 단계 낮은 실력이긴 했지만 마스터의 칭호를 받은 인물이었기 때문이다.

"그 정도인가? 정말이지 코린트의 기사층은 너무나도 두텁구나."

"이제 어떻게 하실 생각입니까?"

"뭘 말이냐?"

"아마 다음에 온다면 이번 실패를 밑거름 삼아 흑기사단 전체가 다 몰려올 겁니다. 그렇게 된다면 제1근위대만으로는 막을 수 없습니다. 좀 더 증원을 해 주십시오."

"하지만 그렇다고 전선에서 제2근위대를 뺄 수는 없어. 중앙 부분을 두텁게 해 뒀다가 개전과 동시에 금십자 기사단을 돌파하여 괴멸시킨 후 은십자 기사단을 협공해서 박살 내야 한다."

루엔은 미네르바의 말투에서 풍기는 미묘한 뉘앙스를 포착할 수 있었다.

"하지만 그렇게 한다면……"

미네르바는 피식 미소를 지으며 말을 이었다.

"그건 나도 알아. 좌익이 약하지. 하지만 좌익에 모여 있는 적의 부대는 모두 다 코린트의 기사단이 아니라 코린트 동맹국의 기사단들이다. 그들이 본국의 좌익 부대를 괴멸시켰을 때쯤이면 이미 금십자 기사단이 박살 난 후일 테고, 또 은십자 기사단도 위험한 상황일 테지. 은십자와 금십자 기사단이 무너지고 나면 그 동맹국 기사단들은 어떻게 행동할까?"

"……."

미네르바는 선생님이 학생을 가르치듯 빙글빙글 미소 지으며 루엔에게 질문을 했다. 루엔은 검술 실력이 뛰어난 훌륭한 기사였지만, 아직도 국가 간의 중상모략 따위는 거의 모르는 순진한 인물이었기 때문이다.

"그런 상황에서도 코린트의 편을 들어 악착같이 우리들을 공격할까? 아니면 자국으로 돌아갈까?"

루엔은 미네르바가 말하는 것이 뭔지 대충 깨닫고는 비난하는 듯한 어조로 씹듯이 말했다.

"대단한 작전입니다, 단장님."

미네르바는 부하의 비난을 간단하게 묵살하며 말을 이었다.

"그렇게 대단하다고 할 수는 없지. 이 작전에도 몇 가지 문제는 있어."

"어떤 것입니까?"

"우리가 금십자 기사단을 얼마나 빨리 괴멸시킬 수 있느냐 하는 것하고, 우리의 동맹국들이 얼마나 오랫동안 코린트 동맹국으로 편성된 우익 부대의 공격을 막아 내느냐 하는 거야."

자신을 가지고 노는 듯한 미네르바의 말투에 약간 신경이 거슬린 루엔은 자신이 생각하는 바를 말했다. 약간은 비꼬는 듯한 어조로 말이다.

"그리고 또 하나 있죠."

"뭔데?"

"자국의 기사단이 전멸한 후, 동맹국들은 우리들에게 그 책임을 물을 겁니다. 가장 위험한 곳에 자신들의 파견군을 배치시켜서 소모품으로 썼다고 말이죠. 그렇게 되면 전쟁이 끝난 후에 얼마나 심한 비난을 받게 될지 예측하기 힘듭니다."

루엔 공작의 반격을 들은 미네르바는 혀를 차면서 말했다.

"쯧쯧, 자네는 딴 것은 다 좋은데 생각을 조금 더 넓게 가져야 해."

"예?"

"동맹국에서 본국에 책임을 물을 때쯤에는 전세가 우리 쪽으로 완전히 기운 다음일 거야. 그렇게 된다면 동맹국 녀석들이 우리들을 비난하려 들까? 그들은 이미 자신들이 파견한 타이탄들까지 상실해서 국력이 더욱 약해진 상태지. 그런 때 우리까지 무너지고 나면 자신들에게 남는 것은 멸망뿐이야. 최선을 다해 우리를 돕는 것밖에 그들이 살아남을 수 있는 길은 없어. 그 녀석들은 아마 마지막 남은 국력까지도 다 짜내서 우리를 도울 거야. 또 돕지 않는다고 하더라도 상관없어. 우리들이 승리할 거라고 생각하는 새로운 동맹국들이 생길 테니까 말이야."

"그건 좀 너무……"

"아닐세. 기사도에 입각한 고정적인 사고는 국가 간에는 통하지 않아. 기사들끼리의 결전에서 비겁한 수는 용서되지 않지만, 국가 간에는 용서된다네. 물론 승리해야 한다는 단서가 붙지만 말이야."

"알겠습니다, 단장님."

"자네의 경험이 나보다 부족해서 그런 것이니 마음에 둘 필요는 없네. 자네도 이번 전쟁을 통해 보다 성숙해졌으면 좋겠군."
"예, 단장님."

미네르바가 수도의 혼란을 어느 정도 수습한 후 전선으로 돌아왔을 때 그녀를 기다리고 있는 놀라운 보고가 있었다.
"정확한 보고냐?"
"예, 공작 전하. 두 번, 세 번 확인한 것이옵니다."
"왜 엘프리안을 기습한 흑기사가 반쪽밖에 안 되나 했더니, 그것 때문이었군. 놈들도 금십자 기사단의 정면에 본국의 주력이 집결하고 있다는 것을 눈치 챈 모양이야. 하지만 그렇다고 해서 변하는 것은 아무것도 없어. 녀석들이 우리를 고립시키고, 동맹군을 모은다고 시간을 질질 끌어 준 덕분에 본국은 2차 군비 증강까지 완료한 상태니까 말이야. 안 그런가?"
"예, 소신도 그렇게 생각하옵니다, 전하."
"카마리에와 안티고네가 대량 생산된 만큼, 제네리아 기사단의 골고디아의 수는 늘어나게 되어 있어. 놈들은 전쟁이 터진 후에야 자신들이 본국의 타이탄 수를 파악함에 있어 치명적인 실수를 했다는 것을 알게 되겠지."
"그날이 기대되옵니다. 참, 전하. 알카사스에서 무기를 구매하는 것 말이옵니다."
"그런데?"
"알카사스에서 어제 정식 통보가 왔사옵니다."
"뭐라고 하던가?"

"자신들이 가지고 있는 타이탄 재고량 전부를 코린트에 판매한다고 했사옵니다."

"뭣이?"

"알카사스는 이번 전쟁에서 코린트가 승리할 것이라고 판단한 모양이옵니다."

"아무리 그래도 그렇지. 전량을 한쪽 국가에만 판매하다니. 그래 몇 대나 팔았다고 하던가?"

"1백 대이옵니다. 그중 48대는 노리에(1.02)급이고, 나머지는 선더린(0.87)급이라고 들었사옵니다."

"노리에급? 노리에급을 우리가 산다고 했을 때 재고가 없다고 하지 않았나?"

"예, 그런데 소인이 뒤로 알아본 결과에 따르면 얼마 전에야 모두 코린트에 판매되었고, 물품은 내일쯤 인도된다고 했사옵니다."

"내일? 그렇다면 아마도 모레쯤 전쟁이 시작되겠구나. 문제는 그게 어디로 가느냐 하는 건데……."

"코린트도 이쪽의 병력 배치에 상당한 수준의 정보를 획득하고 있을 것이 분명하옵니다. 소인의 예상으로는 거의 전량 중앙에 배치될 가능성이 크옵니다."

"나도 그렇게 생각해. 그렇게 된다면 여태껏 고생해서 만들어 놓은 중앙에서의 병력 우세가 물거품이 된다는 거지."

"그렇다면 전하, 지금 신형 타이탄으로 전력이 한껏 증강되어 있는 지발틴 기사단을 중앙에 배치하는 것이 어떻겠사옵니까? 제네리아 기사단에는 골고디아 1백 대만 줘서 토란에 배치하고 말이옵니다."

"중앙에 전력을 최대한 증강시켜서 위쪽으로 치고 올라가 금십자와 은십자 두 기사단과 함께 쟈므시에 집결 중인 적의 군대까지 한꺼번에 괴멸시키려면 아무래도 그 방법밖에 없겠지. 지발틴 기사단에 연락을 넣어라. 오늘 밤에 제네리아 기사단과 위치를 바꾸라고 말이야."

"옛, 전하."

코린트와 크루마. 이 양국이 전쟁을 벌이기 직전 크루마는 2차 군비 증강까지 가까스로 완료했다. 그렇게 해서 크루마의 최신형 타이탄인 안티고네는 23대로 늘어났고, 출력 1.5나 되는 카마리에는 50대가 되었다. 그날 밤, 우선적으로 카마리에를 지급받게 되어 카마리에 46대, 골고디아 50대를 갖춘 지발틴 기사단이 제네리아 기사단을 대신하여 가므 왕국에 배치되었다. 그리고 제네리아 기사단도 골고디아 1백 대를 가지고 토란 왕국에 투입되어 은십자 기사단과 어느 정도 대등한 전력(戰力)을 갖추게 되었다. 또 그날 밤, 미네르바의 강력한 '요청'에 의해 엠페른 기사단의 토란 왕국 주둔군이었던 제6전대와 쟈렌 주둔의 제7전대는 가므 왕국으로 이동 배치되었다.

이렇게 하여 전쟁이 벌어지기 직전, 양국은 어느 정도 무대를 갖췄다. 좌익을 희생해서라도 중앙을 보강하여, 적 중앙의 금십자 기사단 및 좌익의 은십자 기사단을 우선적으로 괴멸시켜 승리의 토대로 삼겠다는 미네르바의 계략. 그리고 마지막 순간에 약점이었던 중앙을, 구입해 온 타이탄 1백 대로 충분히 보강하여 숫자로 밀어붙이려는 코린트의 계략. 미네르바의 계략이 어느 정도 모험을 전제로 한 것이었다면, 코린트 쪽은 세계 최강의 관록이 붙은 국가인 만큼 충분한 인적, 물적 자원을 대량으로 투입하여 전반적으로 열세인 적을 천천히 밀어붙이는 정석에 가까운 작전을 쓰고 있었다.

양국 다 이번 전쟁의 승패는 중앙의 전투에서 결정될 것이라고 믿어 의심치 않고 있었다. 그렇기에 중앙 쪽에 쏟아 부은 병력은 모든 국가들의 입이 딱 벌어질 만큼 엄청난 것이었다. 우선 양국이 10만 이상씩 쏟아 부은 병력은 두 번째로 하고, 크루마와 미란 국가 연합의 연합군이 보유한 타이탄이 203대였고, 코린트가 중앙에 두툼하게 배치한 타이탄이 215대였다. 물론 여기서 숫자는 코린트가 약간 우세하지만, 질적인 면에서는 크루마 쪽이 단연 우수했다. 1.2 이상의 출력을 가진 강력한 타이탄의 보유량도 크루마 쪽이 월등했지만, 가장 중요한 것은 코린트 쪽에 배치된 1백 대의 타이탄을 조종하는 기사들이 타이탄에 탑승한 채 받은 훈련 기간이 짧기에 타이탄 조종에 있어 상당히 미숙하다는 치명적인 단점이 있다는 것이었다.

다크는 미네르바로부터 도착한 전문을 통해 그날 전쟁이 벌어질 것을 예상하고 있었다. 하지만 그녀로부터 전문이 없었다고 하더라도 대기에 가득 찬 살기(殺氣)만으로도 전쟁이 시작되기 직전임을 예감할 수 있었다. 그날 새벽, 모든 살라만더 기사단원들이 무장을 갖추고 도열한 가운데 크로아 백작과 다크, 아르티어스, 그리고 린넨 백작이 밖으로 나오자 모두들 자세를 꼿꼿이 했다. 크라레스의 새로운 역사를 만들어 나가는 첫 전쟁이니만큼 모든 기사들의 긴장감이 눈에 보일 듯 흘러나오고 있었다.

도열해 있는 모든 기사들이 필요 이상으로 긴장하고 있는 것 같자, 바지오 남작은 이들의 실전 경험을 의심하기 시작하고 있었다. 전쟁이라고는 치러 본 적도 없는 병사들이 적진 앞에 섰을 때와 같이 바짝 긴장하고 있는 기사들. 그런 긴장감이 서서히 전염되고 있는 듯 바지오 남작이 거느리고 있는 기사들까지 표정이 굳어지고 있었다.

이때, 밖으로 나온 크로아 백작이 바지오 남작 앞으로 다가가 부드러운 표정으로 물었다.

"바지오 남작, 정찰대는 몇 명이나 보냈지요?"

"예? 저, 마법사가 오늘 정찰을 할 필요는 없다고 전달하셨기에 보내지 않았습니다. 만약 전투가 벌어진다면 타이탄을 서포트해야 하는 정찰대가 먼저 공격을 당한다면서, 쓸데없는 희생은 원하지 않으신다고 하셨지 않습니까?"

바지오의 답에 크로아 백작은 씩 미소 지으면서 뇌까렸다.

"그렇다면 정찰대는 보내지 않은 것이군요."

상대의 의미 모를 미소와 그 말투의 미묘한 어감 때문에 바지오의 기분은 매우 나빠졌다. 혹시 자신이 잘못한 것이 있나? 그렇게 생각한 바지오는 재빨리 질문을 던졌다.

"예, 지금이라도 보낼까요?"

"아니, 그럴 필요는 없을 것 같군요."

바로 이때, 소녀가 기사들이 도열해 있는 앞으로 나서며 입을 열었다.

"경들, 조국의 미래를 개척하기 위해 경들은 이 머나먼 타국 땅에 왔다. 이 전쟁터에서 경들이 피를 흘려야 하는 직접적인 이유는 없다. 하지만 이 전쟁의 승패가 조국에 안겨 줄 파장은 엄청나다. 아름다운 크로나사 평원을 경들은 기억하는가? 물론 본관은 그곳에 가 보지 못했기에 잘 알지 못하지만, 경들 중에는 기억하고 있는 사람이 있을 것이다. 그 아름답고도 풍요로운 크로나사 평원이 본국에 귀속되느냐 그렇지 못하느냐는 이번 전쟁에 걸려 있다고 해도 과언이 아니다. 자신의 영달만이 아닌 굶주림에 고통받고 있는 국민들을 생각하라. 경들의 어깨 위에 조국의 미래가 걸려 있다고 생각하라. 하지만 지금 이 순간이 지나고 나면 잊어라. 중압감에 사로잡히면 자신의 있는 실력도 발휘하지 못하게 된다. 경들은 혹독한 훈련을 통해 이 자리에 섰을 것이다. 자, 모두들 눈을 감고 예전에 받았던 지독하게 혹독했던 훈련을 기억하라. 그때 그 훈련장이 경들의 앞에 펼쳐져 있다. 경들은 이번 훈련을 우수한 성적으로 끝낼 수 있겠나?"

소녀의 말에, 모든 기사들은 투지를 불태우며 외쳤다.

"옛, 공작 전하."

공작 전하라는 외침이 터져 나오자 바지오 남작 및 그의 부하들은 놀라운 표정으로 소녀를 바라봤다. 바지오는 지금 머릿속이 뒤죽박죽이었다. 소녀가 공작이라면 그렇다면 저기 서 있는 공작은 또 뭐지? 다만 한 가지 바지오 남작의 머릿속에 떠오르고 있는 단어는 '당했다' 라는 것이었다. 바지오가 천천히 뒷걸음질을 치기 시작했을 때 뒤에 뭔가 걸리는 것을 보고 천천히 고개를 뒤로 돌렸다. 그의 뒤에는 린넨 백작이 서 있었다.

"어디 몸이 안 좋나요? 바지오 남작."

바지오는 식은땀을 흘리며 생각했다. 전쟁이 벌어지기 직전에 본색을 드러낸다는 것은 더 이상 감출 것이 없다는 것이었다. 그리고 자신은 멍청하게도 가장 정찰 활동이 왕성해야 하는 이때 공작의 부탁을 듣고 단 한 명도 정찰을 내보내지 않고 있었다. 상대가 정찰 활동을 하지 못하게 막은 것은 다 이유가 있을 것이다. 그 이유는…….

"몸이 안 좋으신 모양인데 좀 쉬시면 괜찮아질 겁니다."

"아, 아니요, 나는 괜찮습니다."

바지오 남작이 식은땀을 흘리면서 부인하자 린넨 백작은 음흉하게 미소 지으면서 검을 꺼내 들었다. 그리고 그에 맞춰 백작의 부하들도 검을 뽑아 들었다. 바지오 남작의 손은 무의식중에 자신의 검이 있는 곳을 더듬고 있었다. 하지만 겨우 기사급인 자신과 타이탄을 조종할 권리를 부여받게 되는 그레듀에이트와는 하늘과 땅만큼이나 실력 차이가 있다는 것을 바지오 남작 자신도 알고 있었다.

"아니, 당신은 좀 쉬는 게 좋을 것 같소."

일단 바지오 남작 건이 해결되자 다크는 아르티어스에게 전투가 끝날 때까지 여기에서 기다리라고 전한 후 자신의 휘하에 있는 두 개 기사단에 통신을 보냈다. 그녀는 수정 구슬에 상대편 마법사가 나타나자 늘 하던 대로 말했다. 대외적으로 그녀는 '공작'이 아니었기 때문이다.

"공작 전하께서는 각 기사단이 현 위치에서 수비할 것을 지시하셨습니다."

"적들의 타이탄은 엄청난 숫자입니다. 합류하여 함께 행동하는 것이 유리하지 않겠습니까?"

"아니요, 공작 전하께서는 여러분들이 현 위치를 고수해 주시기를 바라십니다. 혹시 뒤쪽으로 이동 마법을 통한 기습이 전개될 가능성도 있으니 그에 대한 대비를 부탁드립니다."

"예, 알겠습니다. 그렇게 전하겠습니다."

"만약 상황이 여의치 않다면 각 기사단 지휘관의 재량에 맡긴다고 하셨으니, 퇴로 확보에 주의하십시오. 귀 기사단의 무훈을 빕니다."

"알겠습니다. 니케(승리의 여신)와 함께하는 하루 보내시기를 바랍니다."

상대방 마법사가 수정 구슬에서 모습을 감추자 다크는 생글거리면서 중얼거렸다.

"자, 이제 무대는 갖춰졌으니 한바탕하러 갈까? 한번 해 보니까 타이탄을 가지고 싸우는 거 정말 재미있던데 말이야. 호호호."

살인 기계 안드로메다

　점령지를 관리하는 데는, 기사단보다는 숫자가 많은 군대가 더욱 요긴하게 쓰인다. 그렇기에 지오르네 후작은 전투가 끝난 다음을 위해서 군대에게 현 위치를 지킬 것을 지시한 후, 처음부터 압도적으로 많은 타이탄을 보유한 기사단을 전장에 투입했다. 며칠 전 15대가 행방불명되기는 했지만 아직도 그의 휘하에는 3백 대에 가까운 타이탄이 남아 있었다. 그리고 상대방은 이쪽의 반 정도밖에 타이탄을 가지고 있지 않기에 그에게는 작전을 선택할 수 있는 폭이 매우 넓었다.

　지오르네 후작이 여러 나라에서 파견되어 온 많은 기사들과 의논을 하여 선택한 작전은 타이탄 전투에 있어서는 매우 상투적인 전법이었다. 적과 아군의 병력이 비슷하거나 또는 전력이 비슷하다면, 승리하기 위해 별의별 작전을 짜내겠지만 현실은 그렇지 못했던 것이다. 압도적인 병력의 우위. 이런 때 가장 좋은 방법은 병력을 나누어 별동대로 하여금 퇴로를 차단하게 하고, 정면에서 밀어붙이는 포위 작전이 최고였다.

그런데 적은 포위당하는 것을 꺼린 탓인지 세 개의 부대로 꽤 거리를 두고 포진한 상태였기에, 지오르네 후작도 자신의 부대를 세 개로 나눌 수밖에 없었다. 지그무스 후작은 타이탄 50대를 이끌고 우측으로 폭넓게 돌아 30여 대 정도로 추측되는 상대의 좌익이 아르곤으로 도망치지 못하게 압박한다. 그리고 크발리에 공작이 이끄는 타이탄 50대는 좌측으로 폭넓게 돌아 36대로 편성된 적의 우익 부대인 엠페른 기사단이 쟈렌 왕국으로 도망치지 못하도록 압박하며 공격한다. 그리고 마지막으로 자신이 130여 대로 이루어진 본대를 이끌고 적의 본대를 제압한다. 적의 본대가 보유한 타이탄은 기사의 수를 따져 봤을 때 최대한으로 잡아도 60대를 넘지 않을 것으로 추정되기에 충분히 제압할 수 있을 것이 분명했다. 그리고 로안스엘 공작이 이끄는 별동대 50대는 놈들이 도망치지 못하도록 뒤에서 압박한다.

지오르네 후작이 세운 작전은 여러 기사들과 의논에 의논을 거듭한 결과 가장 단순하면서도 효과적인 포위 공격이었다. 이렇게 단순한 작전이 세워진 이유는 뚜렷하게 작전을 담당할 참모가 정해져 있지 않았기에 모두들 한 가지씩 작전을 떠들어 댔으므로 그중에서 가장 지지율이 높은 작전을 선택하게 된 결과, 가장 무난하고 또 흔히 쓰이는 작전이 채택되었던 것이다.

별동대는 새벽 4시에 마법진을 통하여 적의 후방에 투입되었다. 그리고 그때를 즈음하여 후작 휘하에 있던 모든 정찰조들이 상대의 정찰조들과 격투를 벌이기 시작했다. 이들은 주둔하고 있는 적의 군대는 아예 건드리지 않았기에, 미란 국가 연합의 알렌 주둔군 보초들 중에는 저 멀리서 아련히 들려오는 검 부딪치는 소리를 들은 사람도 있었다.

이윽고 5시 정도가 되어 먼동이 틀 때쯤, 코린트 연합군은 조용하게 진격을 시작했다. 엄청난 수의 대군(大軍)이 움직이는 것도 아니었고, 마법사와 기사들로 이루어진 3백 명 남짓한 인원이 말을 타고 이동하는 것이었기에 그렇게 소란스럽지도 않았다. 하지만 이 3백여 명의 인원으로도 멸망시키지 못하는 나라는 몇 개 되지 않을 정도로 괴력을 낼 수 있는 것은 다 그들이 소유하고 있는 타이탄의 덕분이었다.

그 3백여 명의 인원은 바실리시 외곽에서 세 개의 부대로 나누어 이동을 시작했다. 두 개의 작은 부대들은 각각 왼쪽과 오른쪽으로 돌아갔고, 이들에 의해 적의 좌우익에 포진하고 있는 기사단이 밀려서 중앙으로 몰려들 것이다. 두 개의 부대가 분리된 후, 본대는 천천히 이동을 시작하여 국경 가까이까지 접근했다. 그런 후 잠시 동안 기다렸다. 네 방향에서 적을 압박하여 중앙으로 몰아넣어 섬멸하려면 시간이 정확히 지켜져야 하기 때문이다. 만약 한 부대라도 시간을 어긴다면 불행하게도 각개 격파당할 우려도 있었다. 하지만 지오르네 후작은 자신이 보유한 타이탄이 원체 많았기에 그런 걱정까지는 하지 않고 있었다.

"약속된 시간입니다, 후작 각하."

마법사의 말에 후작은 마시다가 남은 차를 단숨에 들이켠 후, 잔디 위에 펴 놓은 모포에서 몸을 일으켰다.

"미안하군. 아침에 차를 꼭 마시는 것이 습관이 되어서 말일세."

후작의 말에 마법사는 죄송하다는 표정을 지으며 사죄했다. 향긋한 차를 마신다는 것은 귀족들이 누리는 매우 사치스러운 습관이었다. 물론 서민들을 위해서도 여러 종류의 차가 공급되기는 하지만 그것들은 향이나 맛이 훨씬 떨어지는 하급품들이었다. 향긋한 차를 마시는 행위, 그 행위가 매우 고상하게 여겨지던 시절이었기에 귀족들은 마시기 싫어도 억지로 미소를 지으며 차를 마셔야 했고, 남에게 과시하기 위해 값비싼 차를 구입한다고 막대한 돈을 낭비하고 있었다. 물론 지오르네 후작도 부하들에게 자신의 교양이 얼마나 고상한지 과시하기 위해 차를 마셨을 뿐, 남들이 보지 않을 때는 포도주를 마셨다.

"아닙니다, 후작 각하. 각하의 고상하신 취미 생활을 방해하게 된 것이 송구할 따름입니다."

"전쟁 때문이니 어쩔 수 없는 것 아니겠나? 자, 경들 이제 토끼 사냥하러 갈까요?"

지오르네 후작의 농에 모두들 미소를 지으면서 말에 올랐다. 물론 후작의 지시를 받은 몇 명은 타이탄을 꺼내어 경계에 들어갔다. 하지만 정찰조의 보고에 따르면 이 일대는 완전히 자신들의 정찰조가 제압한 상황이었기에 타이탄을 꺼내어 호위하는 것은 거의 무의미한 행위였다.

세 시간 정도 달려 들어가자 가장 선두에 섰던 기사가 말을 멈추며 손을 들었다. 그의 행동에 맞춰 모두들 말을 세웠고, 선두의 기사는 뒤쪽으로 달려오며 지오르네 후작에게 보고했다.

"적들이 보입니다."

"뭐? 진형은?"

"이미 우리가 올 줄 알았는지 전투 준비를 갖추고 있습니다."

"준비성이 좋은 놈들이군. 좋아, 내려가자."

후작의 부대가 언덕에서 달려 내려가 적의 진형 앞에 자리를 잡았다. 후작의 부대는 타이탄 전투를 벌이기에 최적의 거리인 2킬로미터 정도 거리를 두고 진형을 구축하기 시작했다. 마법사들은 재빨리 통신용 마법진들을 그리기 시작했고, 후작의 지시를 받은 기사 한 명이 흰 깃발을 들고 상대편 진영을 향해 말을 달려가기 시작한 것도 이때였다.

피치 못할 사정에 의해 상대를 기습하지 않는 한, 정규전을 그것도 기사단들끼리 전투를 벌이는 상황에 처하게 되면 의례적으로 행해지는 몇 가지 행동들이 있었다. 기사라는 지위 자체가 기사도를 숭상하는 무리들이었기에, 될 수 있다면 전투도 기사도의 원리에 입각하여 행해야 했다. 그중 가장 먼저 해야 하는 일이 먼저 도착한 쪽에서 상대가 진형을 갖추기 전에 공격을 시작하지 않고 기다려 주는 것이다. 그러면 상대는 이쪽에서 기다려 준 것을 치하하고, 또 자신들이 피치 못할 사정으로 인해서 전투를 하러 왔음을 전하기 위해 전령을 보내게 된다. 그러면서 자신들이 전투를 하게 된 목적을 밝히고 상대에게 도움을 청하는 것이다. 후퇴하든지 아니면 항복하라고…….

물론 그 자리에서 항복하는 경우도 간혹 있기는 했지만, 대부분의 경우는 전투를 선택하게 된다. 전투를 하려고 할 때, 상대는 전령이 들고 간 흰 깃발을 상대 쪽에서 잘 보이도록 높이 들어 그 깃대를 꺾은 후 땅바닥에 내동댕이친다. 이것이 바로 쌍방 간에 교섭이 결렬되었다는 신호가 되고, 곧바로 전투가 시작되는 것이다. 물론 이때 화가 난다고 전령의 목을 벤다든가 하는 야만적인 행위를 하는 것은 용납되지 않는다.

적 진형을 망원경으로 바라보던 기사가 후작에게 말했다.

"교섭이 결렬되었습니다. 상대방이 타이탄을 꺼내고 있습니다."

기사의 보고를 들은 후작은 항복 따위는 기대도 하지 않았다는 듯, 곧바로 명령을 내렸다.

"자, 모두들 전투 준비! 타이탄을 꺼내라. 적들의 타이탄은 뭐지?"

후작의 물음에 기사는 망원경을 이용해서 적진을 다시금 자세히 살피기 시작했다. 기사의 시력이 보통 사람보다 월등하게 좋은 것은 사실이었지만 자세히 관찰하기에는 기사들의 시력으로도 무리가 있었기 때문이다.

"예? 모두 시커먼 색을 칠해 놨는데……. 예, 저 뒤편에 있는 것은 로메로입니다. 그리고 저건 가만있자…, 안토로스 같은데요?"

부하의 말에, 후작은 화들짝 놀라며 자리에서 벌떡 일어섰다.

"뭐? 이리 줘 봐."

후작은 부하의 손에서 망원경을 뺏듯이 받아 들고는 상대편 진영을 쏘아봤다. 부하의 말은 사실이었다. 후작의 눈으로 봐도 안토로스가 분명했다. 안토로스는 과거 14대밖에 생산되지 않았지만 매우 뛰어난 타이탄들 중의 하나였다. 지금도 몇 대가 살아서 움직이고 있었는데, 문제는 그것을 보유하고 있는 나라가 세 나라밖에 안 된다는 것이었고, 또 그 세 나라는 매우 잘 알려진 나라들이라는 사실이었다.

"안토로스가 맞군. 시뻘건 도마뱀의 문장. 그 반대편에 붙어 있는 쌍두 사자의 문양. 틀림없는 트란 근위 기사단의 문장이야."

"예? 트란 근위 기사단이면 멸망한 트루비아의 기사단 아닙니까?"

"그렇지. 트루비아 전쟁에서 적 타이탄을 구경도 하지 못했었는데 여기에 와 있었군."

"예, 아마도 크루마에 망명 생활을 하고 있는 모양입니다. 그런데 저 앞쪽에 도열해 있는 타이탄은 처음 보는 것 같은데 혹시 알고 계십니까?"

"아니, 나도 처음 보는 타이탄이야. 상당히 육중해 보이는데, 50대 정도나 모여 있으니 상대하기 힘들 것 같아. 기껏해야 60대 정도로 생각했는데, 저 녀석들 예상외로 타이탄을 많이 가지고 있군. 또 성능도 상당히 우수한 것 같고……."

"그래도 이쪽이 50대 정도 많습니다, 각하."

"숫자야 그렇지. 하지만 성능은 어떨지 모르지."

기사와 주거니 받거니 대화를 나누던 후작은 뒤에서 통신을 시도하고 있는 마법사들 쪽으로 시선을 돌리며 말했다.

"딴 부대로부터의 연락은?"

후작의 질문에 한 마법사가 재빨리 답했다.

"예, 지그무스 후작 각하로부터의 연락입니다. 현재 적 기사단과 대치 중. 적 기사단의 타이탄 수는 숨겨 놓은 것이 없다면 로메로 27대, 노리에 5대, 합해서 32대라는 보고입니다. 모두 검은색을 칠했고, 붉은색으로 뱀의 문장을 그려 놨다고 합니다."

"알겠다. 8시 정각에 작전을 시작하라고 전해라. 그 전까지는 대충 상대방과 비슷한 수의 타이탄만 꺼내어 적이 안심하게 하는 것 잊지 말라고 하고."

"예, 알겠습니다."

"그리고 딴 곳에서는 연락 없나?"

이번에는 그 마법사의 옆에 앉아 있던 마법사가 말했다.

"크발리에 공작 전하로부터의 연락입니다. 산드라 요새에 접근, 대치 중이라고 합니다. 요새에 가려 상대 타이탄의 수는 알 수 없다고 합니다."

"그쪽에도 8시에 공격하라고 전해."

"예, 각하."

그 마법사의 말이 끝나기를 기다려 또 다른 마법사도 급히 보고를 올렸다. 타이탄은 마법이 통하지 않는 상대였기에 기사단들끼리 타이탄을 앞세워 전투를 할 때 마법사는 이런 식으로 기사들을 보조했던 것이다.

"로안스엘 공작 전하로부터의 연락입니다. 현재 퇴로 장악 완료. 상대의 정찰조 세 개를 포착, 격멸했다고 합니다."

"조금 있다가 전투가 시작되니까 적들이 빠져나가지 못하게 막으라고 전하라."

"예, 각하."

일단 휘하 부대와 연락이 끝나자, 후작은 또 다른 마법사를 향해 외쳤다.

"본국을 불러라."

그 마법사는 열심히 주문을 외워 댄 후 후작을 행해 말했다.

"각하, 본국이 나왔습니다."

후작이 수정 구슬 앞으로 다가가자 수정 구슬 안에 모습을 보이고 있는 마법사는 후작을 알아보고 공손히 절을 하며 말했다.
"안녕하십니까? 후작 각하."
"그래, 자네도 안녕한가?"
"예."
"발랜시아드 대공 전하께 전해라. 현재 적 타이탄과 대치 중이다. 살라만더 기사단이 가지고 있는 타이탄은 로메로 20대 정도, 그리고 정체를 알 수 없는 신형 타이탄 50대 정도다. 그리고 그들 속에 트루비아의 기사단도 보인다. 상대 타이탄의 모습을 전송하겠다."
여기까지 말한 후작은 마법사를 향해 시선을 돌렸다.
"이봐, 기억을 전송할 준비를 해 주게."
"예, 각하."
마법사는 수정 구슬 위에 손을 얹고 주문을 몇 마디 외운 후 후작에게 말했다.
"구슬에 손을 대시고 전송할 타이탄의 모습을 기억하십시오. 예, 됐습니다, 각하. 전송이 끝났습니다."
후작은 다시금 시선을 수정 구슬 쪽으로 돌리며 말했다.
"방금 보낸 검은색 타이탄에 대해 조사해서 발랜시아드 공작 전하께 전해라."
"알겠습니다, 각하. 무훈을 빕니다."
"고맙군."
이제 모든 것이 다 갖춰졌다고 생각한 후작은 기사들을 향해 우렁차게 외쳤다.

"자, 8시가 다 되어 간다. 모두들 준비하도록."

이때 한 기사가 후작을 향해 말했다.

"각하께서도 싸우실 겁니까?"

"아니, 나는 여기서 지휘를 하기로 하지. 자네가 전방 지휘를 해 주겠나?"

"영광입니다, 각하."

쌍방은 타이탄들을 꺼내어 전투 대형을 갖추기 시작했다. 선두에 서 있는 타이탄들은 모두 보조 무장으로 창을 한 자루씩 가지고 있었다. 일단 상대와 격투에 들어가기 전에 그걸 던지기 위해서였다. 그리고 그 뒤쪽 열에 있는 타이탄들은 각자 취향에 따라 거대한 철퇴나 도끼를 오른손에 쥐고 있었다. 타이탄의 손이 두 개밖에 없다 보니 무기를 추가로 가지고 가는 것에는 한도가 있었다.

타이탄들끼리의 전투에서도 보병들끼리의 전투와 마찬가지로 육중하고 두터운 장갑을 가진 것들이 선두에 서게 된다. 선두에 서서 상대방과 격전에 들어갈 타이탄들은 뒤로는 아군이, 앞으로는 적군이 몰려들어서 움직일 수 있는 공간이 매우 좁기에 강력한 장갑으로 몸을 보호하며 죽자고 검을 휘둘러야 했다. 하지만 양쪽 측면이나 뒤에 위치하는 타이탄들은 가볍고 기동력이 빠른 것이 사용되었다. 이들의 경우 움직이는 데 충분한 공간이 있었기에, 무식하게 방패와 장갑만으로 적의 공격을 막아 내지 않아도 상관없었기 때문이다.

상대방도 크고 몸집이 좋은 신형을 중앙에 배치하고 로메로를 좌우 측면에 배치했다. 예법에 따라 상대방의 진형이 다 갖춰질 때까지 기다린 후작은, 적들도 모든 준비를 갖췄다고 생각되자 우렁차게 외쳤다.
"전원, 돌격 준비!"
이때, 후작의 눈이 화등잔만 하게 커졌다. 갑자기 적들 타이탄의 뒤쪽에서 거대한 것이 모습을 드러냈기 때문이다. 몸통은 앞쪽에 도열해 있는 타이탄들 때문에 보이지 않았지만, 세 개의 뿔이 나 있는 거대한 머리통과 가슴 위쪽은 앞을 막아서고 있는 많은 타이탄들에도 불구하고 명확하게 보였다. 그 말은 앞에 서 있는 타이탄보다 최소한 1미터는 더 크다는 말이었다.
"저…, 저건 또 뭐야?"
후작의 당황한 태도에 마법진 앞에 앉아 있던 마법사가 몸을 일으키며 말했다.
"예? 뭐 말입니까? 각하."
"저 뒤에 서 있는 타이탄 말이야."
"예? 뒤에 말입니까?"
원래가 마법사의 시력은 마법을 사용하지 않는 한 보통 사람들이나 다를 바가 없었기에, 마법사는 후작의 옆에 놓여 있던 망원경을 집어 들고 나서야 후작의 말을 이해할 수 있었다.
"엄청나게 큰 타이탄입니다. 백기사하고 거의 비슷한 크기겠는데요?"
마법사의 말에 고개를 끄덕이며 후작이 지시했다.
"맞아. 바로 저 녀석이다. 본국에 지금으로 다시 연락을 넣어라."
"옛, 각하."
이때 상대방 타이탄들이 돌격해 왔기에 코린트 동맹군의 타이탄들은 후작의 명령 없이 상대방을 향해 돌진해 들어갔다. 원래가 전투는 기세(氣勢)에는 기세로 대응해야 했기에 적이 돌진해 들어오는데도 가만히 서서 기다리다가는 먼저 주눅이 들게 되기 때문에 취해지는 행동이었다. 부하들이 달려 나가는 모습을 보며 후작은 재빨리 마법사에게 외쳤다.

"로안스엘 공작에게 급전을 보내라. 퇴로 차단 명령을 철회하겠다. 지금 즉시 별동대를 이끌고 이리로 달려오라고 전해라."

로안스엘 공작과의 마법 통신을 담당하고 있던 마법사는 즉시 지시를 전달하지 않고 이의를 제기했다.

"각하, 그렇게 되면 포위망에 구멍이 생기게 됩니다."

"포위망이 구멍이 나건, 무너지건 상관없다. 문제는 저 큰 타이탄이야. 아마 저 녀석이 대공 전하께서 찾고 계시던 녀석일 거야. 그건 그렇고, 아직도 본국에 연락이 되지 않았나?"

후작의 투덜거림에 본국을 향해 통신 마법을 다시금 구사하고 있던 마법사는 재빨리 답했다.

"예, 이제 연락이 되었습니다, 각하."

"에잇, 비켜라. 이보게."

다급한 후작의 부름에도 불구하고 수정 구슬 안에 비춰져 보이는 늙은 마법사는 느긋한 어조로 대답했다.

"예, 후작 각하."

"최대한 빨리 이 타이탄에 대해 조사해 봐라. 어느 나라에서 만들었는지는 모르겠지만 엄청나게 덩치가 크다. 백기사와 맞먹는 것 같은데 이놈이 대공 전하께서 찾고 계시던 타이탄인 것 같다."

허둥대는 후작을 향해 노마법사는 역시 느긋한 어조로 답했다.

"예, 확인해 보겠습니다. 빨리 모습을 전송해 주십시오."

상대 마법사의 주문에 후작은 자신이 하는 것보다는 통신을 담당하는 마법사가 직접 하는 것이 더욱 안정성이 있을 거라고 생각하며, 본국과의 마법진을 연 마법사를 향해 말했다.

"망원경을 보고 자네가 직접 전송해."

"옛, 각하."

"자네는 이제부터 저 타이탄이 움직이는 모습을 모두 다 전송해라. 딴 일은 안 해도 좋아. 저 타이탄만 주시해라. 알겠나?"

"예, 각하."

마법사가 망원경을 들고는 상대 타이탄을 주시하며 그 영상을 본국으로 전송하는 것을 잠시 지켜보다가 후작은 갑자기 생각났다는 듯 별동대와의 연락을 담당하는 마법사를 향해 시선을 돌렸다. 그 마법사는 지금 통신 마법진 앞에 앉아 있는 것이 아니라 뒤쪽의 풀숲을 화염 마법으로 불태운 후 그 위에 거대한 마법진을 그리고 있었다.

"로안스엘 공작에게는 연락이 되었나?"

마법진을 그리고 있던 그 마법사는 즉시 후작을 향해 답했다.

"예, 지시를 전달했습니다, 각하."

"언제 도착한다고 하던가?"

"여러 개의 퇴로에 산개해 있는 기사들을 소집하고 계신다고 합니다. 그들이 모이는 대로 곧 마법진을 통해 이쪽으로 오실 것입니다, 각하. 아마 10분 정도 걸리실 거라는 보고입니다."

마법사의 대답에 후작은 시선을 격렬한 전투가 전개되고 있는 전장으로 돌리며 중얼거렸다.

"10분이라. 늦지 말아야 할 텐데……."

〈언제까지 기다려야 하지?〉

안드로메다의 투덜거림에 다크는 짜증이 섞인 음성으로 답했다.

"좀 기다려 봐."

〈나는 기다리는 게 싫어. 나는 내 힘을 과시하고 싶어. 그렇게 마 나를 막아 놓지 말고 개방해라. 그다음은 내가 알아서 하겠다.〉

"기다리라고 했지."

〈모두들 잘 싸우고 있어. 이렇게 나가면 내 먹이가 줄어들 뿐이야. 나는 하나라도 더 죽이고 싶다. 너는 그것을 도울 힘이 충분히 있어. 사람의 몸속에서 흐르는 그 따스한 것. 그 따스함을 다시 한 번 더 느끼고 싶어. 나에게 힘을 줘.〉

"으아아악! 제발 좀 닥치지 못해? 네 녀석 말을 듣고 있으면 옛 날의 악몽이 다시 떠오른단 말이야. 나는 무인일 뿐 절대로 살인귀 는 아니야. 아니, 살인귀는 안 되도록 노력해 왔다구. 그러니까 자 꾸 옆에서 부추기지 말란 말이야. 알았어? 이 망할 살인귀 놈아."

다크는 지금 전장으로 달려 들어갈 것이냐 마느냐를 가지고 한 참 고심하고 있었다. 그 이유는 바로 자신의 타이탄이 한 번 피 맛 을 보더니 거기에서 무한한 매력을 찾았다는 것이 문제였다. 피에 젖은 광기를 지닌 마교라는 단체에서 자라 온 그였기에, 다크 또한 살인이라는 것에 대해 무덤덤한 상태였다. 일부 고수들의 경우 살 인을 미학으로까지 발전시켜 그것에서 쾌락을 찾는 진짜 미치광이 들도 있었지만 다크는 예전부터 그것을 의식적으로 회피해 오고 있었다.

피, 피, 피……

하지만 피에 굶주려 헐떡이는 소리를 들으면서 아련한 과거가 떠오르는 것은 아마도 다크가 매우 특수한 삶을 살아왔기 때문일 것이다. 그런 상황에서 다크가 고심하고 있는 부분은 이 직설적으로 모든 것을 표현하는 타이탄이 하고 있는 생각을 자신도 지금 하고 있지 않을까 하는 것이었다. 물론 자신은 그것을 억제해 왔고, 또 그것을 표현하는 것 자체를 꺼려했지만 단도직입적으로 피에 굶주려 헐떡이는 소리를 듣다 보니까 남의 일 같지 않다는 생각이 드는 것은 또 무슨 해괴한 일일까?

〈흐흐…, 그걸 '살인'이라고 하는 거냐? 그래, 살인이라는 것이 그렇게 기분 좋은 것인 줄은 몰랐어. 너도 그걸 즐기고 있었잖아. 그런데 왜 지금 와서 부인하는 거야?〉

"제길! 전번의 도로니아가 더 좋았어. 이 살인마 녀석아."

〈도로니아 따위와 나를 비교하려 들지 마라. 그런 형편없는 것과 비교된다는 것 자체가 나에게는 모욕이야. 도로니아를 가지고서 그때 한 것과 같이 멋지게 살인을 할 수 있을까? 하지만 나를 소유하고 있는 한 너는 무적이야. 수많은 사람들과 타이탄을 죽이고, 죽이고, 또 죽일 수 있어.〉

"제기랄, 겨우 몇 명 죽이고 나서 이렇게 들뜨는 놈은 처음 보겠네. 처음부터 살인을 위한 병기로 제작되었기에 그런 건가? 그래, 나도 살인을 위해서 키워졌…, 그아악! 나는 아니야. 나는 사람 죽이는 걸 좋아하지는 않는다구."

다크의 반박에도 불구하고 안드로메다는 매우 집요한 데가 있었다.

〈아니야, 너도 좋아하잖아. 너와 나는 마음으로 연결되어 있다.

내 성격이 싫다고 했지만, 처음 제작된 타이탄은 첫 번째로 만난 주인의 성격을 가장 많이 닮게 되어 있어. 나는 너의 거울이나 다름없어. 너는 지금 달려 나가서 나를 이용해서 저것들을 죽이고 싶지? 그렇지?〉

"달려 나가서 죽이고 싶은 생각이 굴뚝같다가도 네 녀석의 이죽거리는 소리를 듣고 나니 그럴 마음이 없어진다."

〈너는 지금 참고 있지만, 사실은 피가 끓고 있잖아. 안 그래? 뜨끈한 피의 감촉. 금속성의 내 몸의 말단을 통해 전해지는 간단한 감각인데도 이렇듯 나를 흥분시키는데, 너는 더욱 섬세한 감각 기관들이 있잖아. 너를 통해 느껴지는 저 뜨끈한 피의 향기. 너는 그것을 맡으면서 흥분하고 있다구. 너는 오래전부터 피에 굶주려 있어. 부인하려고 하지 마. 자 나를 움직이라구. 그런 후 죽이는 거야. 흐흐흐흐……〉

일방적인 전투

"으그그그…, 미치겠군. 피에 굶주려 헐떡거리는 네 녀석이 싫어서라도 전투를 하지 않겠다."

〈그럴 수가……. 너도 지금 흥분하고 있잖아. 나는 느낄 수 있어. 너와 나는 함께 연결되어 있으니까. 인간들의 속은 이해할 수가 없다. 왜 그렇게 싫은 척하는 거지? 너도 살인귀잖아.〉

다크는 정말 미치고 싶었다. 만약 이게 사람이 옆에서 떠들어 대는 거라면 청각을 막아 버리면 된다. 하지만 이놈의 미치광이 타이탄은 자신의 '마음'에 직접 대화를 걸어 오기에 그걸 막을 방법은 전혀 없었다. 다크가 지금 가장 곤란하게 느끼고 있는 것은, 자신은 그렇다고 생각하지 않는데, 이놈이 워낙 '너도 그렇잖아' 하는 식으로 물고 늘어지고 있었기에, 슬며시 '진짜 그럴까?' 하는 의구심이 싹트고 있었다.

다크가 망할 놈의 타이탄 덕분에 예정에도 없던 '마음의 시험'을 받고 있는 동안 전투는 치열하게 전개되고 있었다. 기사들의 전체적인 실력도 유령 기사단이 뛰어난 데다가 타이탄마저도 상대방에 비해 월등하게 우수했다. 48대나 되는 테세우스를 중심으로 그들은 상대를 압박해 나가며 우세한 전투를 벌이고 있었다. 상호 2백 대가 넘는 거대한 타이탄들이 치열한 격투를 벌이고 있었지만 월등한 실력을 지닌 인물이 없었기에 파괴되어 쓰러지는 타이탄은 의외로 적었다.

살라만더 기사단의 경우 전체적으로 중앙에 포진하고 있는 기사들의 기량과 타이탄이 월등했기에 전투가 전개되면서 중앙이 적을 향해 점점 압박해 들어가면서 돌출하고 있었다. 하지만 좌우 측면을 받치고 있는 로메로들은 상대방에 비해 그렇게 우위를 점하지 못하고 있었기에 그 자리를 지키는 수준에서 머무르고 있었다. 이렇게 되자 상대방의 지휘관은 뒤에서 쉬고 있는 타이탄들을 좌우 측면으로 돌려 상대를 포위하기 시작했다.

전세가 이렇게 흘러가자 다크는 어쩔 수 없이 움직일 수밖에 없었다. 적의 포위망이 완전히 갖춰지게 되면 수적으로 훨씬 불리한 이쪽이 나중에는 괴멸될 수밖에 없다는 것을 잘 알고 있었기 때문이다. 가만히 눈을 감고 마음을 가라앉힌 다음 마나를 끌어올렸다. 그런 후 천천히 검을 뽑아 들었을 때 이제부터 쾌락이 시작된다고 느꼈는지 안드로메다는 듣기 껄끄러운 낮은 음성으로 음침한 웃음을 흘리기 시작했다. 그걸 들으니 다크의 온 몸에 소름이 끼쳤다.

"에구구, 내가 전생에 죄를 너무 많이 지었던 모양이지. 이런 미친놈이 걸린 걸 보면. 에라 모르겠다. 그래, 가자구."

그와 동시에 기본 전투 중량 160톤이나 나가는 거대한 타이탄이 육중한 몸을 움직이기 시작했다.

검은색의 거대한 타이탄의 모습만을 주시하고 있던 마법사가 비명을 지르듯 외쳤다.
"그 녀석이 움직이기 시작했습니다."
그 말에 후작은 전장의 뒤쪽으로 시선을 재빨리 돌렸다. 진짜 움직이고 있었다. 엄청나게 큰 타이탄이……. 여태까지 6미터가 넘어가는 거대한 타이탄은 전 세계를 다 뒤져 본다고 해도 단 한 대가 제작되었을 뿐이다. 코린트의 황제용 타이탄 백기사(Knight of Chrome)는 6.5미터나 되는 거대한 타이탄이었지만 드래곤 본과 와이번 본만으로 제작되었기에 실질적인 무게는 54톤밖에 나가지 않았다. 백기사는 막대한 코린트의 재력을 과시하기 위해 제작된 의장용(儀仗用) 타이탄의 성격이 짙었기에 몇 번인가 있었던 근위기사단의 대규모 기동 연습에서만 모습을 나타냈을 뿐, 실전에 나간 적은 단 한 번도 없었다.

사실상 타이탄이 개발된 지 얼마 되지 않던 시절, 그 옛날에는 수많은 형태와 크기를 가진 시험용 타이탄들이 제작되었다. 아직 확실하게 최고의 파워를 낼 수 있는 크기나, 형태가 정립되지 않았었기 때문이다. 그 당시에는 7미터가 넘어가는 초대형 타이탄도 제작되었고, 초소형 타이탄도 만들어졌다. 그리고 무게를 최소화시켜 기동력에 중점을 둔 타이탄도 만들었지만 그 어떤 것도 그렇게 우수한 힘을 발휘하지는 못했다. 당시 처음 개발되었던 엑스시온이 지금으로 하면 0.1도 출력하지 못했던 것임을 생각해 본다면, 육중한 덩치를 지닌 타이탄이 힘을 못 쓰고 비실거렸을 것은 당연했다.

그렇듯 수많은 시험작들이 제작되는 과정에서 엑스시온의 성능도 끊임없이 향상되었고, 또 그것으로 기동 연습이나 전투를 벌이는 과정에서 타이탄의 크기와 무게는 점차 고정화되기 시작했다. 일단 국가 간에 전투가 벌어진다면 수십 대가 넘는 타이탄들이 집단 전투를 벌이게 되었기에, 그 집단 전투에서 최고의 힘을 발휘하는 형태로 고정되었던 것이다. 그래서 확립된 것이 출력 1.0의 엑스시온이 탑재된 경우 80톤 정도의 무게가 가장 효율성이 좋다는 것이었다. 그렇기에 각국에서는 출력 대 무게의 비율이 0.0125에 비교적 비슷하게 맞추기 위해 노력하고 있는 것이다.

그런데 무게의 비율을 무시한 저렇게 거대한 타이탄이, 그것도 이런 장소에서 모습을 드러냈다는 것은 가히 쇼킹한 일이 아닐 수 없었다. 그리고 그 타이탄이 움직이기 시작했을 때 후작의 입은 쩍 벌어졌다. 후작의 예상과 달리 그놈의 속도는 엄청났던 것이다. 엄청난 속도로 도약한 후 포위하기 위해 뒤로 돌아온 이쪽 타이탄을 그 거대한 방패로 후려쳤다. 그와 동시에 그 타이탄은 엄청난 충격에 중심이고 뭐고 다 잃어버리고 뒤로 비틀거리며 물러서는 순간 상대의 거대한 검은 흉갑(胸甲)을 꿰뚫고 있었다. 탑승한 기사가 앉아 있을 것이 확실한 바로 그 위치였다.

"어떻게 저럴 수가 있지?"

당황한 후작을 향해 마법사는 전장을 향해 호기심 어린 시선을 계속 유지한 채 답했다. 대부분의 마법사들의 꿈이 바로 타이탄 제작자가 되어 이름을 날리는 것이었다. 지상 최강의 생명체가 신이 만드신 드래곤이라면, 인간들이 만든 최강의 병기는 타이탄이었기 때문이다. 그리고 그 타이탄 앞에서는 거의 모든 마법이 무력(無力)했다. 그렇기에 그 마법사 또한 대부분의 마법사들이 그러하듯 타이탄에 대해 지대한 관심을 가지고 있었다.

"저 타이탄은 놀랍게도 강철로 제작된 것이 분명합니다. 단 한 번 방패를 휘두른 것만으로 이쪽의 방패가 튕겨 나갔습니다. 만약 드래곤 본과 같은 가벼운 금속으로 만들었다면 저렇게 엄청난 파워를 낼 수 없습니다."

마법사의 말에 후작은 고개를 끄덕이며 외쳤다.

"그래, 바로 저 녀석이야. 놈들이 숨겨 두고 있는 비밀 무기가 바로 저 녀석이야. 그렇다면 크루마의 근위 기사단이 이곳에 있다는 말인가? 빨리 본국에 알아봐."

마법사는 아르곤 지역에서 포착된 적이 있었던 크루마의 신형 타이탄이 그 녀석인지 본국에 문의했다. 하지만 본국에서 답신하고 있던 마법사는 자료를 뒤진 후 즉시 대답했다. 그게 아니라고. 그 마법사는 자료를 뒤져 대략적인 형태를 전송해 줬는데, 크루마의 신형 타이탄은 무게가 대략 110톤 정도 나가는 것으로 추정되며, 양 옆으로 두 개의 뿔이 길게 솟아오른 머리 모양을 하고 있는 육중한 타이탄이었다. 그리고 크루마의 타이탄들이 흔히 그렇듯 사각형의 방패를 들고 있었다.

"아닙니다, 각하. 아르곤에서 접촉했던 크루마의 신형 타이탄은 아닌 것이 분명합니다."

"그렇다면 어떻게 된 일이지? 이봐, 로안스엘 공작은 아직도 멀었나? 빨리 이곳으로 오라고 지시해라, 빨리."

이성을 잃어 가고 있는 후작의 목소리는 거의 비명에 가까웠다.

후작이 허둥대고 있는 그사이에도 뒤쪽으로 돌아왔던 운 없는 타이탄이 여섯 대째 그 거대한 타이탄의 밥이 되고 있었다. 검과 방패를 가진 대결을 할 때는 상대의 방어의 주축이 되는 방패를 무력화시키는 작업이 우선이었다. 검을 사용한 웬만한 공격은 방패로 충분히 막아 낼 수 있다. 그렇기에 보통 방패로 상대의 방배를 후려치며 중심을 무너뜨린 후 검으로 상대의 빈틈을 노리는 것이 정석이었다. 저 거대한 타이탄은 그 육중한 무게 덕분인지 그런 전술을 힘들이지 않고 간단히 해내고 있었다.

간단하게 동료들이 피의 제물이 되어 버리자 뒤로 돌아 적을 포위하려던 연합군의 타이탄들은 주춤거리기 시작했다. 자신도 그쪽으로 가면 죽을 것을 뻔히 알기에 망설이는 사이 옆쪽으로 돌아온 동료 타이탄의 수는 점차 많아지기 시작했다. 그리고 일단 수십 대의 타이탄들이 모이자 그들은 다시금 힘을 얻었다. 적이 아무리 강하다고 해도 이쪽은 수가 월등했다. 서로가 서로를 격려하며 그들은 적군의 후방을 지키고 있는 그 거대한 타이탄을 향해 돌진해 들어갔다.

〈으하하하, 바로 이거야, 이거. 이 느낌이야. 흐흐흐······.〉
"으아아···, 소름끼치니까 제발 그만해. 닥치라구."

그러는 와중에도 이 최고의 궁합을 가진 최악의 콤비들은 상대의 검을 흘리거나 막아 내며, 죽이고 또 죽이고 있었다. 원칙상으로 상대와 싸움을 했다면 다크가 지닌 고도의 검술로 적을 간단히 제압해 나갔을 것이다. 하지만 이미 자신의 강대한 힘과 피 맛을 알아 버린 안드로메다는 다크의 지배를 거부하고 있었다. 다크의 도움을 받지 않더라도 충분히 자신의 힘을 발휘할 수 있었고, 또 그것만으로도 충분했다. 스파이크로 찍고, 검으로 베고, 찌르면 거기에 감질나게 살짝살짝 묻어 나오는 적의 피. 그 끈적함이 안드로메다를 흥분시키고 있었다.

〈크하하하, 죽어라! 죽어.〉

"아주 신이 났구먼. 이제는 아주 자기 혼자서 멋대로 움직이고 있어. 야, 이 빌어먹을 타이탄아. 내 말을 들으란 말이얏!"

수십 대의 적이 포위 공격을 해도, 이 거대한 타이탄을 제압하지 못했다. 그 큰 덩치에도 불구하고 움직임이 얼마나 재빠른지 공격을 한 순간, 이미 상대는 그 자리에 있지 않았기 때문이다. 그러면서도 그 타이탄은 이리저리 뛰어다니며 닥치는 대로 자르고, 베고, 두들기고 있었다.

쿵!

무작스런 힘과 무게로 그 거대한 방패를 휘두르자, 그 방패에 두들겨 맞은 상대 타이탄이 아예 뒤로 튕겨져 날아갔다. 80톤에 이르는 육중한 타이탄이, 단 한 번의 충격으로 튕겨 나갈 정도라면 그 방패를 막아 낸 팔이 무사하지 못할 것은 당연한 일이다. 강철로 된 외피와 달리 내부에 있는 타이탄의 몸은 주철이다. 그렇기에 강렬한 충격을 견디지 못하고 박살 나서 떨어져 나가는 것이다.

수십 대의 타이탄이 겨우 한 대의 적을 상대로 고철이 되어 나뒹굴고 있을 때쯤, 후작이 그렇게 기다리고 있던 로안스엘 공작이 거느린 별동대가 마법진 위로 모습을 드러냈다. 로안스엘 공작도 처음에는 갑작스럽게 작전을 무시하고 자신을 호출한 후작에 대해 불만을 드러냈다. 하지만 후작의 손끝을 따라 시선을 돌린 순간, 믿을 수 없는 장면을 목격할 수 있었다.

수십 대의 타이탄이 엉켜 붙어 싸우는 난전이 벌어지고 있는 뒤쪽에 그야말로 일방적인 도살극이 벌어지고 있었기 때문이다. 다른 타이탄들보다 거의 1미터는 확실히 더 커 보이는 시커먼 타이탄이 지축을 울리며 날뛰는 광경은 그야말로 장관이었다. 그런데 문제는 그 박살 나고 있는 상대가 자기편이라는 것이었지만.

"저 괴물을 죽여라, 빨리."

핏발 선 후작의 눈을 바라보며 로안스엘 공작은 중얼거렸다.

"저런 괴물은 정말 자신 없는데요."

"그렇다면 어쩔 건가? 저놈 한 대가 무서워서 후퇴하자는 것인가? 상대는 단 한 대다. 자네가 거느리고 있는 것은 50대고. 빨리 해라. 아직 수적으로 우위를 차지하고 있을 때 녀석을 없애야 해."

"알겠습니다. 해 보죠. 자, 모두들 돌격 준비. 창을 준비해라."

로안스엘 공작은 부하들을 이끌고 전장의 뒤편으로 달려갔다. 자신이 달려가는 그 순간에도 다섯 대의 타이탄이 그 괴물에게 쓰러지는 것을 볼 수 있었다.

"자, 모두들 거리를 두고 접근해라. 그리고 켈빈, 자네에게 열 대의 타이탄을 줄 테니 놈들의 후미가 저놈을 도와주기 위해 달려오지 못하게 막아라."

"예, 공작 전하."

"자, 모두들 멀리 떨어진 채 창으로 공격하라. 놈의 덩치로 봤을 때 근접전은 매우 불리하다."

로안스엘 공작의 지휘에 따라 고전(苦戰) 중인, 아니 학살을 당하는 중이던 포위 공격대는 뒤로 물러서며 한숨 돌릴 여유를 되찾았다. 그리고 공작의 지시에 따라 놈은 저 멀리 뒤편으로 분리, 포위되었다. 물론 그 와중에서 로안스엘 공작의 의도를 파악하고 큰 타이탄을 돕기 위해 뒤로 빠진 적 타이탄도 있었지만 켈빈이 지휘하는 저지대(沮止隊)에 막혀 버렸다.
　일단 상대를 분리시키는 작업만을 수행하는 와중에도 다섯 대의 타이탄이 더 고철이 되어 뒹굴었다. 하지만 그들의 희생 덕분에 로안스엘 공작은 상대를 후미에 멀찍이 고립시킬 수 있었다. 그러고 나서 여태까지와는 다른, 독립된 명령 체계에 의한 일사불란한 공격이 시작되었다. 하지만 괴물 같은 상대의 힘 앞에서는 그 공격도 오래가지 못했다. 무작정 한쪽 방향으로 돌진해 들어오며 방패와 검을 휘두른다. 그렇게 되면 이쪽에서는 뒤로 빠지고, 적 타이탄의 뒤쪽에 있던 아군이 상대의 등을 공격해야만 하는데…, 그런데 놈의 속도가 원체 빠르다 보니 뒤로 빠지던 아군이 미처 뒤로 빠지지도 못한 채 고철이 되어 뒹굴어야 했고, 뒤에서 덮친 아군은 헛되이 허공만을 찔러야 했다.
　일부 타이탄들은 창을 던지기도 했지만 그 정도에는 끄떡도 하지 않았다. 괴물 같은 타이탄의 두터운 외장 장갑만을 가까스로 뚫을 수 있었을 뿐. 치명타를 가할 수는 없었다. 그러는 와중에도 상대는 동료들을 계속 죽이고 있었다. 그 괴물 같은 힘으로…….

"발렌시아드 대공 전하."
　발렌시아드 공작은 중년의 장군 두 명과 널찍한 지도를 앞에 두고 토론을 벌이고 있는 중이었다. 예상외로 가므 쪽에서 밀리고 있었기에 대책이 시급한 실정이었다. 서둘러 지원한 1백 대와 제1근위대를 보내 줬는데도 미네르바가 지휘하는 적의 주력은 괴력을 발휘하고 있었다. 물론 숫자에서는 코린트가 조금 우세했지만 타이탄의 질에서는 저쪽이 월등했기 때문이다. 그 때문에 전투가 벌어진 후에 까뮤의 요청에 의해 제2근위대까지 파견된 후였다. 그 후, 전세는 코린트 쪽으로 돌아서는 듯 보였지만, 놈들도 엘프리안에 주둔 중이던 레디아 근위 기사단의 남은 병력을 모두 전장에 투입했기에 점차 뒤로 밀리는 실정이었다.

코린트 최강의 코란 근위 기사단이 보유한 흑기사 30대와 두 명의 소드 마스터를 투입하고도 전세가 밀리고 있었기에 키에리는 긴급히 장군들을 소환했고, 이렇듯 대책 회의를 벌이고 있었다. 그런데 또다시 위급하다는 듯한 목소리로 자신을 찾으니 약간 짜증이 났다.

"무슨 일이냐?"

"이변이 일어났사옵니다."

다급한 어조와 표정과는 달리, 마법사의 입에서 답답한 소리만 흘러나오자 짜증이 난 공작이 으르렁거렸다.

"무슨 이변? 빨리 말해라."

"예, 알렌 방면으로 침공해 들어간 지오르네 후작이 고전하고 있다고 하옵니다."

밑도 끝도 없는 마법사의 말에 키에리는 당황해서 중얼거렸다.

"뭐라고? 설마…, 놈들의 주력은 지금 가므에 있는데? 그건 무슨 말이냐?"

"이게 적 타이탄의 모습이옵니다. 디스플레이 이미지(Display Image)!"

마법사가 주문을 외우자 곧이어 방금 전에 그 마법사가 전송받았던 기억이 영상으로 드러났다. 검은색 타이탄들과 가지각색의 코린트 동맹군들의 타이탄들이 엉켜서 격전을 벌이고 있는 뒤쪽에서 벌어지고 있는 일방적인 학살극. 원체 거대한 타이탄이 주도하고 있었기에 마법사가 더 이상 설명하지 않아도 키에리의 시선은 자연스레 뒤쪽으로 가 있었다. 그 거대한 타이탄의 움직임은 매우 간단했다. 빠른 돌격, 방패로 후려치기, 그런 후 찌르거나 베기. 물론 중간 중간에 검으로 찌르기 귀찮았는지 무릎에 붙은 거대한 스파이크를 이용해 찍어 올리거나, 또는 팔목 관절에 붙은 스파이크를 이용하기도 했다. 그야말로 그 엄청난 거구가 움직이는 모습이 거의 춤에 가까울 정도로 자연스럽게 움직이고 있었고, 그 움직임 하나하나에 이쪽 타이탄은 걸레가 되고 있었다.

"정말 대단하군. 나는 저렇게까지 기본기를 충실하게 익히고, 또 써먹는 놈은 처음 봤어."

솔직한 키에리의 감상이었다.

"저, 대공 전하. 어떻게 처리하실 것인지 하명해 주시옵소서. 더 이상 시간을 끌다가는……."

"자네는 어떻게 봤나?"

키에리의 말에 여태껏 그와 함께 작전을 짜고 있던 40대 중반쯤으로 보이는 장군이 즉각 대답했다.

"대단한 실력인 것 같사옵니다. 동작이 매우 단순하면서도 위력적인 것으로 보이옵니다."

"그래. 그렇지? 허구헌 날 검술을 익히며, 더 뛰어난 검술만 찾는 멍충이들에게는 절대로 찾아볼 수 없는 움직임이야. 저게 바로 기본기라는 거야. 막고, 두들기고, 베고, 차고……. 누구나 다 아는 동작이지. 또 가장 간단한 동작이고. 자네도 저런 동작을 수도 없이 해 봤을걸?"

"예, 전하."

"요즘도 저런 동작을 훈련하나?"

공작의 장난기 가득한 물음에 상대는 어리둥절한 표정을 지으며 대답했다.

"예? 저것은 오래전에 끝냈고, 지금은 로체스터 가의 고급 검법을 배우고 있습니다."

상대의 답변에 키에리는 짓궂게 미소를 지으며 말했다.

"그렇다면 자네는 왜 고급 검법을 배우고 있나? 그렇다면 요즘 저런 것은 하지도 않고 있다는 말이겠군."

"그렇사옵니다, 전하. 고급 검법으로 넘어가야 강력한 힘을 낼 수 있지 않습니까?"

"자네는 저 녀석을 상대로 싸운다면 어떻게 하겠나?"

"예? 글쎄요. 워낙 힘에서 밀리니까, 거리를 좀 두고 공격을……."

"그래 맞아. 저 녀석의 움직임이 대단하기는 해. 하지만 고급 검술을 쓰지 않고 있다는 것을 주의해서 봐야 한다. 저런 놈을 상대하는 데는 저 녀석들 정도로는 무리가 있겠군. 제2근위대는 가므에 지원 나가 버렸고…, 어떻게 한다? 참, 제3근위대에 남은 놈들이 있나?"

"예, 페트릭과 크리스틴이 대기 중이옵니다."

"그 녀석들을 보내라. 그러면 되겠지. 저 녀석에게는 안 된 일이지만 녀석은 상대를 잘못 골랐어. 저 녀석이 싸우는 모습을 자네들도 잘 기억해 두게. 그 예전에 익혔던 기본기만으로 얼마나 대단한 위력을 낼 수 있는지 말이야. 저 녀석의 노력과 근성에 찬사를 보내고 싶군. 그건 그렇고, 하던 얘기나 마저 하지."

키에리는 영상을 보는 것 하나만으로 적의 약점을 간단하게 알아챘다. 상대는 자신이 가지고 있는 타이탄의 장점들을 극대화시켜 검술을 구사하고 있었다. 어디서 누구에게 어떤 검술을 익혔는지는 모르지만 상대의 그 끈기와 노력에 찬사를 보내고 싶을 정도였다. 하지만 그런 식으로 익힌 검술은 전장에서는 정말 대단한 위력을 발휘할 수 있을지 모르지만, 엄청난 고수와의 일대일의 대결에는 큰 도움이 되지 못한다. 그 이유는 고수들에게는 어느 정도 거리가 떨어진 상태에서도 상대를 공격할 수 있는, 그것도 엄청난 위력을 가진 기술을 하나쯤은 가지고 있기 때문이다.

페트릭과 크리스틴이 전장에 마법진을 이용해 도착했을 때, 전세는 최악으로 치닫고 있었다. 단 한 대에게 수십 대의 타이탄이 파괴되어 나뒹굴고 있었고, 로안스엘 공작이 이끄는 공격조는 공작의 격려에도 불구하고 완전히 겁에 질려 있는 상태였다. 그리고 더욱 문제가 되는 것은 그들의 두려움이 서서히 전체 기사단에 파급되기 시작하여 상대를 저지하고 있던 포위망 자체가 붕괴되기 직전이었던 것이다.

그들은 도착과 동시에 자신들을 알아보고 인사를 건네는 후작은 본체만체하고 자신들의 타이탄을 꺼냈다. 후작은 새로운 증원에 갑자기 힘이 나기 시작하는지 웅장한 목소리로 기사들을 독려하기 시작했다.

"코란 근위 기사단에서 지원하러 오셨다. 모두들 힘을 내라고 전해라. 저 괴물 같은 놈만 처치하고 나면 승리할 수 있다. 모두들 전의를 잃지 마라!"

크리스틴과 페트릭은 그런 후작을 한심하다는 듯 쳐다본 후 자신들의 붉은 타이탄에 탑승했다. 웬만한 나라에서는 검술 실력이 뛰어나면 곧 작위도 상승하게 된다. 하지만 그런 경우 아버지 대에서 검술이 뛰어나 공작의 칭호를 받았다고 하더라도 그 아들이 뛰어난 검술을 유지할 가능성은 크지 않았다. 코린트 같이 거대한 제국의 경우 그런 식으로 귀족의 칭호를 남발했다가는 귀족의 수가 너무 많아지게 되기에 국가에 공을 세운 경우에만 작위가 상승하고, 그렇지 않은 경우에는 검술이 아무리 대단해도 높은 작위를 인정해 주지 않고 있었다.

작위를 가진 귀족들의 경우 세금을 내지 않기에, 세수(稅收)를 안정적으로 확보하기 위해서는 귀족들의 수가 적으면 적을수록 유리했다. 물론 검술만 제대로 하면 받게 되는 작위의 최하 계급은 기사(Knight)다. 그렇지만 기사는 그 아들들에게 세습되지 않는다. 세습되는 최하 계급의 작위는 남작(Baron)부터이기 때문이다.

그 때문에 코린트의 경우 몇 가지 문제가 발생하게 되는데, 검술이 뛰어나서 높은 직위를 가진 인물이 있지만 작위가 낮은 경우가 있었고, 그 반대의 경우도 있었다. 크리스틴과 페트릭의 경우가 그러했는데, 둘 다 발렌시아드 가문이나 로체스터 가문에서 검술을 사사받았기에 발렌시아드 대공이 인정했을 정도로 엄청난 검술을 지니고 있었다. 하지만 그들의 경우 평민의 자식들이었다. 그렇기에 둘 다 기사 칭호를 검술 시험을 통해 자신들의 힘으로 확보해야만 했다. 아마도 이번 전투에서 공훈을 세운다면 남작으로 승격될 수 있을 것이다. 이렇듯 실력을 통해 올라오는 기사라는 작위. 그 작위는 무한하게 높은 자리일 수도 있었다.

페트릭과 크리스틴은 상대 쪽으로 다가서며 외쳤다.

"모두들 물러서라."

강압적인 명령이었지만 모두들 '이런 시건방진' 하고 따질 생각은 아예 하지도 않고 주춤주춤 뒤로 내빼고 있었다. 누가 자기들 대신 죽어 주겠다는 데야 절대로 반대할 생각이 없었던 것이다.

"정말 덩치가 대단한데? 거의 백기사하고 맞먹겠어."

크리스틴의 말에 자신의 타이탄 로마니아가 묵직한 음성으로 답해왔다.

〈저기서 미세하게 느껴지는 엑스시온의 파워는 나보다 훨씬 높은 것 같다.〉

그 말에 크리스틴은 고개를 흔들며 말했다.

"설마, 그럴 리가. 코타스 공작 전하께서는 너 이상 강력한 타이탄은 아직까지도 태어난 적이 없다고 하셨어. 자, 이제 한번 놈의 실력을 테스트해 볼까? 그동안 너는 상대의 파워를 측정하라구."

〈조심하는 게 좋을 거야.〉

"걱정 마. 가자."

상대편 타이탄도 이쪽에서 공격 준비를 갖추기를 기다려 주는 것인지 조용히 서 있었다. 적기사는 양손에 검을 단단히 쥐고는 천천히 접근하기 시작했다. 그리고 다음 순간 적기사가 엄청난 속도로 도약했다. 하지만 상대는 그걸 예상이라도 했다는 듯 그 거대한 방패로 후려쳐 왔다.

"똑같은 패턴인데?"

크리스틴은 상대의 틀에 박힌 공격에 눈살을 찌푸리며 말했다. 놈의 공격 패턴이 똑같다면 그다음은 보나마나였다. 그다음 순간 붉은 타이탄과 검은 타이탄의 대결을 지켜보던 이들은 모두들 입이 쩍 벌어졌다. 그 거대한 검은 타이탄의 방패는 헛되이 공간을 갈랐을 뿐이었고 적기사는 이미 거기에 없었다. 놀라울 정도로 빠르면서도 기계처럼 정확한 동작이었다. 순간적으로 상대가 어디 있는지 놓쳐 버린 안드로메다. 그 순간 적기사는 재빨리 상대방 타이탄 뒤쪽으로 도약하며 있는 힘껏 검을 아래로 내리찍듯 휘둘렀다.

캉!

그 순간 날카로운 쇳소리를 내며 거대한 타이탄의 뿔 세 개 중 두 개가 잘려나갔고, 양쪽 어깨의 견갑(肩甲) 일부가 잘려 나갔다. 물론 견갑은 아래쪽에서부터 맹렬한 속도로 재생되었고, 또 잘려진 뿔도 천천히 재생되기 시작하고 있었다.

"헤헤헤, 역시 덩치뿐이야. 놈은 숙련되어 있을 뿐이지, 검술은 별 볼일 없는 것 같아. 이봐, 그 순간 저 녀석의 파워를 측정해 봤어?"

〈믿을 수 없게도 엑스시온 출력이 3.0을 넘어서는 것 같다. 그리고 저 타이탄, 기사와 타이탄이 별로 공조가 되지 않는 것 같아. 그 둘의 합쳐진 힘이 아닌 것 같다는 느낌이 들었다.〉

"뭐야? 타이탄과 공조도 못 하다니, 정말 형편없는 녀석 아니야?"

〈그렇지 않다. 우리를 만든 코타스는 적기사의 프로토타입을 보고 가장 큰 문제점 하나를 발견했지.〉

"응? 우리 대장이 몰고 있는 녀석 말이야?"

〈그렇다. 드라쿤은 우리들보다 훨씬 자아가 강하다. 만약 제임스 같은 뛰어난 기사가 아니었다면 드라쿤은 주인의 말을 잘 듣지 않았겠지.〉

"호오, 그럼 두 번째부터는 자아를 좀 약화시켰다는 말이겠군. 그렇다면 놈의 자아도 강하다는 말이 되나?"

〈우리들의 자아도 강한데, 우리보다 더 월등한 엑스시온이라면 그 자아를 통제하기는 더욱 힘들어질 것이다. 그것 때문인지 기사와의 공조가 전혀 되지 않고 있는 것 같은 느낌을 받았다.〉

"그건 잘된 일이군. 빨리 해치우고 돌아가자."

〈크아아아, 내 뿔이 잘렸다. 내 자존심인 뿔이 두 개나 잘렸어. 그동안 네 녀석은 뭐 했냐?〉

"뭘 하긴 뭘 해? 여태껏 네놈 혼자서 북 치고 장구 치고 다 하고 있었잖아. 뿔까지 잘려 나가고 보니까 제정신이 드냐?"

〈크아아악! 저 자식 죽여 버릴 거야.〉

그 순간 안드로메다는 또다시 자기 마음대로 돌격해 들어갔다. 다크의 몸에서 거의 무한대라고 볼 수 있는 마나를 흡수하고 있는 만큼 그 속도는 그야말로 엄청났다. 또다시 청기사가 달려들어 방패로 후려치는 순간 상대는 훨씬 뒤쪽으로 도약해서 도망친 후였고, 방패가 힘에 밀려 몸 밖으로 약간 벗어난 그 틈을 노리고 상대의 검이 쑤시고 들어왔다. 물론 서로 간의 거리가 있었기에 검이 박혀 들어오지는 않았지만 대기를 가르며 뭔가가 엄청난 속도로 날아 들어왔다.

쾅!

엄청난 위력을 가지고 있는 뭔가는 1차 장갑을 꿰뚫고, 2차 장갑을 반쯤 박살 낸 상태에서 멈췄다. 그 정도 피해에서 끝난 것도 다 이 청기사의 장갑판이 덩치에 어울릴 정도로 무지하게 두꺼웠기에 얻어낸 행운이었다.

〈그게 뭐였지? 분명히 피했는데…….〉

"피한 게 아니야."

〈그렇다면 내가 포착할 수도 없을 정도로 빠른 공격이었나? 나는 못 믿겠다. 어떻게 그렇게 빠른 공격이 있을 수 있나?〉

"멍청한 녀석! 저건 검기(劍氣)라고 하는 기술이야. 검을 통해 응축된 마나를 뿜어내는 기술이지. 네 녀석의 피 냄새로 굳어진 돌머리로는 이해하기 힘들걸?"

쾅!

그 순간 뒤에서 둔탁한 소리가 울리며 배부(背部 : 등 쪽)에서 둔중한 진동이 느껴졌다. 등 쪽에 서 있던 붉은색 타이탄이 똑같은 기술로 등 쪽을 공격해 온 것이다. 그로부터 몇 분 동안 안드로메다는 놈들을 박살 내기 위해 미친 듯이 뛰어다녔다. 하지만 그때마다 상대의 공격에 치명상을 간신히 면할 정도의 막심한 피해만 입었을 뿐, 놈들의 장갑판에 가벼운 흠집 하나 만들 수 없었다. 붉은 기사의 움직임은 그야말로 대단했던 것이다.

"자, 이제 자신의 능력에 한계를 느끼겠지? 지금부터는 내 명령에 따라, 이 멍충아."

〈다, 닥쳐라. 내가 질 것 같으냐?〉

"방금 전 공격에 꽤 심하게 당한 것 같은데? 그런 식으로 몇 번 더 당하면 네 녀석 목숨도 위태로울 거야. 안 그래? 죽을 거면 빨리 죽어 버려. 그래야 나도 본국에 가서 도로니아와 다시 사이좋게 계약을 맺을 수 있지. 나는 말 잘 듣는 놈이 좋더라."

〈웃기지 마라.〉

또다시 단순무식하게 이어지는 공격. 만약 상대가 도망칠 충분한 공간이 없었다면, 아마 진작에 적기사들은 저 분노에 불타는 안드로메다의 검에 두 조각이 났을 것이었다. 하지만 현실은 그렇지 못했다. 혼자 본대와 멀찌감치 떨어져서 싸우다 보니 상대의 움직임을 저지할 만한 방해물은 하나도 없었던 것이다.

바로 이 순간 다크는 엄청난 기의 흐름을 느꼈다. 타이탄에서 뿜어져 나오는 검기라면 자신이 뿜어내는 검강과 거의 엇비슷한 위력을 낼 정도였는데, 그렇다면 바로 이것은? 다크는 그 기의 흐름이 날아오는 직선거리에 자신이 앉아 있다는 것을 느끼고 도로니아를 조종했듯이 재빨리 안드로메다를 움직였다. 여태껏 다크가 안드로메다를 가만히 놔두고 있어서 그렇지, 조종하면 어느 정도까지는 움직일 수 있었다. 불협화음이 계속되는 한 원활한 움직임을 기대하기는 힘들겠지만.

"저놈들 정말 한가락 하는 놈들이야. 검강을 쓰다니……."

청기사가 약간 움직이는 그 순간 청기사가 원래 있었던 그곳을 관통하는 엄청난 빛 무리가 있었다. 안드로메다는 자신의 몸이 움직이고 나서야 다크의 시각을 통해 옆으로 흘러가는 빛의 흐름을 볼 수 있었다. 안드로메다는 아직 못 느끼고 있었지만 간발의 차이로 둘 다 목숨을 구했던 것이다.

〈검강? 검강이 뭔데?〉

'바로 저 빛을 말하는 것인가?' 하고 생각하며 안드로메다가 물어왔다.

"검강도 모르는 애송이가 나한테 반항하다니. 이게 바로 검강이다."

그 순간 청기사의 검이 안드로메다의 의지와는 상관없이 휘둘러졌고, 그 검에서 엄청난 빛이 뿜어져 나갔다. 순식간에 대기를 관통하며 덮쳐 오는 빛 무리에 상대방 타이탄은 기겁을 한 채 회피했다. 그들은 이쪽 타이탄이 그 어떤 고급 검술도 사용할 수 없다고 생각하고 어느 정도 방심한 상태였는데, 자신들이 여태껏 사용했던 검술에 바탕을 둔 검강보다도 더욱 강력한 것이 밀려들자 혼비백산했던 것이다.

안드로메다가 자신의 몸 안을 관통한 그 엄청난 마나의 흐름에 아직도 정신을 못 차리고 있을 때 그가 인정하지 않고 있는 '주인'의 음성이 들려왔다.

"제발 아무것도 모르면 좀 닥치고 내 말을 들어. 네 녀석은 내가 너를 타게 되었기에 무적이 되었다고 착각하고 있지만, 사실은 그 반대야. 내가 타는 모든 타이탄은 무적이야. 알겠어? 도로니아보다노 형편없는 타이탄에 타고 있었어도 너 따위는 1분도 안 되어 고철로 만들 수 있다구."

다크의 투덜거림이 끝나기도 전에, 다크의 의지대로 청기사는 상대편 적기사를 향해 돌진해 들어가고 있었다. 물론 그 속도는 이전과는 비교도 안 되는 빠르기였다. 그리고 그 순간 청기사의 검은 엄청난 빛을 뿜으며 타오르기 시작했다. 상대편 적기사는 재빨리 회피하며 청기사의 공격을 막았다. 하지만 청기사의 검은 진로를 가로막은 적기사의 검을 두 토막 내며 밑으로 미끄러졌고 곧 1차 장갑판을 가르며 밑으로 훑어 내렸다.

뒤로 재빨리 회피를 하고 있는 상태였기에 몸이 두 조각 나는 것은 면했지만, 그래도 흉부의 1차 장갑이 날아가고 2차 장갑의 반 이상 깊이까지 들어온 매우 위력적인 공격이었다. 하지만 공격은 거기서 멈추지 않았다. 뒤로 후퇴하는 적기사가 채 정신을 가다듬기도 전 상대는 아래로 휘둘러졌던 검을 즉각 위로 쳐올리며 순간 엄청난 빛을 뿜어냈다. 그와 함께 붉은색 타이탄은 두 토막이 나 버렸다.

그다음부터 안드로메다는 자신이 '닥치고' 주인의 명령을 들을 수밖에 없는 위치로 떨어져 내렸다는 것을 느꼈다. 자신도 강하다고 자부를 하고 있었지만, 그의 주인은 자신보다 월등하게 강했다. 냉철했고, 정확했으며 검을 휘두르는 데 아무런 거리낌도 없었다. 두 번째의 붉은 타이탄이 간단하게 두 조각으로 잘린 후, 청기사는 멈추지 않고 적 타이탄들을 향해 달려들었다. 그리고 그다음에 이어진 것은 그야말로 일방적인 도살이었다.

처음에 로니에르 공작이 탑승하고 있던 청기사가 상대방의 붉은색 타이탄에게 밀리기 시작했을 때 모두들 당황했지만, 순식간에 공작은 언제 자신이 그랬냐는 듯 엄청난 기술을 써서 상대들을 죽여 버렸고, 또 밀집해 있는 상대 타이탄들을 베기 시작하자 거기에 새로운 힘을 얻은 그의 부하들도 맹렬히 도망치는 적을 뒤쫓아 확실하게 죽여 나갔다. 코린트와 크루마 간의 전쟁에 참여했던 크라레스 기사단의 첫 번째 승리는 이렇게 시작되고 있었다.

"대승을 축하드리옵니다, 공작 전하."
다크가 타이탄에서 내릴 때 크로아 백작과 린넨 백작이 달려와서 그녀에게 인사를 했다. 그녀는 부하들의 인사를 대충 받아넘기며 땅바닥에 마법진을 그리기 시작했다.
"오랜 격전에 둘 다 피곤하겠지만, 테세우스 20대씩을 끌고 가서 아직도 양쪽 날개를 담당하고 있는 기사단을 도와줘라. 벌써 다 죽어 버렸다면 별 문제겠지만, 살아 있다면 도와줘야 하겠지."
"옛, 전하."
두 명의 기사들은 자신들의 부하들을 끌어 모아 양쪽의 격전지로 달려갔다. 마법사가 없기에 격전지까지 달려가야만 했는데, 그러자면 30분 정도의 시간이 걸리니 어쩌면 그동안에 동맹군을 상대로 분전하다가 전멸당했는지도 알 수 없었다.
"뭐, 죽은 놈은 어쩔 수 없는 것이지."
다크는 부하들의 발걸음 소리를 들으며 중얼거린 후, 곧이어 다시 마법진을 그리기 시작했다. 마법진을 다 그린 후 상대방 마법사가 흘리고 간 수정 구슬을 주워 들고 마법진의 중앙에 놓고 일어서며 주문을 외우려는 찰나, 자신의 타이탄이 아직도 그 자리에 서 있는 것을 볼 수 있었다.
"야, 너 아직도 안 돌아갔냐? 너 이제 볼일 끝났어. 더 이상 피맛보기 힘들다구. 알았어?"

다크가 저놈의 타이탄에 진절머리가 난다는 듯 툴툴거리자, 그녀의 머릿속에 타이탄 특유의 저음의 목소리가 들려 왔다.

〈당신이 돌아가라는 말을 하지 않았기에 기다리고 있었을 뿐, 다른 뜻은 없었다.〉

"어쭈? 언제는 돌아가라는 말을 해야 돌아갔냐?"

그녀의 이죽거림에도 불구하고 안드로메다는 천천히 무릎을 꿇었다. 주인이 타고 있지 않을 때 타이탄의 움직임은 그렇게 빠르지 못했기 때문이다. 천천히 무릎을 꿇고 예를 취하며 안드로메다는 말했다.

〈당신을 나의 주인으로 인정한다. 당신은 그럴 자격이 충분히 있다.〉

그때 안드로메다 뒤쪽의 공간이 열리며 그 거대한 덩치를 삼켜 버렸다.

"별 싱거운 놈을 다 보겠군. 언제는 내가 주인이 아니었나?"

다크는 주문을 외우기 시작했고, 곧이어 한 번씩 보이던 낯익은 마법사의 얼굴이 모습을 드러냈다.

"안녕하시옵니까? 공작 전하. 첩자들에게 받은 보고로는 오늘 아침부터 격전이 시작되었다고 하던데, 전황은 어떻사옵니까?"

"내가 아직도 살아 있는 거 보면 모르냐? 여기에 타이탄 2백 대 정도가 나뒹굴고 있으니까 까만 토끼보고 알아서 가져가라고 해."

상대의 이죽거리는 말에 마법사는 슬쩍 미소를 지었다. 약간 토라진 듯한 모습이 보기에 귀여웠지만 그녀의 실력과 지위를 잘 알고 있는 마법사는 감히 그것을 표현하지는 못했다. 하지만 일단 그녀의 말은 승전 보고였기에 반갑게 말했다.

"벌써 전투가 끝났사옵니까? 승전 소식을 들으신다면 폐하께서 기뻐하실 것이옵니다."

"그렇게 좋아할 것은 못 되지. 로메로 열두 대하고 테세우스 네 대가 박살 났으니까 말이야. 일곱 명 전사. 나머지는 모두들 뻗어 있으니까 한 몇 달 몸조리 잘하면 일어나겠지."

"예, 피해 상황은 까만 토끼에게 전하겠사옵니다."

"그래, 딴 곳의 전황은 어떻다고 하던가?"

"그쪽만 전투 결과가 나왔고, 딴 곳은 아직도 일진일퇴(一進一退)의 격전 중이옵니다. 미네르바 공작이 이끄는 가므 방면 기사단들은 조금씩 진격 중인 것으로 보고받았사오나 전황이 그렇게 유리한 것 같지는 않았사옵니다. 바로 그곳에서 코란 근위 기사단과 레디아 근위 기사단이 맞붙었다고 보고를 받았으니까요."

"어떻게 되었든지, 어떤 문제가 생기면 빨리 보고를 해 주도록. 그리고 이쪽의 좌표를 일러 줄 테니 마법사 몇 명 좀 보내 줘. 불행한 사고에 의해 크루마에서 파견되었던 기사들과 마법사들이 모두 전사(戰死)해 버렸거든. 그 덕분에 휘하 기사단들 하고 통신도 안 되는 형편이야."

약간 비꼬는 듯한 그녀의 어투에 어떻게 사건이 진행 중인 것인지 대충 감을 잡은 마법사는 그녀의 말에 동조하며 애도의 뜻을 전했다.

"아, 매우 불행한 사고였군요. 즉시 조치해 드리겠사옵니다."

통신이 끝난 후 그녀는 여기저기 앉아서 쉬고 있는 기사들을 향해서 말했다.

"가만히 앉아 있지 말고, 전장에 남아 있는 청기사의 흔적을 없애라."

 그녀의 날카로운 외침에 모두들 자리에서 일어섰다.

 "옛! 전하."

 그들은 각자의 타이탄을 꺼낸 후 청기사가 남겨 놓은 큼직하면서도 깊숙한 발자국들을 찾아 짓이기기 시작했다.

예상 밖의 승리

"뭣이라고? 전멸? 어떻게 그럴 수가 있지? 아무리 여러 나라에서 끌어 모은 손발이 잘 안 맞는 기사단이라고 해도, 자그마치 3백 대의 타이탄이다. 그런데 어떻게 전멸을 당할 수 있지? 더군다나 제3근위대의 엘리트들을 두 명이나 지원해 줬는데."

"황송하옵니다, 전하. 그때 그 검은색의 초대형 타이탄을 막아내지 못한 것이 알렌 방면의 패전에 결정적인 역할을 한 것으로 조사되었사옵니다."

"어떻게 그럴 수가 있나? 그렇다면 페트릭과 크리스틴이 놈을 막지 못했다는 말이냐?"

"예, 전하. 유감스럽게도 그렇사옵니다."

"그럴 수가…, 그렇다면 그때 전송되어 온 전투 자료가 있는가?"

"예, 있사옵니다."

마법사는 알렌 방면 기사단이 붕괴되기 직전에 보내 왔던 전투를 회상하며 주문을 외우기 시작했다. 마법사는 매우 머리가 우수했기에 가능한 작업이었다.

"디스플레이 이미지!"

곧이어 검은색 타이탄과 붉은색 타이탄들이 싸우는 모습이 나타났다. 초반에는 붉은색 타이탄들이 압도적인 우세 속에 전투가 전개되었다. 하지만 곧이어…….

"이럴 수가……. 저놈은 마스터급이었단 말인가? 그렇다면 왜 처음에는 그 기술을 쓰지 않고 힘들여서 한 대씩 부숴 나갔지? 이해할 수가 없군."

전투 모습을 보고 충격 받은 키에리가 중얼거리고 있자, 마법사는 재빨리 주의를 환기시켰다.

"바실리시에 집결했던 모든 동맹 기사단은 저 단 한 번의 전투로 괴멸당했사옵니다. 놈들은 중앙에서 승리를 거둔 후 좌우에서 압박해 들어오고 있던 동맹군의 좌우익을 간단히 제압했사옵니다. 이렇게 된 이상 가므에서 결전을 벌이고 있는 중앙 부대가 위험하옵니다. 아마도 곧이어 적의 좌익 부대가 아군 중앙 부대의 측면 내지는 후미를 공격해 들어올 것으로 예상되옵니다. 빨리 결정을 내려 주시옵소서."

"경들은 어떻게 생각하는가?"

"예, 이렇게 된 이상 어쩔 수 없사옵니다. 일단 전 군을 쟈크렌 요새 부근으로 후퇴시키심이 어떠하올는지요? 놈들의 좌익 부대에게 퇴로를 차단당하기 전에 전 군을 후퇴시켜야 하옵니다. 그런 후 동쪽 최강의 요새 쟈크렌을 중심으로 놈들을 막는 것이 최선의 방책이 될 것 같사옵니다."

"구스타프 백작의 의견은 잘못되었사옵니다. 그런 식으로 급속히 후퇴시킨다면 기사단은 건질 수 있을지 모르지만 군대는 적에게 포착되어 괴멸당할 우려가 있사옵니다. 그것보다는 적의 좌익 부대를 막기 위한 기사단을 급파하는 것이 옳을 것이옵니다. 본국에는 아직도 두 개 기사단이 남아 있지 않사옵니까?"

"그건 틀립니다, 후작 각하. 3백 대의 타이탄을 전멸시킨 엄청난 저력을 가진 기사단을 어떻게 철십자나 동십자 기사단으로 막을 수 있다는 것입니까? 저 괴력을 자랑하는 적 기사단장을 제압할 수 있는 기사는 두 기사단에 존재하지 않습니다."

"그놈을 해치울 수 있는 기사는 따로 파견하면 되지 않나? 왜 그걸 생각하지 못하는 거지? 발렌시아드 후작 각하나 크로데인 백작님을 파견하면 저 녀석을 충분히 없앨 수 있단 말일세."

"하지만 그분들은 중요한 일로 타국에서 작전 중이 아닙니까? 어떻게 그분들을 돌릴 수 있단 말입니까?"

모두 시끄럽게 떠들어 대기 시작하자 키에리는 손을 들어 그들을 조용히 시키며 말했다.

"자, 자, 조용히들 하게나. 상대 기사단이 중앙을 덮친다면 시간은 얼마나 걸리겠소?"

"예, 일단 놈들도 대격전을 벌인 후이니만큼 휴식과 재편성을 필요로 하옵니다. 그런 후 마법진으로 투입한다면 시간은 매우 절약될 것이니…, 아마도 24시간?"

"그렇다면 내일쯤 퇴로를 차단하고 나올 수 있다는 말인가?"

"예, 공작 전하. 물론 적 마법사들의 능력이 따라 줄 때의 가정이옵니다."

"그렇다면 후속 부대를 투입시키기에도 빠듯한 시간이 아닌가?"

"예, 공작 전하. 그리고 전방 부대들을 후퇴시키기에는 턱없이 부족한 시간이구요."

"어쩔 수 없지. 철십자 기사단을 끌어 모아라. 철십자 기사단을 그곳에 투입하기로 하자."

"하지만 전하, 그 괴물 같은 기사단장을 없애기 위해서는……."

"그건 내가 직접 가겠다."

코린트는 적의 좌익 부대가 어떻게 나오느냐에 신경을 곤두세우고 있었다. 수많은 첩자들을 파견했고, 아직 크루마와 격전을 벌이고 있는 중앙과 우익 부대는 전방만이 아니고 후방에까지도 정찰조를 파견하지 않을 수 없었다. 혹시라도 뒤통수를 얻어맞으면 안 되기 때문이다.

하지만 정작 모두가 관심을 쏟고 있던 크루마 동맹의 좌익 부대는 현지에서 더 이상 움직이지 않고 휴식을 취하고 있었다. 남의 전쟁이야 어찌되든 간에 다크가 거느린 살라만더 기사단은 전쟁 외에도 할 일이 많았기 때문이다.

바로 3백여 대에 달하는 노획 타이탄의 처리 문제가 그것이었다. 이들은 노획한 타이탄 중에서 아직 살아 있는 것들은 계약을 맺어서 운반했고, 죽어 버린 타이탄은 또 다른 타이탄이 가지고 공간으로 사라지게 만든 후 기사들을 공간 이동시키는 방법으로 운반하는 중이었다.

그리고 첫 번째 전투에서 살아남은 엠페른 기사단과 연합 기사단의 생존 타이탄들은 모두 다 살라만더 기사단의 50킬로미터 후방에 위치시켜 퇴로 확보를 하게 만들었다. 물론 이들도 그 결정에는 찬성이었다. 그들은 우선 자신들과 격전을 벌이다가 파괴된 노획 타이탄을 챙겨 본국으로 보내야만 했다. 그리고 나중에 적의 힘에 밀려 중앙 쪽으로 후퇴하다가 중앙부에서 지원 나온 타이탄들과 협동하여 적을 무찌르긴 했지만, 모두들 거의 30여 대 정도로 50여 대의 적을 막다 보니 피해가 막심한 상황이었다. 그 때문에 제대로 된 전력을 내기 위해서는 휴식과 재편성이 꼭 필요한 상태였다.

"여기는 살라만더 기사단입니다."
마법사가 자신의 수정 구슬에 모습을 나타낸 처음 보는 인물에게 말했다. 통신용 마법진의 경우 서로 간의 접속 신호가 처음부터 정해져 있어야 했기에, 딴 사람의 도청은 거의 불가능했고 또, 접속 신호를 모르는 다른 인물이 무작위로 그 신호를 알아맞혀 끼어들 가능성은 거의 제로에 가까웠다. 그렇기에 자신이 처음 보는 인물이 수정구에 모습을 드러냈다면 이 수정구의 접속 신호를 알고 있는 사람, 즉 동맹국의 어떤 인물인 것이 확실했다.
"여기는 살라만더 기사단 임시 마법사 본부입니다. 불렀으면 답을 해 주십시오."
상대는 한동안 말이 없다가 입을 열었다.
"당신은 누구십니까?"
"예. 저는 살라만더 기사단에 파견 나온 마법사입니다. 무슨 일이신가요?"
"당신은 내가 모르는 사람인데?"

"아, 예. 오늘 오전에 있었던 격전으로 인해, 후방 기지가 파괴되었습니다. 그때 크루마에서 파견 나왔던 모든 마법사가 전사했습니다. 그렇기에 공작 전하께서는 또다시 크루마에 인력 지원을 할 수는 없다고 결정하시고 본국에서 마법사와 기사의 지원을 요청하셨습니다. 저희들이 이곳에 도착한 후에 마법 통신망이 재구축되었습니다."

상대는 떨떠름한 표정으로 되물었다.

"모두 전사했다고요?"

"예, 그렇습니다. 대부분의 파견 나왔던 기사들은 전쟁 직전에 벌어졌던 정찰대끼리의 치열한 교전에서 모두 전사했습니다. 그러니까 크루마에서 파견된 분들은 지금 아무도 없다고 보시면 될 겁니다."

"그…, 그렇다면 전투는 어떻게 되었나요? 연락이 워낙 오랜 시간 불통되어 있었기에 우리들은 귀 기사단이 전멸당한 줄 알았습니다."

"전투는 승리했습니다."

그 말에 상대방 마법사는 믿을 수 없다는 듯이 되물었다.

"승리? 승리라고요?"

"예, 그렇습니다. 많은 피해를 입었지만 승리할 수 있었습니다. 거의 3백여 대의 적 타이탄을 파괴했고, 이쪽은 50여 대가 파괴되었습니다. 특히 적 기사단의 우회 공격조를 끝까지 막아 줬던 엠페른 기사단 쪽의 피해가 큽니다."

"이럴 수가……. 곧 미네르바 공작 전하께 이 승전 보고를 올리겠습니다. 나중에 다시 연락드리겠습니다. 승전을 축하드립니다.

그럼, 이만."

　전멸을 당하더라도 오랜 시간만 버텨 주면 다행이라고 생각되던 지점에서 승전 보고가 나오자 미네르바는 제정신이 아니었다. 이렇게 되면 예상과 달리 적의 강력한 저항에 부딪쳐 진격조차 불가능에 가까운 중앙 전선에서 적을 돌파하기 위해 무리한 공격을 감행하지 않아도 되었기 때문이다.
　"이럴 수가…, 제장(諸將)들. 기쁜 소식이 도착했소. 서쪽으로 나가는 길이 열렸소. 아직 전선을 유지하면 다행으로 생각했던 알렌 방어군이 대승을 거뒀다는 보고요."
　"알렌 방어군이라면 동맹 연합군이 아니옵니까? 설마 그들이……."
　"매우 강력한 기사단과 기사들을 보내 준다고 하더니, 진짜 그들이 해낸 것 같소."
　한 노장군이 지도 앞에 나서서 손가락으로 위치를 짚으며 말했다.
　"그렇다면, 그들에게 빨리 이쪽으로 진격해서 적의 측면을 압박하라고 지시하시옵소서. 그렇게 된다면 지금 이곳에서의 힘의 균형이 완전히 무너지게 될 것이옵니다. 코린트의 정예를 완전히 궤멸시킬 수 있는 절호의 기회가 아니옵니까?"
　이때 미네르바가 뭐라고 답하기도 전에 또 다른 노장군이 나서서 앞의 인물이 지도 위에 짚은 지점보다 훨씬 더 왼쪽 부분을 짚으며 말했다.
　"그것보다는 뒤로 더욱 진격해서 아직 준비 태세가 갖춰지지 않은 동쪽의 관문 쟈크렌 요새를 점령하는 것이 우선적인 과제이옵니다. 본국에서 이곳 정면을 돌파한다면 적이 다음 전선을 유지하기에 쟈크렌 요새만큼 좋은 곳은 없사옵니다. 대타이탄 공격 무기를 대량으로 보유한 거대 요새일 뿐 아니라 북쪽으로는 웜급 레드 드래곤 브로마네스의 둥지가 있고, 남쪽으로는 웜급 그린 드래곤 그라시안의 둥지가 있사옵니다. 그 두 드래곤의 영토의 경계점에 교묘하게 세운 요새이기에 포위 공격을 한다는 것은 거의 불가능하고, 또 그곳에서 너무 장시간 치열한 접전을 벌이면 그 두 드래곤의 분노를 살 수도 있사옵니다. 그리고 그 일대는 20여 마리에 달하는 드래곤들의 집단 서식지이기에 그곳을 피해 우회하려면 너무 먼 거리를 돌아가야 하옵니다. 전략상 최고의 요충지라 할 수 있지요. 적들의 대비가 아직 갖춰지지 않았을 지금이 그곳을 공격하는 데 적기이옵니다."

그의 말이 끝나자 한 중년의 장군이 나서서 그의 의견을 지지했다.

"로젠나르 자작님의 의견이 옳사옵니다. 쟈크렌 요새가 점령된다면 적의 보급로는 드래곤들의 둥지를 우회해야 하기에 크게 늘어나게 될 것이 분명하옵니다. 퇴로 확보 및 보급로의 유지가 힘든 적들은 자연히 후퇴하지 않을 수 없을 것이옵니다."

미네르바는 천천히 고개를 끄덕이며 말했다.

"로젠나르 자작의 의견이 가장 좋은 것 같군요."

그렇게 말한 후 그녀는 뒤쪽에 서 있는 미녀를 보며 말했다.

"마리나."

미네르바의 부름에 그녀의 뒤쪽에 조용히 서 있던 아름다운 여자가 얌전을 빼며 다소곳이 답했다. 그녀는 매우 젊어 보였지만 실은 60세가 넘은 6사이클급에 달하는 궁정 마법사였다.

"예, 공작 전하."

"알렌 방어군에게 지시해라. 쟈크렌 요새 부근에 공간 이동할 만한 좌표를 알려 주고 즉각 기사단을 투입하라고 일러라."

"예, 전하. 그렇게 이르기는 하겠지만…, 도착 지점에 수신 마법진이 없다면 크라레스의 실력이 낮은 마법사들로서는 대규모의 기사단을 공간 이동시키기 힘들 것이옵니다. 마법사에게 들으니 후방을 몇 대의 적 타이탄에게 기습당해서 본국에서 지원해 준 마법사들을 모두 잃었다고 하옵니다. 지금 자국에서 마법사를 몇 명 데려다가 통신망을 새로이 구축한 모양이던데, 그들의 실력으로는 좀 무리가 있지 않을까 하옵니다."

미네르바는 그녀의 의견에 동조하며 또 다른 가능성을 찾기 위해 지도를 쳐다보며 말했다.

"맞아, 그걸 생각하지 못했군. 음, 어디 보자. 쟈크렌 요새 부근에는 강이나 호수 같은 공간 이동하기 좋은 곳이 없군."

"예, 전하."

"그렇다면 자네가 해 주지 않겠나? 기사 몇 명을 붙여 줄 테니 그곳으로 먼저 가서 수신 마법진을 설치하고 그들을 불러들이면 되지 않을까?"

"그렇게 하겠사옵니다, 전하."

다크 폰 로니에르 공작의 추적

"뭐 알아낸 것 있어? 왕궁 앞을 기웃거린 게 며칠인데 도저히 알수가 없잖아. 그녀 비슷하게 생긴 소녀도 못 봤다구."

제임스가 투덜거리는데도 불구하고 까미유는 느긋한 표정으로 대꾸했다.

"기다리다 보면 언젠가는 만날 거야. 한 번씩 그녀의 하녀가 심부름하러 나오거든."

이때 오스카가 좋은 생각이라도 떠오른 듯 말했다.

"좋은 생각이 있어요. 한 번씩 그녀의 하녀가 들락거린다면 저기 경비 무사에게 물어보면 안 될까요?"

하지만 그의 의견은 별로 환영을 받지 못했다.

"미친 녀석. 전에도 그녀를 납…, 아니 그녀가 있는 곳을 알아내기 위해 숱한 고생을 한 다음 겨우 왕궁에 있는 것을 알아냈는데,

기사도 아니고 경비 무사 따위가 어떻게 알겠어?"

까미유의 핀잔에도 불구하고, 오스카는 부스스한 노랑머리를 긁적거리다가 크게 하품을 하며 말했다.

"으아아암, 그래도 한번 물어볼 수는 있잖아요."

일단 이곳에 도착한 후 까미유의 의견대로 왕궁의 정면에 위치한 여관의 제일 높은 층을 차지하고 앉아 교대로 감시하며 기다렸다. 마법사인 리카의 도움으로 까미유의 기억 속에 있던 그녀와 시녀인 묘인족 소녀, 그리고 그녀의 호위 무사의 인상착의를 모두 알아낸 후 밤낮으로 창문에 붙어 앉아 그렇게 생긴 사람이 나타나길 기다린 게 며칠째. 좁은 방 안에 갇혀 있다 보니, 이제 서서히 짜증이 나기 시작하는 단계였다.

"제기랄, 마음대로 해라. 하지만 며칠만 더 기다려 보면 나올지도 몰라. 전에도 한 번씩 그녀의 물건을 장만하러 세린이라는 묘인족 소녀가 나왔었거든."

하지만 까미유의 만류에도 불구하고 오스카는 방을 나서며 투덜거렸다.

"이렇게 가만히 기다리는 것은 죽어도 못하겠어요. 으아악! 스트레스 쌓여."

밤새도록 정문을 감시하느라고 아침에서야 잠이 들었던 오스카가 아직도 잠에서 덜 깬 후줄근한 모습으로 정문 경비 무사에게 털레털레 걸어가는 것을 까미유는 창가에 앉아서 보며 못 말리겠다는 듯 투덜기렸다.

"그래 봐야 헛수고라니까. 그녀는 이곳 왕하고 뭔가 밀접한 관계가 있는 게 분명해. 그녀를 알고 있는 사람이 거의 없었다니까 그

녀석 고집은……."

제임스도 까미유의 말에 동조했다. 사실 그렇게 간단하게 일이 풀릴 거였다면 뭐 하려고 이곳에 틀어박혀 며칠씩이나 밤을 새며 감시를 했겠는가?

"관둬. 아무것도 모르는 경비 무사한테 욕이나 한마디 듣고 열 받아서 씩씩거리며 돌아오겠지."

얼마 지나지 않아 제임스의 말대로 오스카가 씩씩거리며 올라왔다. 거보라는 듯한 표정으로 제임스와 까미유가 그를 바라봤지만, 오스카는 열 받는다는 듯한 표정으로 으르렁거렸다.

"거봐요. 물어보자고 했잖아요. 그 녀석에게 다크 크라이드라는 남작을 모르느냐고 물었죠. 나이는 16세 정도 되는 금발에 아름다운 소녀라고 말했더니, 곧장 나하고 무슨 관계냐고 묻더군요. 나는 오빠라고 답해 줬죠. 그랬더니 그놈 이상하게 덜덜 떨면서 바로 가르쳐 주던데요."

그 말에 까미유와 제임스는 이구동성으로 외쳤다.

"뭐라고?"

"그녀는 지금 다크 폰 로니에르 공작 전하가 되었고, 또 치레아의 총독 나리가 되셨기에 지금 치레아에 있다고 하던데요? 그런데 그 녀석 왜 갑자기 그렇게 덜덜 떨면서 말했는지 지금도 이해가 안 되네……."

물론 경비 무사가 덜덜 떤 이유를 그들은 짐작조차 할 수 없었다. 그 이유를 만든 당사자가 얼마 전에 이곳을 방문했었기 때문이다. 그때 그는 무시무시한 마법으로 다수의 경비 무사들을 말 그대로 통구이로 만들어 버렸고, 나중에는 그 뒷수습을 위해 황제에게 보검을 선물했었다. 황제조차도 고개를 조아린 인물이 그녀의 '아빠'라고 찾아와서 휘저어 놨으니, 이번에는 '오빠'라는 인물이 찾아와서 왕궁을 아예 박살을 내지 않는다는 보장이 어디 있을까? 그 사건이 있은 다음부터 그녀의 매우 비밀스런 이름은 경비 무사들에게 자세하게 일러졌고, 찾아오는 인물에게 죽고 싶지 않다면 빨리 가르쳐 주라는 지시까지 떨어져 있었던 것이다. 그런 지시가 있었을 정도로 그녀의 옛날 이름을 알고 있는 외부인은 정말 극소수였다.

그들은 즉시 치레아로 마법진을 통해 날아갔다. 물론 치레아의 총독부가 위치한 도톤시에서 최대한 가까운 곳에 위치한 강 위로 공간 이동했다. 모두들 물에 빠진 생쥐 같은 몰골로 헤엄쳐 나오기는 했지만 일단 목적지에 최대한 빨리 도착할 수는 있었다. 그런 다음 그들이 똬리를 튼 곳은 전과 마찬가지로 총독부 관저가 잘 보이는 여관의 가장 위층이었다.

"이번에도 물어보면 안 될까요? 그게 훨씬 더 빠를 것 같은 예감이 드는데."

짐을 풀면서 투덜거린 오스카의 말은 곧장 받아들여졌다. 물론 그 말을 입 밖에 제일 먼저 뱉은 오스카가 경비 무사에게 가야 했지만.

그러나 세 시간 정도 지나서 오스카는 싱글거리며 돌아왔다. 그곳에 찾아간 덕분에 매우 융숭한 대접을 받고 돌아왔던 것이다. 왜 그렇게 그녀의 옛날 이름만 말하면 뻣뻣하던 사람들이 상세하게 가르쳐 주고, 모든 것이 즉각 해결되는지 이해하기 힘들었지만 말이다.

"갔던 일은 어떻게 됐냐?"

"예, 아주 쉽던데요. 가서 말했더니 곧장 이곳 총독 대리를 만나게 해 주더라구요. 그 사람 말이 그녀는 지금 여기에는 없고 크루마로 갔다고 하던데요? 아마 한두 달 있으면 돌아올 거라면서 그때 찾아오시면 꼭 만날 수 있을 거라고 하더군요. 귀빈 숙소에 묵으시겠느냐고 정중하게 요청하는 걸 거절하고 빠져나오는 데 참 애를 먹었죠. 모두들 아주 친절하더군요."

싱글거리면서 말하는 오스카를 보면서 제임스와 까미유는 뭔가 좀 이상하다는 생각을 했다. 그녀가 갑자기 공작이 되어 권력의 전면에 나선 것도 이해가 가지 않지만, 그녀의 옛날 이름을 한 번 말했다고 해서 거의 조사도 하지 않고 총독 대리라는 높은 위치의 인물이 즉각 만나 주는 것도 이상했던 것이다.

"도저히 이해하기 힘들어. 그건 그렇고 크루마에는 왜 간 거지? 그녀가 크루마에 갈 이유가 있나?"

제임스의 말에 까미유는 될 대로 되라 하는 식으로 대답했다.

"글쎄, 알 수 없지. 한번 가 보면 알 수 있지 않을까?"

"어떻게? 이번에도 크루마 황실에 들어가서 크라레스에서 오신 다크 크라이드 남작, 또는 다크 폰 로니에르 공작 전하를 아십니까? 그렇게 물으라는 거야? 너 지금 제정신이냐?"

하지만 여태껏 자신의 말대로 모든 것이 풀리고 있는 것에 기분이 매우 우쭐해진 오스카는 그 둘의 대화에 끼어들었다.

"여태까지 그 이름 두 개만 대면 무조건 무사 통과였는데, 그쪽도 그럴지도 모르잖아요. 자, 어쨌건 확률의 문제라니까요. 지금까지는 적중률 1백 퍼센트였잖습니까? 물론 다음에 실패한다면 67퍼센트로 떨어지겠지만 말이지요."

"으이그. 그래, 네 녀석 소원대로 한번 해 봐라."

이 단순 무식한 패거리들은 진짜 성질대로 그렇게 하고야 말았다. 그런데 놀랍게도 자신들의 예언이 거의 적중되었다는 데 스스로도 놀랄 지경이었다.

"어디서 오셨습니까?"

제임스 일행은 일단 경비병의 안내를 받아 그날 경비를 책임지고 있는 기사를 만났다. 그 기사가 물어오자 오스카는 버벅거리며 답했다.

"예, 저 그러니까 크라레스에서……."

그런데 어느 정도 자신의 구미에 맞는 답이 나오자, 기사는 다짜고짜 오스카의 말이 다 끝나기도 전에 떠들기 시작했다. 상대는 한눈에 척 봐도 마법사 두 명과 기사 세 명이었다. 그런데다가 크라레스에서 왔다고 하니 복장은 약간 다른 것 같았지만 살라만더 기사단에 네 번째로 파견되어 온 무리라고 판단한 것이었다.

"오, 크라레스에서 파견 오신 동맹국 기사 여러분이시군요. 3진이 도착한 지 며칠 되지도 않았는데 또 오셨군요. 그런데 황실 마법진의 좌표를 알려 드린 것으로 알고 있는데, 왜 그리로 안 오시고?"

'예리한 곳을 찌르는군' 하고 생각하며 오스카는 얼렁뚱땅 넘겼다.

"헤헤…, 뭐 그럴 수도 있죠. 저희들은 볼일이 좀 있었기에 그쪽에 들렀다가 오는 길입니다. 그런데 다크 크라이드 남작, 또는 다크 폰 로니에르 공작 전하를 아십니까?"

오스카의 말에 상대 기사는 환하게 미소를 지으며 말했다. 파견군 사령관의 이름까지 알고 있는 것을 보면 진짜가 확실하다고 생각했던 것이다.
"예, 알다 뿐이겠습니까? 처음 그분께서 도착하셨을 때 제가 안내해 드렸었는데요. 귀국의 전폭적인 지지에 황제 폐하께서도 만족해하고 계십니다. 언제 출발하시겠습니까? 지금 한창 코린트와 전쟁 중이니까 빠른 것이 좋겠죠?"
오스카는 속으로 '벌써 전쟁이 시작되었나?' 하고 생각했지만 그걸 겉으로 나타내지 않으려고 노력하면서 간단하게 대답했다.
"그렇죠."
"그럼 즉시 준비해 드리겠습니다. 지금 로니에르 공작 전하는 알렌 왕국의 국경 부근에 위치한 도시 카지마트시 외곽에 계십니다. 카지마트시에 반영구적으로 만들어 놓은 수신 마법진을 통해 급행해야 하는 모든 물자와 인원이 공급되고 있죠. 그곳에 도착하신 후 카지마트 시장의 안내를 받으시면 공작 전하를 만나실 수 있을 겁니다."
제임스 일행은 거의 농담 반 진담 반으로 세운 계획이었는데, 워낙 전시(戰時)가 되다 보니 모두들 대충 자신의 상식선에 맞는 대답만 해 주면 동료인 줄 착각할 수밖에 없을 정도로 눈코 뜰 새 없이 바빴다. 그렇기에 제임스 일행으로서는 자신들도 믿기 힘들 정도로 모든 일이 간단하게 척척 진행되고 있었다. 또한 크라레스에서 왔다는 사실을 밝히는 것 하나만으로도 거의 무조건 통과에 가까운 대접을 받을 수 있었던 것도 그쪽에서 병력을 파병한다는 것이 1급 비밀에 해당하는 극비였기에 가능한 사실이었다. 크라레스에서는 여태까지 3차에 걸쳐 35명, 31명, 16명을 보내왔다. 그러니 또다시 다섯 명을 보내오지 말라는 법은 없었던 것이다.

 마리나 지오그네가 미네르바 켄타로아 공작의 특명을 받고 알렌 전선에 도착했을 때, 한 가지 당황스러운 사실에 직면했다. 그것은 크라레스 쪽에서 파견되어 온 살라만더 기사단의 단장이 자신들의 의도에 만만하게 응해 주지 않는다는 사실이었다.
 "그게 무슨 말씀이십니까? 공작 전하."
 마리나가 따지고 들자 크로아 백작은 콧수염을 비비 꼬며 난처한 듯 답했다. 원래 자신에게는 아무런 지휘권이 없는데 자신한테 따지고 드니 한편으로 열 받기도 하고, 또 한편으로는 난처하기도 했던 것이다.
 "저, 그게 말이외다. 이번 격전을 빨리 끝낸다고 총력전을 벌인 결과, 승리는 했지만 곧 움직일 수 있는 처지는 안 된다 그 말이요. 타이탄들도 많이 상했고, 그렇기에 복구되려면 시간이 필요하오. 또 기사들도 많이 지쳤고."
 "그건 사실인 것 같군요. 격전을 치러 냈으니 모두들 피곤한 것은 당연할 것입니다. 그런데 그 피곤한 기사들이 모두 이리저리 몰려다니며 마법진을 통해 파괴된 타이탄들을 크라레스로 운반하고 있는 것을 봤는데, 전리품을 그렇게 일방적으로 반출해도 되는 것입니까?"
 원칙상으로 따진다면 크루마에는 전리품에 대한 권리가 없었다. 하지만 아무리 고철이 된 타이탄이라도 그 가치는 엄청나게 비쌌다. 타이탄 한 대에 들어가는 귀금속의 양을 황금으로 따진다면,

등급에 따라 차이가 심하기는 했지만 거의 6~8톤에 해당했기 때문이다. 하지만 마리나가 슬쩍 따지면서 통하기만 하면 다행이라고 생각했던 질문에 공작은 쉽게 걸려들지 않았다. 노회하게 미소를 지으며 느긋하게 답하는 수준을 넘어서 오히려 역습으로 나왔던 것이다.

"우리는 자신들의 전과에 따라 타이탄을 나눠 가졌을 뿐이오. 그대들이 도와준 것이 뭐요? 초전에 적 정찰대의 움직임을 저지하지도 못하고 전멸당한 기사들을 말하는 것이오? 아니면 그 때문에 후방 기습을 당해 건물이 박살 나며 몽땅 깔려 죽은 마법사들을 말하는 거요? 귀국에서 이번 전투에 도움을 준 것은 하나도 없었소. 마법사들이 몽땅 죽어 버린 덕택에 휘하 기사단들과 연락이 되지 않아 상당히 고생을 했었소."

마리나 순간적으로 말문이 막힐 수밖에 없었다.

"그건…, 마법사들을 보호하지 못한 귀국의 책임이 아닌가요?"

"그렇게 이쪽에 책임을 덮어씌우지 마시오. 만약 귀국의 정찰대가 놈들의 움직임을 재빨리 파악만 했었어도 그렇듯 어이없는 기습을 당하지는 않았을 거요."

상대가 논리 정연하게 따지자, 마리나는 슬쩍 후퇴하여 다시금 처음에 토론했던 논제로 돌아갔다.

"좋아요. 지금 거대한 적을 앞에 두고 있는 상황에서 사소한 전리품 때문에 공작 전하와 싸우고 싶은 생각은 없습니다. 지금 적 타이탄 대 부대를 괴멸시킨 이 여세를 몰아 쟈크렌 요새를 점령해야만 해요. 지금처럼 좋은 시기는 없습니다."

하지만 공작의 대답은 매우 시큰둥한 것이었다.

"그렇게 점령하고 싶으면 귀국 기사단을 동원해서 해 보시오. 본인은 더 이상 할 말이 없소. 부하들에게 이곳에서 충분히 휴식을 취하게 한 다음 움직이기 시작할 거요."

"그렇게 된다면 바실리시에 집결해 있던 적의 대 부대가 도망친 후일 겁니다. 그리고 놈들도 이쪽 방면에 새로운 기사단을 배치할 것이고."

"그건 그때 가서 생각해 보면 될 일. 그때쯤 되면 내 부하들도 휴식을 끝내고, 새롭게 재편성된 후일 거요. 또 바실리시에 집결했던 녀석들은 코린트의 군대가 아니라 코린트 동맹국에서 보낸 군대니까 코린트가 질 것 같다고 생각되면 자국으로 돌아가겠지. 본인은 쓸데없이 살육을 하고 싶지는 않소."

도대체가 말이 통하지 않자 슬그머니 화가 난 마리나는 이제 강압적인 방법으로 나가기로 결정했다. 사실 크라레스 따위의 자그마한 약소국 공작이 크루마 같은 강대국의 황실 마법사에게 이따위로 대꾸를 한다는 것 자체가 평상시에는 있을 수 없는 일이었기 때문이다.

"도대체가 말이 통하지 않는군요. 귀국에서 이렇듯 비협조적으로 나온다면 저는 이 사실을 켄타로아 공작 전하께 보고하는 수밖에 없어요. 그렇게 되면 귀국에 어떤 불이익이 돌아가게 될지 생각해 보셨나요?"

하지만 그녀의 강압적인 위협에도 공작은 콧방귀를 뀌며 답했다.

"흥! 생각해 봤소. 귀국의 정보국에서 본관에게 적 타이탄 수가 몇 대라고 알려 줬었소? 3백 대라고 알려 줬소? 아니면 170대 정도로 서로 비슷한 전력이니까 충분히 막아 낼 수 있을 거라며 열심히 싸우라고 알려 줬소? 두 배에 이르는 적들과 사투를 벌여 승리를 얻은 것 하나만으로도 본국은 귀국에 최대한의 협조를 아끼지 않았다고 생각하고 있소. 그런데 거짓말이나 해 대며 본국을 우롱했던 귀국에서 협조, 비협조를 따질 위치인가요?"

마리나는 공작의 말에 일순간 말문이 막혀 버렸다. 공작의 말은 사실이었기 때문이다. 켄타로아 공작의 계획은 원래 동맹국의 부대를 이곳에 배치해 시간만 대충 끌어 주기를 바랐기에 더 이상의 증원을 하지 않았던 것이다. 대신 이곳에 증원할 부대까지 모두 중앙에 배치해서 중앙을 뚫고 나가면서 적의 주력을 격멸할 계획이었는데, 오히려 그렇게 증원해 놓은 중앙 부대는 진격도 못하고 있는 상황이었고, 전멸당할 것이 확실했던 부대는 승리를 거뒀으니……

"……"

마리나의 말문이 막힌 상태에서도 공작의 말은 계속 이어졌다.

"귀국에서 그렇듯 우리를 이용해 먹고 버리려고 했기에, 본국 또한 귀국에 대한 태도를 달리할까 궁리 중이오. 지금이라도 우리가 코린트의 편을 든다면 코린트는 아마도 미란 국가 연합과 귀국의 영토 전체를 차지하는 대신 크로나사 평원을 우리에게 돌려줄지도 모르지. 코린트로서도 그렇게 하는 것이 꿈에도 그리는 바다를 얻게 되는 것은 물론이고 영토도 더욱 넓어지게 될 것이니, 본국으로서는 여태까지의 숙원이었던 크로나사를 되찾는 것이니 양국이 다 만족할 수 있지 않겠소?"

기막힌 공작의 공격에 마리나는 화를 낼 입장도 아니었다. 공작의 말은 그녀가 생각해 봐도 모두 다 사실이었기 때문이다. 또 약소국의 공작 주제에 뭘 믿고 큰소리를 치고 있는지 이해할 수도 있었다. 사실 지금 전선에서 양국의 힘은 거의 팽팽하게 균형을 이루고 있었다. 3백여 대의 적 타이탄을 전멸시킨 기적을 낳은 크라레스의 기사단이 어느 쪽의 손을 들어 주느냐에 따라 전쟁의 승자가 결정 날 가능성까지 있을 정도였다.

"어, 어떻게 동맹국의 입장에서 그런 식으로 말씀하실 수가 있으십니까? 공작 전하."

당황한 어조로 마리나가 따지고 들자 공작은 퉁명스레 답했다.

"먼저 불이익이 어쩌구 하면서 본관의 심기를 건드린 것은 당신이오."

마리나는 속으로는 이빨을 갈며 마지못해 사과했다.

"그것은, 그것은 정말 죄송하게 생각합니다. 사과드리겠습니다."

"사과는 받아들이겠소. 그러나 귀국의 요구는 받아들이지 못하겠소. 살라만더 기사단은 내가 원할 때까지 이곳에 주둔하게 될 거요. 귀하와 귀국의 태도로 미루어봤을 때, 우리가 뼈 빠지게 싸워 준다고 하더라도 크로나사 평원을 돌려받을 수 있을지 의문이 가기 시작했기 때문이오. 본관은 이번 전쟁에서 우리의 전력을 최대한 유지해 두는 것이 미래를 위해 좋을 것 같다고 판단했고, 또 그렇게 실행할 생각이오. 그러니 그렇게 알기 바라오. 나가 보시오. 본관도 할 일이 매우 많소."

완벽한 축객령(逐客令)이었다. 그러면서 서류 더미로 시선을 돌려 버리는 공작의 뒤통수를 노려봤지만 마리나는 더 이상 자신에게 남은 방법이 없다는 것을 깨닫는 데는 오랜 시간이 걸리지 않았다. 크라레스에서 대 부대를 이끌고 파견 나온 이 공작은 이제 더 이상 자신들을 믿지 않기 때문이었다. 또 그러는 그를 향해 약간의 경고성의 협박을 한 것이 오히려 역효과를 불러일으켰다. 마리나는 공작의 방을 나서기는 했지만, 도대체 이 일을 어떻게 처리해야 할지 난감했다.

　그래듀에이트 180명, 기사 215명, 수련 기사 53명, 신관 12명, 마법사 34명, 수련 마법사 68명으로 이루어진 철십자 기사단은 카로사 9대, 로메로 26대, 크라메 52대, 메지오네 13대로 이루어져 타이탄 총수 1백 대를 보유하고 있는 코린트의 중앙 기사단 중 세 번째로 강력한 힘을 지닌 기사단이었다. 물론 과거 마법사 길레트 지오네가 크라메 8대를 이끌고 나가 행방불명되었기에 지금은 92대로 전력이 다소 감소되어 있기는 했지만 그래도 막강한 전력을 보유하고 있다는 사실에는 예나 지금이나 변함이 없었다.
　코린트는 국토가 넓은 만큼, 그에 비례하여 국경선도 길었기에 매우 방대한 군사력을 국경선에 고정적으로 배치해야만 했다. 또 영토 내의 산악 지역을 중심으로 드래곤이 사는 곳의 주변에는 특히나 군대가 주둔하고 있을 필요성이 있었다. 왜냐하면 드래곤은 웬만큼 시끄럽지만 않다면 자신의 영토 내의 침입자를 눈감아 주는 경향이 있었기에 몬스터들이 떼거리로 살고 있다. 이 몬스터들은 돌아다니면서 온갖 나쁜 짓을 다 하다가, 군대가 그들을 토벌하기 위해 추격해 오면 드래곤의 영토로 도망치는 것이다. 드래곤은 자신의 영토 안에서 전쟁을 벌이는 등 시끄러운 행위를 하는 것은 참지 못했기에 드래곤의 영토 안에서의 몬스터 토벌은 불가능했다. 그 때문에 드래곤이 사는 영토 부근에 군대를 주둔시켜 그들이 민가에 침입하는 것을 방지하는 것이다.

코린트에서는 강력한 몬스터들이 출몰하거나, 또는 타국과 마주하고 있는 변방의 국경선에는 동십자 기사단을 배치했다. 동십자 기사단이 보유하고 있는 111대의 메지오네는 출력이 0.7밖에 안 되었기에 대타이탄 전투를 수행하기에는 다소 무리가 있었지만, 오우거(Ogre) 같은 대형 몬스터를 사냥하는 데는 그만이었다.

그리고 군의 전략상 요충지에는 철십자 기사단이 주둔하게 된다. 그들은 코린트의 국경선을 열 토막으로 나누어서 그 안에 열 군데의 요새를 건설하여 그곳에 주둔하며 각자가 맡은 구역을 침범하는 타국의 군대를 일차적으로 막아 내게 되는 것이다. 그들이 막아 내고 있을 때 10개 주요 도시에 주둔하는 은십자 기사단이 일차적으로 소환되고, 만약 그들로 힘들다면 수도인 코린티아시의 외곽에 주둔하는 금십자 기사단이 투입된다. 물론 상대가 이번처럼 강적인 경우에는 수도 내에 주둔하는 근위 기사단까지 투입하게 되지만, 지금까지는 그 정도로 강력한 적의 침입은 받아 본 적이 없었다.

여태껏 철십자 기사단의 각 분대들은 특별한 경우를 제외하고는 자신들이 맡은 구역을 이탈하지 않았었다. 그만큼 국경선을 지키는 핵심 부대가 철십자 기사단이기 때문이다. 그런 그들이 모두 다 코린티아시로 집결하였다. 560여 명의 기사, 마법사, 수련 기사, 수련 마법사, 신관으로 구성된 그들은 자신들의 하인이나 하녀들까지 합쳐서 1천5백 명에 이르는 대 부대를 이루고 있었다.

"모든 준비는 다 끝났사옵니다. 지금 가시겠사옵니까?"

부하의 물음에 키에리는 마시던 포도주잔을 기울이며 느긋한 어조로 답했다.

"아니, 조금 더 기다리기로 하지. 놈들의 행동에 대해 계속 보고가 들어오고 있는데……. 그게 좀 이상하단 말이야. 놈들이 무슨 생각을 하고 있는지 도대체 이해가 가지 않아."

키에리가 혼잣말을 하듯 중얼거리자 부하는 키에리의 말에 대답을 해야 할까 말아야 할까 잠시 궁리했다. 하지만 그의 고민은 다행히 오래가지 않았다. 키에리가 곧 입을 열었기 때문이다.

"왜 살라만더 기사단은 움직일 준비를 하지 않는 거지? 놈들이 움직이기만 하면 철십자 기사단을 알렌 쪽으로 투입하여 가므에 모인 놈들의 주력을 협공으로 묵사발을 내놓고 쟈크렌 요새는 나중에 탈환하면 되는데 말이야."

"그러시다면 그 타이밍을 노리고 계시는 것이옵니까?"

"그렇지. 그런데 아직까지 연락이 없어. 놈들은 이상하게 움직일 생각이 없는 것 같아. 이렇게 되면 전쟁이 길어질 수밖에 없는데 말이야. 알렌에 모인 놈들, 목구멍에 걸린 가시처럼 영 찜찜하구먼."

이때 밖에서 한 장교가 들어오며 말했다.

"발렌시아드 기사단이 도착했사옵니다, 공작 전하."

장교의 말에 구겨져 있던 키에리의 안색이 환해졌다. 언제나 키에리의 영지인 발렌시아드 공국을 떠나지 않던 발렌시아드 기사단의 도착은 키에리에게 많은 가능성을 제시해 주었다. 현재 시점에서 적의 살라만더 기사단이 수도에 쳐들어온다면 키에리가 이곳에 꼭 있어야만 상대가 가능할 정도로 철십자 기사단의 전투력은 현

저하게 떨어져 있었다. 하지만 겨우 열 대이기는 했지만 미노바-P(Powerful)형을 보유한 발렌시아드 기사단은 키에리가 공들여 오랜 세월을 키워 온 고수들로 이루어져 있었다. 그렇기에 발렌시아드 기사단이 도착한 지금, 발렌시아드 기사단과 철십자 기사단이 함께 뭉치면 웬만한 기사단의 공격은 어느 정도 버텨 낼 수 있게 되는 것이다.

발렌시아드 기사단은 발렌시아드 공국이라는 코린트로부터 반쯤 독립된 국가의 기사단이다. 물론 그 영지를 하사한 것도 황제였고, 또 발렌시아드 기사단이 보유하고 있는 타이탄을 공급해 준 것도 황제였지만, 공작의 영지가 공국(公國)이라는 형태로 완전히 분리되었을 경우, 별개의 국가와 거의 비슷한 취급을 받게 된다. 키에리가 발렌시아드 공국을 그 영지로 하사받은 후 기사단의 창립 허가를 받아 냈을 때, 키에리의 오랜 친구였던 그라세리안 코타스는 코린트의 주력 타이탄 미노바를 조금 더 향상시킨 미노바-P형을 제공했다.

엑스시온은 미노바보다 훨씬 강력한 1.5를 붙였고, 외장 장갑도 매우 호화롭게 제작했다. 발렌시아드 기사단은 전투만을 담당해야 하는 일반 기사단과 달리 키에리의 친위 기사단 성격도 가지고 있었다. 그렇기에 내부 뼈대나 2차 장갑까지는 미노바의 것을 그대로 붙였지만, 가장 외곽에 붙는 1차 장갑의 모양에 신경을 많이 써 준 것이다. 겉모양이 꽤나 화려해서 도저히 미노바라고 생각되지 않는 타이탄의 외부 장갑에는 푸른색 늑대의 문장이 붙어 있었다.

"로젠은?"

"예, 후작 각하께서는 조금 있다가 오신다는 연락이옵니다."

장교의 말에 키에리는 만족스런 미소를 지으며 말했다.

"그래, 드디어 도착했군. 빨리 오라고 전하게."

"옛, 전하."

장교가 밖으로 나간 후 부하는 술잔을 기울이고 있는 공작을 향해 말했다.

"전하, 발렌시아드 기사단까지 투입하실 생각이시옵니까? 그 후안무치(厚顔無恥)한 크루마 놈들에게 푸른 늑대의 문장을 드러낼 필요가 있겠사옵니까?"

부하의 말에 키에리는 퉁명스레 답했다.

"안 될 이유는 없지 않겠나?"

"하지만 전장의 병사들이 동요할까 두렵사옵니다. 이제 더 이상 본국의 고급 타이탄은 바닥이 났다고 광고하는 것이나 다름없지 않사옵니까? 발렌시아드 기사단은 창단 이래 20여 년간 단 한 번도 발렌시아드 공국을 떠난 적이 없었는데……."

키에리는 혀를 차며 대답했다.

"쯧쯧, 내가 그걸 만든 것은 내 휘하에 두고 폼이나 재기 위한 것이 아닐세. 유사시에 써먹기 위해 그들을 훈련시킨 것이지. 그 녀석들을 아직 전쟁터에 투입시키지 않은 것은, 그들을 써먹을 만큼 강력한 적이 나타나지 않았기 때문이야. 모두들 내가 오랜 시간 공들여 키운 기사들이니 딴 녀석들보다는 그래도 믿을 수 있는 놈들이지."

"그렇다면 그들을 부른 것은 철십자 기사단의 부족한 파워를 보충하기 위한 것이옵니까?"

"그렇다네."

미네르바와 다크의 신경전

　제임스 일행은 일단 알렌 왕국의 변방 도시 카지마트시에 도착했다. 그리고 이들은 마법진에서 모습을 나타내자마자 수십 명의 주민들에게 둘러싸여 환영을 받는 황당한 경험을 했다. 이들이 오는 소식을 접한 카지마트시에서는 환영 행사에 동원할 시민들을 급히 끌어 모았다. 시민들은 급히 모은 악단이 음악을 연주하는 가운데, 역시 급히 장만한 꽃잎을 동맹군(?)에게 뿌리며 환영했다. 다행히 동맹군이 몇 명 되지 않았기에 얼마 모으지 못한 꽃잎으로도 성대하게 환영식을 끝마쳤다.
　동맹군에 대한 카지마트시의 환영이 예전에 1진이 도착했을 때에 비해 훨씬 더 열렬했던 것은 당연했다. 토란, 가므, 알렌 세 왕국에서 전쟁이 벌어졌지만 적군을 상대로 승리를 얻어 낸 것은 오직 알렌 방면의 동맹군뿐이었다. 토란과 가므의 전투는 기사단들끼리의 대 격전으로 시작하여 서로가 그것만으로 상대를 제압하기 힘들어지자 각종 전술을 동원하여 우회 기동을 실시, 곳곳에서 산발적인 격전을 벌이고 있었다. 전방과 후방에서 계속되는 격전으로 인해 민가들에게도 막대한 피해를 주고 있었고, 수많은 시민들이 후방으로 피난하는 소동까지 벌어지고 있었다. 다른 나라들이 모두 이런 상황인데도 유독 알렌 왕국만이 전화(戰禍)를 모면할 수 있었던 것은 별로 믿음직스럽지 못해 보였던 동맹군이 국경에서 적을 막아 낸 덕분이었다.

제임스 일행은 본인들의 의사와 상관없이 시민들에게 떠밀려 강당으로 들어가 회식의 주빈이 되어야 했고, 간단하게 벌어진 환영 무도회에서 춤까지 춰야만 했다. 물론 정복 따위는 착용하지도 않는 약식 무도회였다. 그런 후 시장 일행은 전선을 향해 떠나는 이 혈맹의 동지들에게 안내자에다가 좋은 말까지 장만해 주며 성대하게 전송을 해 줬다.

"나 원 참, 뭐가 뭔지 모르겠군요."

낮은 목소리로 오스카가 제임스에게 말했는데, 그걸 어느 순간에 안내자가 들었는지 순박한 미소를 듬뿍 지으며 답했다.

"이게 다 기사님들에 대한 고마움의 표시입죠. 처음 이곳에 도착하신 분들은 시장님께 차가운 대접을 받았었는데, 그분들이 승전을 거두자 생각이 바뀐 거죠."

제임스는 경악했지만 억지로 표정을 누르며 말했다.

"그렇다면 코린트의 군대를 잘 막아 내고 있는 모양이군요."

"막아 내는 정도가 아닙죠. 기사 분들은 잘 모르시는 모양인데, 오늘 아침 대회전에서 동맹군이 대 승리를 거뒀다지 뭡니까? 상인들에게 듣자 하니 코린트의 군대가 엄청난 숫자였다고 하던데, 정말 대단하신 분들입지요. 그러고 보니 그때 뵀던 붉은 도마뱀을 그려 놓은 로브를 입은 분들하고는 소속이 다르신 모양입죠?"

제임스는 일부러 고개를 살짝 끄덕이는 정도로 답을 대신했다. 잘못 말을 했다가는 들통 날 가능성도 있었기 때문이다.

"그렇다면 어디로 안내해 드릴깝쇼? 그 로브 차림의 분들은 조금 전방에 주둔하고 계시고, 여러분들처럼 옷을 입고 계신 분들은 여기서 얼마 멀지 않은 곳에 계신데요."

"그 로브를 입고 있는 분들에게 데려다 주게나. 일단 그곳에서 신고를 한 다음 소속지 배정을 받아야 하니까."

능청스레 답하는 까미유에게 안내인은 친절하게 대답했다.

"예, 알겠습니다요. 그럼 나중에 이쪽으로 돌아오시겠구먼요. 저쪽에 보이는 저기, 연기 나는 곳 있잖습니까? 나중에 인사가 끝난 다음 저기로 가시면 될 겁니다요."

"고맙네."

"뭘요. 기사님들이 도와주시는 덕분에 저희들이 평안하게 생활할 수 있는 건뎁쇼."

제임스 일행은 안내인의 안내를 받아 그 붉은색 도마뱀의 문장이 그려진 로브를 입고 있다는 기사단에 가까워진 것을 알고 안내인을 돌려보냈다. 물론 안내인이 자신들을 의심하지 않게끔 자신들 때문에 너무 많은 시간을 뺏는 것이 미안하다는 둥의 말로 넘겼고, 아이들 선물이나 사 주라며 기필코 돈은 받을 수 없다고 거절하는 안내인에게 약간의 돈까지 쥐어 줬다. 안내인이 매우 친절하고, 용맹스러운 우방의 기사들이라고 생각하며 희희낙락하여 돌아가는 것을 눈여겨본 후 그들은 곧 안전할 듯한 곳으로 숨어 들어가 본국과의 연락부터 시도했다. 아무래도 본국의 패전 소식이 마음에 걸렸던 것이다.

"예, 여기는…, 아니, 리카 님 아니십니까?"

상대방 마법사가 자신을 알아보고 인사를 건네 오자 리카는 대충 그에 답한 후 재빨리 자신의 용건을 말했다.

"응, 지금 전황을 알려 줘. 제임스 드 발렌시아드 후작 각하께서 소식을 알고 싶어 하신다."

수정구에 나타난 마법사는 리카 뒤에 서 있는 발렌시아드 후작을 알아보고는 곧 인사를 했다.

"안녕하셨습니까? 후작 각하."

"인사는 됐고, 빨리 소식이나 전해 주게."

"예, 각하, 알겠습니다. 현재 토란과 가므 왕국으로 침공해 들어간 군대는 강력한 적의 저지를 받고 있는 실정입니다. 하루 동안에 토란과 가므 양쪽에서 140여 대의 타이탄이 파괴되었고, 3백여 명이 넘는 기사들이 전사했습니다. 현재 제1, 2근위대가 가므 전선에 파견되어 적을 막고 있는데, 전황은 상당히 좋지 못한 편입니다."

"세상에, 흑기사들이 전부 다 투입되었다는 말이야?"

"예, 그렇습니다. 현재 가므 방면군의 총지휘는 로체스터 공작 전하께서 하고 계십니다. 크루마도 그곳 전선에 레디아 근위 기사단을 투입하여 응전하는 중입니다."

"그곳은 대충 알겠고, 알렌 방면으로 침공해 들어간 군대는?"

"예, 유감스럽게도 그곳 전선에서 대패했습니다. 현재 철십자 기사단과 발렌시아드 기사단이 소집되어 알렌 방면으로 투입되기를 기다리고 있습니다. 현재 바실리시에 집결했던 보병과 기병 사단은 일부는 가므 방면으로 돌려졌고, 나머지는 쟈크렌 요새로 후퇴 중인 것으로 알고 있습니다."

"그렇다면 파견군 사령관 지오르네 후작은?"

"전사하셨습니다."

"정말 최악이군."

"그렇습니다, 각하. 하지만 곧이어 호전될 것으로 생각됩니다. 철십자 기사단과 발렌시아드 기사단을 거느리고 가실 분은 발렌시아드 대공 전하시니까요."

"세상에, 아버님이 직접 가실 정도로 사태가 위중한가?"

"예상외로 상대의 군사력이 강력하지만 대공 전하께서 나서신 이상 좋은 소식이 있을 것입니다."

"알겠네."

제임스는 리카에게 통신을 끊으라고 지시한 후 다음 행동을 상의하기 시작했다.

"돌아가는 것이 좋지 않을까?"

까미유의 말에 제임스는 고개를 가로저으며 말했다.

"아니야. 아버님은 코타스 전하의 시신이라도 찾아오기 전에는 돌아올 생각을 하지 말라고 하셨어."

"그렇다면 망설일 필요 없잖아. 우선, 그녀를 찾아야지. 일단은 저 붉은 도마뱀 기사단을 감시해 보자. 그런데 하필이면 기사단이야. 전시에는 감시하기 제일 어려운 게 기사단인데."

"어쩔 수 없지. 이제부터 조심해야 해. 전시니까 아마도 저 일대에는 정찰조들이 쫙 깔려 있는 데다가, 마법 트랩(Trap)들도 엄청나게 깔려 있을 거야."

"모두들 조심하면 별일 없을 거야."

격렬한 전투가 있었던 바로 그날 밤, 거의 정찰이나 경계를 맡은 인물들과 당직을 서는 마법사들 외에는 눈을 뜨고 있는 사람은 없었다. 그만큼 한낮에 있었던 전투는 모두의 진을 빼 놓기에 족할 정도로 대 격전이었던 것이다. 그날 밤 당직을 서고 있던 여자 마법사는 수정 구슬이 환하게 빛이 나는 것을 느끼며 가벼운 졸음에서 깨어났다.

"여기는 살라만더 기사단입니다. 무슨 일이십니까?"

수정 구슬에 모습을 드러낸 상대는 갈색의 아름다운 머리카락을 허리까지 기른 아름다운 여자였다. 하지만 그녀의 표정은 수정으로 깎아 만든 조각상처럼 차가웠다.

"귀국의 공작 전하를 바꿔 주세요."

정말 대단한 미인이라고 생각하며 여자 마법사는 약간 주눅이 드는 심정으로 말했다.

"귀하의 소속과 용건을 말씀해 주십시오. 전하께서는 취침 중이시니 내일 아침 일어나시면 곧장 전해 드리겠습니다."

하지만 상대는 마법사의 정중한 거절에도 불구하고 투덜거리며 억지를 부렸다.

"지금 좀 전해 줬으면 좋겠군요. 내 이름은 미네르바 켄타로아. 지금이 이 전쟁에서 가장 중요한 때인데, 취침을 하고 있다니 도저히 참을 수가 없군요."

미네르바 켄타로아라면 군대에 관계된 사람이라면 그 누구나 다 이름 한 번쯤은 들어 본 사람이다. 그만큼 그녀의 실력과 직위는 엄청났기 때문이다. 그렇기에 여마법사는 자신의 언동을 좀 더 조심하며 말했다.

"켄타로아 공작 전하셨군요. 사령관 전하께 실례라는 것을 잘 알지만, 로니에르 공작 전하께서는 무슨 일이 있더라도 취침을 방해하지 말라고 명령하셨기에 어쩔 수 없습니다. 연락이 왔었다고 전해 드리겠습니다."

하지만 그녀의 조심스런 말에도 불구하고 미네르바는 벌컥 화부터 냈다.

"도대체, 언제부터 크라레스 공작 따위의 간덩이가 그렇게 커졌지? 겨우 오합지졸의 타이탄 3백 대 정도 파괴한 것 가지고 기고만장하다니. 기다려라, 내가 그쪽으로 직접 가겠다. 망할 녀석들!"

미네르바는 그것이 결코 위협용으로 한 말은 아니었다는 것을 잠시 후 여마법사에게 증명해 줬다. 살라만더 기사단이 주둔하고 있던 숙소 앞이 번쩍하며 네 명의 기사들과 함께 모습을 드러낸 것이다. 갑자기 사람들이 나타나자 숙소 주변 사방에 거미줄처럼 쳐져 있는 알람(Alarm) 마법에 의한 경고음이 울려 퍼졌고, 숙소 안에서 대충 갑옷을 걸친 기사들이 잠자다가 당황하여 허둥지둥 튀어나왔다. 그리고 외곽 경비를 서기 위해 파견된 기사들은 벌써 자신의 타이탄을 꺼내 들고 침입자들을 향해 돌진해 오고 있었다.

하지만 자신을 향해 전투 준비를 갖추고 있는 기사들은 본체만 체하고 그녀를 맞이하기 위해 허둥지둥 당직실에서 쫓아 나온 여마법사의 멱살을 그러쥐며 미네르바는 으르렁거렸다.

"방금 통신을 받았던 계집이 바로 너지? 빨리 그 망할 공작 녀석에게 안내해."

미네르바는 너무나 분노에 사로잡힌 나머지 그녀 일행을 제지하기 위해 달려 나온 기사들의 포진한 상황을 재빨리 눈치 채지 못하고 있었다. 전체적으로 그녀를 포위한 상황이었지만, 기사들의 수는 그녀가 마법사에게 안내받아 가고 있는 방향의 반대쪽에 더 많이 있었다. 어둠에 가려 잘 보이지 않았을지 모르지만 그 반대편 쪽에 위치한 한 건물 주위에 기사들이 집중 배치되고 있었다.

쾅!

미네르바는 문손잡이를 돌리는 수고를 생략하고, 발로 곧장 문을 차 버렸다. 하지만 그곳에는 침대 위에 드러누워 코를 골고 있을 줄 알았던 공작으로 추정되는 인물이 책상 위에 앉아서 열심히 서류들을 뒤적이며 무언가를 쓰고 있는 모습이 있을 뿐이었다. 미네르바는 그 모습에 노기가 한풀 꺾여 처음보다는 차분해진 음성으로 말했다.

"그대가 다크 폰 로니에르 공작인가?"

"그렇습니다. 모습을 보아하니 켄타로아 공작 전하이신 모양이군요. 그쪽에 앉으시지요. 보시다시피 처리해야 할 서류가 많아서 말입니다. 잠시만 기다려 주시겠습니까?"

미네르바는 자신을 향해 얼핏 시선을 돌렸을 뿐, 또다시 서류 작업에 몰두하고 있는 공작을 향해 분노가 치밀어 오름을 느꼈다. 감히 크라레스 같은 약소국의 공작 따위가 이렇게 무례하게 나올 수는 없는 노릇이었기 때문이다.

"못 기다리겠다. 도대체 기사단을 진격시키지 못하겠다는 이유가 뭔지나 들어 보기로 하지. 빨리 말해."

"공작 전하가 보기에 그렇게 대단한 이유는 아닐지도 모르겠습니다만…, 이쪽도 이쪽 나름대로 열심히 귀국을 돕는 입장이니 그렇게 시시콜콜 따지지 말아 주시겠습니까?"

"뭣이?"

미네르바의 눈꼬리가 위로 치켜 올라가며, 무의식중에 손이 검 있는 곳으로 순간적으로 다가갔다. 하지만 그녀는 차마 검을 뽑지는 못하고 있었다. 한 가닥 남아 있는 이성이 그것을 뽑는 것을 제지하고 있었기 때문이다. 크루마 최악의 적인 코린트를 앞에 두고 자중지란은 절대 금물이었다.

"이게 그대들을 도와주는 국가에 대한 예의인가요? 지금 본인은 이대로 군대를 철수할까 말까 매우 궁리 중에 있소. 첫 전투의 피해도 대단했고, 소기에 목적하던 막대한 양의 전리품도 얻었소. 여기 쌓여 있는 것이 피해 보고서요. 그리고 저기 쌓여 있는 것이 전리품 목록이지. 또 저쪽에 쌓여 있는 것은 포상자들의 명단 및 보고서요. 또 저것은 금일 소모된 무기 목록이고, 저건 추가 지급 요청서들이오. 오늘 단 한 번의 전투로 최소한 이틀 밤은 새워야 할 정도로 많은 서류가 쌓였단 말이오."

공작의 빈정대는 듯한 말투에 검 손잡이를 쥐고 있는 미네르바의 손이 덜덜 떨리고 있었다. 만약 공작이 미네르바의 부하였다면, 아니 최소한 동맹국의 지휘관이 아닌 동맹국 기사쯤만 되었다고 해도 두 토막이 나고도 남았을 것이다.

"그래서? 그래서 서류나 정리하겠다고 여기서 시간을 보낸단 말인가? 지금이 전쟁에서 가장 중요한 때인지도 모르는데? 멍청한 네놈 때문에 벌써 코린트의 철십자 기사단은 집합을 완료한 상태야. 또다시 이곳에서 헛되이 대규모 전투를 되풀이하고 싶나?"

열 받아서 외치는 미네르바에게 공작은 퉁명스런 어조로 대꾸했다.

"그건 내가 알 바가 아니오."

"그럼 누가 알지? 네 녀석의 기사단이 쟈크렌 요새를 점령하는 것은 둘째 치고, 적 중앙 집단의 측면 공격만 해 줬어도 오늘 대승을 거둘 수도 있었어. 네 녀석 때문에 얼마 전까지도 토란과 가므 왕국에서는 전투가 계속되었고 수많은 기사들이 죽었다. 그 책임을 어떻게 질 거야?"

"그것 또한 내가 알 바 아니오. 내 책임이 아니니까."

이 순간 미네르바의 몸속에 있던 뭔가가 툭 하는 소리를 내며 끊어졌다.

"정말 뱃속까지 썩은 놈이군."

그 순간 그녀의 허리에 달려 있던 고색창연한 보검은 무시무시한 속도로 뽑혔다. 하지만 그녀는 그것을 아래로 내려쳐 저 얄미운 공작의 몸통을 분리시키지 못했다. 아직 그녀의 이성이 남아 있던 것은 결코 아니었고, 언제부터인지 그녀의 목에 검날의 싸늘한 감촉이 느껴졌기 때문이다.

"어, 어느새?"

미네르바로서는 도저히 믿을 수 없는 현실이었다. 자신의 뒤에는 누구도 있지 않다고 자신의 감각이 말해 주고 있었다. 그런데 실지로는 누군가가 자신의 이목을 속이고 뒤에 서 있었던 것이다.

"검을 집어넣어."

맑고 투명한 목소리가 미네르바의 뒤에서 차갑게 들려왔다. 하지만 그 목소리에는 거역하기 힘들 정도의 힘이 담겨 있었다. 스르릉 소리가 나도록 천천히 검을 다시 검집에 집어넣는 미네르바의 이성은 어느샌가 맑아져 있었고, 그때쯤에야 누군가가 뒤에 서 있다는 가벼운 느낌이 들기 시작했다. 상대는 누구인지 모르겠지만 놀라울 정도의 고수였다. 미네르바는 천천히 몸을 뒤로 돌렸다. 그리고 그녀는 그곳에 서 있는 도저히 검을 쓸 수 있을 것처럼 보이지 않는 가녀린 소녀를 볼 수 있었다.

미네르바는 우선 상대가 취하고 있는 자세가 상당히 희한하다고 생각했다. 검으로 자신을 겨누고 있는 것도 아니고, 그렇다고 완전히 무방비 상태 같지도 않았다. 허점이 많은 것도 같았고 완벽한 수비 자세인 것도 같았다. 하지만 미네르바는 감히 모험을 걸 생각은 없었다. 자신이 아무리 흥분하고 있었다고는 하지만 상대는 자신의 이목을 속이고 바로 등 뒤까지 접근해 온 인물이었기 때문이다.

미네르바는 이어서 그녀가 가지고 있는 기이한 빛을 뿜고 있는 검으로 시선을 돌렸다. 특이하게도 황금빛이 나는 얄팍한 검. 웬만큼 마나를 다룰 수 있는 기사라면 묵직한 검을 선호한다. 이미 마나를 이용해 검을 다루기 시작하면, 검의 무게는 그렇게 큰 장애 요소가 되지 않기 때문이다. 그렇기에 저처럼 얄팍한 검보다는 훨씬 파괴력이 좋은 묵직하고 긴 검을 선호하게 되는 것이다.

이어 미네르바는 상대의 검신에 새겨진 수많은 기하학적 주문을 볼 수 있었다. 검에 모양 좋으라고 저렇듯 엄청나게 많은 미세한 주문을 새기는 인물은 절대로 없었다. 저것은 아마도 마법을 사용하기 위해 새겨 놓은 주문이리라. 하지만 저렇듯 좁은 면적에 엄청나게 작은 글자로 저렇게 많은 주문을 빽빽이 새겨 놓은 경우는 거의 없었다. 검을 만드는 사람이 그걸 모두 다 새겨 넣는 것은 매우 까다로운 작업이기 때문이다.

또 황금색의 검. 검의 재료가 될 수 있는 황금색이 나는 금속은 의외로 숫자가 적다. 황금같이 무른 금속으로는 당연히 검을 만들 수 없다. 그리고 일부 황금색이 나지만 잘 부서지는 금속도 사용 불가. 황금색이 나면서도 검을 만들 수 있을 정도로 단단하고 질긴 금속은 오직 미스릴과 골드 드래곤의 뼈뿐이었다. 물론 둘 다 엄청나게 가격이 비쌌고, 또 가공하기도 힘들었다.

저렇듯 희귀한 금속에다가 마법검이라면 그 검의 가격이 매우 비쌀 것은 당연했다. 그리고 그런 보검의 소유자라면 결코 평범한 인물일 가능성은 없었다.

"너는…, 누구지?"

"아마도 네가 이 밤중에 찾으러 온 사람이겠지."

싸늘한 소녀의 말에 미네르바에게는 언뜻 집히는 것이 있었다.

"그렇다면, 설마?"

소녀는 들고 있던 황금빛 나는 검을 검집에 집어넣고는 자리에 앉으며 말했다.

"이봐, 발칸. 포도주나 주게. 혹시 브랜디가 있다면 더 좋겠고. 밤늦게 찾아온 손님을 그렇게 대접하는 것은 예의가 아니지."

그녀의 말에 발칸 폰 크로아 백작은 즉시 책상에서 일어섰다.

"옛, 공작 전하."

"거기에 앉아. 그래 뭘 따지려고 온 거지?"

미네르바는 얼이 빠진 듯한 표정으로 상대가 권한 자리에 앉으며 말했다.

"네가 진짜 다크 폰 로니에르 공작이야?"

"내가 한 말에 대답부터 해. 물은 것은 나야. 그리고 대답하는 것은 너고."

미네르바는 나이도 얼마 먹지 않은 계집애가 꼬박꼬박 자신에게 반말지거리를 하자 슬그머니 화가 났지만 일단 참고 입을 열었다. 나이로 보나, 또 국력으로 보나 자신 쪽이 한 수 위였지만 현재 아쉬운 소리를 하러 온 것은 자신이었다.

"왜 진격하지 않느냐 하는 거지. 지금이 절호의 기회잖아."

"절호의 기회겠지. 하지만 그런 식으로 나가면 본국의 피해가 너무 커져. 나는 내가 맡은 기사단을 최대한 보존한 상태로 본국에 돌아가서, 지금쯤 황궁에서 느긋하게 잠자고 있을 그 빌어먹을 황제에게 돌려줘야 한다구. 이제 이해가 됐어?"

'빌어먹을 황제'라는 말이 나오자 미네르바는 슬쩍 자신의 앞에 포도주잔을 놓고 있는 발칸이라고 불린 사내를 훔쳐봤다. 하지만 그 사내는 으레 그렇거니 하는 생각인지 아무런 동요도 없이 잔을 두 여자 앞에 놨다. 그런 다음 자신의 자리로 돌아가서 또다시 서류 더미에 묻혀 버렸다.

"그렇다면 어떻게 하자는 것이지? 그냥 이 자리에 눌러앉아 있겠다는 것은 설마 아닐 테지?"

"물론 아니지. 7다음 일은 재편성과 휴식이 끝난 후에 생각하기로 하겠어. 그동안 그쪽에서는 피를 좀 흘리면서 소기의 목적을 달성하면 되겠지."

"이런 망할! 그렇게 되면 본국에서 얼마나 많은 피해를 입게 될지 생각해 봤어? 오늘 하루만 해도 박살 난 타이탄이 80대를 넘어섰어. 내일은 또 얼마나 많은 타이탄이 박살 나고, 또 기사들이 죽을지 상상도 할 수 없다구."

"그건 그쪽 사정이지 우리 쪽 사정이 아니야. 처음에 하는 것 보니까 그쪽은 이쪽에서 대충 시간만 끌어 줘도 다행이라고 생각하는 것 같던데, 안 그래? 나도 돌머리가 아니니까 속일 생각은 하지 마."

상대가 미네르바의 약점을 들고 나오자 그녀의 표정이 한결 누그러졌다. 사실이 그러했기 때문이다.

"처음에는 그랬지. 그건 미안하게 생각하고 있어."

"그래서 나는 처음 당신의 부탁대로 지금 대충 시간만 끌어 주고 있어. 뭐 잘못되었어?"

"그건……"

"아, 이쪽에도 머리 잘 굴러가는 인물들이 많으니까 변명은 하지 마. 너는 우익군을 상대와 거의 비슷한 수준까지 맞췄지. 그리고 중앙군은 최대한 보강했고 말이야. 그러면서 이쪽은 엄청난 열세인데도 증원하지 않고 그냥 놔둔 것은 이쪽이 시간을 끄는 동안 중앙을 돌파하여 적의 좌익군을 협공, 전멸시키겠다는 의도 아니겠어? 그동안 우리는 적의 우익군이 우리를 돌파하고 중앙군을 노리는 것을 막아 주기만 해도 작전 성공이었잖아. 그렇게 되면 코린트군이 주축인 주력이 무너진 이상 코린트의 동맹군은 자연적으로 와해될 거고 말이야. 매우 좋은 작전이지. 나는 그것을 탓할 생각은 전혀 없어. 나는 겨우 그 정도로 그쪽에서 우리를 배신했다고 생각할 정도로 속이 좁지도 않아. 실력도 없는 것들을 동맹군이랍시고 우대하는 짓은 나도 못하겠으니까 그쪽도 그건 당연할 거라고 생각해. 그래서 나는 우선 이쪽의 실력을 그대들에게 먼저 보여줬어. 우리 쪽에서는 그따위 얄팍한 적들에게 농락당할 사람들이 아닌 진짜들을 보내어 그대들에게 진심으로 협조하고 있다고 말이지. 이제 그대가 나한테 자네들의 힘을 보여 줄 차례야. 병력은 거의 엇비슷하니까 잘해 낼 것이라고 믿어."

"그, 그런……."

"설마 그것도 해내지 못하고 괴멸당할 크루마라면 대 크라레스 제국의 동맹국으로서 자격이 없다고 봐야겠지. 알겠어? 조만간에 좋은 소식이 오기를 기다리지."

상대의 말에 미네르바는 머리끝이 쭈뼛 서는 것 같은 느낌을 받았다. 자신은 여태껏 크라레스가 과거 코린트와의 전쟁에서 완전히 힘을 잃은 약소국쯤으로 생각하고 있었다. 그리고 이번에 크라레스가 자신들을 도와주는 것 또한 능력도 없는 것들이 달콤한 환상에 젖어 있는 것쯤으로 생각하고, 그들을 적당히 이용한 후 버리려고 했었던 것이다. 하지만 이제 그녀는 자신의 의도와는 정반대로 일이 돌아가고 있다는 것을 알았다. 작고 나약하다고 생각했던 크라레스에게 대국인 크루마가 시험을 당하게 된 것이다. 그리고 그 시험에 좋은 성적을 기록하지 못한다면 크루마는 멸망당하게 될 것이라는 것도…….

전설의 타이탄 헬 프로네

다음 날 아침부터 재개된 가므 방면의 전투는 지독할 정도로 치열하게 전개되었다. 크루마는 코린트 중앙 집단을 돌파하기 위해 모든 힘을 아끼지 않고 있었다. 미네르바로서는 지금 알렌 왕국에서 쉬고 있는 살라만더 기사단의 힘이 절대적으로 필요한 입장이었다. 하지만 새벽부터 벌어진 전투에서 별 성과가 없자, 미네르바는 미란 국가 연합에 압력을 가해 알렌에서 재편성을 끝마친 엠페른 기사단과 연합 기사단을 가므 쪽으로 곧장 끌어들였다. 첫날 있었던 전투에서 상당한 피해를 입은 결과 그 둘을 합쳐도 36대밖에 안 되는 타이탄 전력이 남아 있을 뿐이었지만 그래도 지금 그들에게 동원 가능한 기사단이라고는 그것뿐이었다.

겨우 36대의 타이탄이었지만, 그들이 새로이 증원되자 크루마 연합군은 놀라운 힘을 발휘하기 시작했다. 가므 왕국 전투에서만 상호 간에 파괴된 타이탄이 거의 120대에 달하는 상태였다. 물론 타이탄의 질에서 월등한 크루마 쪽의 피해가 훨씬 작았다고 하지만 그래도 거의 50대가 넘는 타이탄이 박살 났던 것이다. 그런데 코린트 쪽은 그 피해가 보충되지 않았지만, 크루마는 36대를 새로이 수혈(輸血)받았으니 상호 간의 힘의 균형이 무너질 수밖에 없었다.

이렇게 일단 밀리기 시작하자 코린트로서도 그것을 방관할 수 없는 지경에 처하고야 말았다. 그렇다고 수도에 끌어 모은 철십자 기사단을 가므 전선에 선뜻 투입할 수는 없었다. 알렌 왕국에는 강력한 위력을 선보인 정체불명의 살라만더 기사단이라는 적이 남아있었다. 이 기사단이 어딘가로 투입될 기회를 호시탐탐 노리고 있는 한 수도를 비워 둘 수는 없었다. 사태가 이렇게 돌아가자 코린트로서는 최후의 카드를 쓸 수밖에 없는 지경에 이르렀다.

"아무래도 가므 쪽부터 손봐 나가는 것이 순서인 것 같다."
"어떻게 하시겠습니까, 아버님."
"네가 이곳을 책임져라. 수도 방어에 만전을 기하도록 해라."
"옛."
"한쪽에 떨어져서 힘을 키우고 있는 살라만더 기사단의 움직임을 언제나 주시하도록 해라. 그리고 무슨 일이 있으면 나에게 즉시 연락해라. 내가 돌아올 때까지 무슨 일이 있더라도 책임질 수 있겠지?"
"최선을 다하겠습니다."
"그래. 열심히 해 보거라. 나는 가므 침공군에 합류할 생각이다."
천천히 문을 나서는 키에리를 바라보며 로젠은 물었다.

"제임스와 까미유를 부를까요? 아마 큰 힘이 되어 줄 것입니다."
"아니, 그놈들까지 부를 필요는 없을 거야. 또 그 녀석들은 지금 해야 할 일이 있다."
"알겠습니다, 아버님."
아들에게 당부의 말을 한 후 키에리는 옆에 대기하고 있는 마법사 죠드 쪽으로 시선을 돌렸다.
"죠드."
"예, 공작 전하."
"지금 곧 가므의 전쟁터로 1천 명 정도 되는 인원에 해당하는 무게를 공간 이동시킬 수 있겠나?"
"옛, 공작 전하. 곧 준비하도록 하겠사옵니다. 드디어 철십자 기사단을 투입하는 것이옵니까?"
죠드의 말에 키에르는 고개를 가로저으며 말했다.
"나만 갈 것이다. 현재 놈들의 살라만더 기사단이 움직이지 않는 한 철십자 기사단도 수도 방어를 위해 움직일 수 없다."
"알겠사옵니다, 공작 전하."

푸캉! 팡! 쿵!
수백 대에 이르는 거대한 타이탄들이 집단전을 벌이고 있다. 거의 비슷한 등급의 기사가 엇비슷한 성능의 타이탄을 타고 싸운다면 승부가 좀처럼 빨리 끝나지 않는다. 아무리 상대를 치고 때리고 해도 거대한 방패로 막으면 그만. 서로 간에 실컷 상대의 방패만 두들기면서 힘을 빼는 것이다.
코린트가 코란 근위 기사단을 주축으로 하고 있다면 크루마 쪽은 레디아 근위 기사단과 라이오네 근위 기사단을 주축으로 한다. 코린트가 보유한 흑기사의 성능이 엄청나기는 했지만 크루마의 안티고네 또한 만만치 않았다. 오히려 안티고네는 흑기사의 성능을 앞서고 있었다. 문제는 안티고네의 수가 흑기사보다 적다는 것이었는데, 크루마 쪽에서는 그 약점을 약간 성능이 떨어지는 에프리온과 새로운 주력 타이탄 카마리에의 엄청난 숫자로 메우고 있었다.

코린트는 숫자가, 크루마는 성능이 앞선 형태로 전선은 유지되고 있었다. 그렇지만 이제 그 평형도 무너지고 있었다.

쾅!

"제길, 헴리쉬! 저 드래곤 슬레이어 마크를 단 녀석을 막아. 빨리!"

상대를 줄기차게 막고 있던 시커먼 타이탄이 무릎을 꿇어 버리자 리사는 재빨리 외쳤다. 자신 또한 한가한 상태는 아니었지만, 이런 난전 속에서도 지휘자의 시각은 넓어야 했다. 하지만 그녀가 잠시 한눈을 판 사이 상대의 거대한 검이 그녀의 방심을 알고는 사양하지 않고 허점을 찔러 왔다. 가까스로 그녀가 방패를 이용해서 막자 쾅 하는 소리와 함께 거대한 흑기사가 충격에 흔들거렸다.

"괴물 같은 타이탄…… . 이쪽보다 훨씬 뛰어난 파워에 더욱 육중한 덩치. 루엔 따위에게 이렇게 밀리다니, 정말 한심하군."

지크리트 루엔 공작과 리사 드 크로데인 후작 부인. 두 사람은 모두 마스터였고, 타이탄 전투에서 필연적으로 발생하게 되는 일대일의 대결을 치르고 있었다. 아무리 집단 전술 기동을 하여 충돌한다고 하더라도 필연적으로 각 타이탄들끼리의 격투는 벌어지지 않을 수 없었고, 그 결과 둘의 격투가 벌어지게 된 것이다. 그리고 그녀의 오른쪽 저 멀리에는 양군의 사령관인 미네르바 켄타로아 공작과 까뮤 드 로체스터 공작이 격전을 벌이고 있었다.

그러는 사이 갑자기 자신이 드래곤 슬레이어임을 표시하는, 킬러 마크를 붙인 타이탄 한 대가 흑기사를 헤치고 돌파해 들어왔다. 리사는 그것을 보고 햄리쉬를 그쪽으로 돌리려고 했지만, 햄리쉬 또한 그 괴물 같은 덩치를 지닌 또 다른 안티고네에게 막혀 어쩌질 못하고 있었다. 그 드래곤 슬레이어 마크를 단 녀석은 자신이 담당하고 있던 흑기사를 가까스로 해치운 후 밀집된 흑기사들의 진형을 파고들며 리사를 협공해 들어오기 시작했다.

아직까지는 그래도 루엔을 상대로 약간 우세한 공격을 퍼붓고 있던 리사는 순간적으로 당황할 수밖에 없었다. 원래가 기사들끼리의 접전에서는 일대일의 대결을 원칙으로 했지만, 서로 국가 존망을 건 싸움인 만큼 그따위 원칙은 지켜지지 않았다. 어제도 오늘도 2대 1 심지어 3대 1까지의 격투도 벌어지고 있었던 것이다. 리사는 둘의 공격을 힘겹게 막아 내며 자신을 도와줄 만한 동료가 없는지 살폈다. 하지만 저쪽 한구석에서 미네르바와 격전을 벌이고 있는 까뮤도 힘겨운 싸움을 하고 있었다. 미네르바가 워낙 뛰어난 검객인 데다가 그녀가 가진 타이탄 또한 아무나 가질 수 있는 것이 아니었기 때문이다. 한 수 위인 미네르바와 헬 프로네를 상대로 로체스터가 저토록 분전을 할 수 있었던 것도 이곳이 장애물이 많은 전장의 한복판인 덕분이었다.

"제기랄, 하다못해 내 아들만 여기 있었어도……."

리사와 루엔의 검과 방패는 둘 다 푸르스름한 은은한 광채를 뿜어내고 있었고, 그것들끼리 부딪칠 때마다 불꽃을 튕기고 있었다. 하지만 아침부터 시작해서 힘겨운 싸움을 벌이다가, 갑자기 상대가 거의 40여 대의 증원까지 받아 힘차게 밀어붙이자 균형은 서서히 무너지고 있었다. 이제 상대방은 성능도 우세한 데다가 그 숫자 또한 밀리지 않는 많은 타이탄을 가지고 있었고, 그 전력을 이용하여 끈질기게 밀어붙이고 있었다.

리사의 타이탄은 양쪽의 협공을 받아 점점 더 상처가 늘어나고 있었다. 흑기사의 두터운 장갑으로도 계속되는 적의 공격을 막아내는 데는 한계가 있었다. 어느 순간 리사가 루엔의 검을 방패로 막았다고 생각했을 때 그 옆에 있던 킬러 마크를 붙인 타이탄이 얼마 되지 않는 좁은 틈을 비집고 검을 쑤셔 넣었다. 다행히 그 검은 2차 장갑을 뚫긴 했지만 그렇게 깊이 들어오지는 못하고 멈췄다. 흑기사가 반사적으로 몸을 살짝 뒤틀자 상대의 검이 쩡 하는 소리를 내며 두 조각이 나 버렸다.

상대의 검이 바로 지척까지 뚫고 들어온 것을 알고 반사적인 행동을 한 리사와, 또 자신의 본체에까지 검이 박혀 들어와 잠시 마나의 흐름에 장애를 받은 타이탄. 이들이 순간적으로 방심 상태에 빠진 그때, 루엔 공작의 검이 아예 흑기사의 방패를 뚫고 들어왔다. 루엔의 검은 충만하게 마나를 간직하고 있는 상태였기에, 방금 전의 그 킬러 마크를 붙인 타이탄의 검처럼 얕게 들어오지는 않았다. 순식간에 그 검은 리사의 복부와 흑기사의 엑스시온에 치명적인 검상을 남긴 후 사라졌다.

쿵!

리사가 애용하던 흑기사가 쓰러졌을 때, 그녀의 가물거리는 시선에는 뭔가 하늘 위에서 빛을 뿜으며 나타나는 것이 보였다. 그리고 그녀는 바로 그것이 저쪽에서 고전하는 자신의 친구의 상대 타이탄과 똑같이 생겼다는 것을 알아볼 수 있었다. 그리고 마지막 숨이 멈췄을 때 그녀의 입가에는 미소가 어려 있었다.

처음부터 무리하게 타이탄에 탑승한 채 공간 이동을 해온 키에리 발렌시아드는 자신의 타이탄이 안전을 위해 지상에서 20미터쯤의 높이에 모습을 드러내는 그 순간, 전황을 한눈에 꿰뚫어 볼 수 있었다. 자신이 이렇게 할까 저렇게 할까 망설이고 있는 그 순간에 이곳 가므 침공군은 거의 붕괴 직전의 위험에 처해 있었던 것이다.

키에리의 헬 프로네는 하늘에서 떨어지자마자 그 밑에서 격투 중이던 흑기사의 어깨를 밟고는 그대로 다시 도약했다. 그러면서 그 흑기사와 격투를 벌이고 있던 거대한 타이탄의 머리를 사정없이 발로 차 버렸다. 상대편 타이탄은 머리가 완전히 으깨진 채 뒤로 붕 떴다가 땅에 곤두박질쳤다. 그리고 그제야 땅에 착지한 헬 프로네의 검은 희미한 빛을 뿜어내는 것이 아니라 거의 불타오르듯 빛을 뿜어내기 시작했다.

불을 뿜어내는 드래곤이 그려진 또 한 대의 헬 프로네. 이것의 주인이 누군지 모르는 사람은 거의 없었다. 그 헬 프로네가 모습을 드러내자 밀리고 있던 코린트 기사단의 사기는 급상승하기 시작했다. 코린트 전 군(全軍)의 최고 사령관이자 최고의 검객이 타이탄을 이끌고 직접 나타났는데 사기가 오르지 않을 수 없었다. 헬 프로네는 자신에게 달려드는 두 대의 카마리에를 방패째 두 토막 낸 후, 리사를 해치우고 또 다른 먹잇감을 찾고 있던 루엔 공작과 그 드래곤 슬레이어 녀석에게 달려들었다.

드래곤 슬레이어의 타이탄이 부러진 검을 버리며 재빨리 뒤로 빠진 후 리사의 타이탄이 남긴 검을 줍는 순간, 루엔 공작과 키에리의 대결은 시작되었다.

"안 돼!"

미네르바는 자신이 아끼던 부하가 상대해야 하는 적의 무서움을 잘 알고 있었기에, 경고성을 외치며 자신이 키에리를 상대하려 했다. 하지만 까뮤는 그녀가 그쪽으로 달려가게 가만히 놔두지 않았다. 몇 시간에 걸쳐 자신을 이토록 고생시킨 상대를 순순히 놔 줄 수가 없었다.

까뮤가 사력을 다해 미네르바를 잡고 있는 그때, 루엔은 이미 상대 타이탄을 향해 일격을 가하고 있었다. 하지만 상대는 왼팔의 소드 스토퍼로 루엔의 검을 막는 그 순간 검으로 루엔이 타고 있는 타이탄의 오른손을 가격했다. 불꽃이 튀며 안티고네의 오른팔이 검을 쥔 채 떨어져 나갔다. 오른손까지 날아가 전투 불능이 된 루엔은 재빨리 뒤로 후퇴하기 시작했다. 그리고 검을 집어 든 드래곤 슬레이어가 루엔 대신 헬 프로네를 막아섰다.

하지만 헬 프로네는 루엔을 향해 달려가는 그 여세를 죽이지 않고 바로 그 이글거리는 검으로 드래곤 슬레이어의 방패를 후려쳤다. 루엔 정도의 마스터급이라면 마나를 방패나 검에 밀어 넣어 그 강도를 올리는 기법을 알고 있지만 그 외의 인물들은 그렇지가 못했다. 순식간에 이글거리며 타오르는 검은 드래곤 슬레이어 문장이 붙은 안티고네를 방패째로 관통하고 지나갔다. 헬 프로네가 루엔의 뒤를 쫓아 도약하기 시작했을 때, 드래곤 슬레이어의 타이탄은 천천히 상체의 윗부분이 떨어져서 땅에 곤두박질쳤고, 곧이어

하체도 땅에 쓰러졌다. 그리고 그게 완료되었을 때쯤에는 루엔이 타고 있던 타이탄은 등 뒤에서부터 상대의 검을 맞고 자빠지고 있었다.

"루엔!"

미네르바는 자신이 아끼던 부하의 이름을 외쳤지만 쓰러진 그 타이탄은 미동도 하지 않고 있었다. 투구에서부터 시작해서 곧장 아래로 내려찍었으니 루엔 공작이 살아 있을 가능성은 거의 없었다. 미네르바는 격렬한 공격을 가해 까뮤의 타이탄을 밀어붙였다. 그런 후 순식간에 여섯 대의 타이탄을 파괴한 키에리를 향해 달려들었다.

다가오는 최강의 대결

"피해는?"

미네르바는 피곤에 찌든 표정으로 부하에게 말했다.

"예, 전하. 라이오네 근위 기사단 전멸, 엠페른 기사단 42대 상실, 레디아 제2근위대 전멸. 루엔 공작 전하께서도 전사하셨음이 확인되었사옵니다. 레디아 제1근위대 안티고네 7대 상실. 지발틴 기사단……."

미네르바는 노장군의 보고를 들으며 오늘 악몽과 같았던 전투를 떠올렸다. 그리고 자신을 구하기 위해 달려들던 많은 타이탄들. 그리고 그들을 무자비하게 베어 가던 그 무시무시한…….

"그만! 아~ 끝장이군. 겨우 키에리 단 한 명이 가세했을 뿐인데 이 모양이라니."

그날 하루. 오전 내내 최고의 전력을 자랑하던 크루마 연합군은 놀랍게도 상대방의 키에리 드 발렌시아드 대공이 타이탄을 타고 직접 전장에 나타나는 바람에 최악의 상태로 곤두박질쳤다. 키에리는 그 놀라운 검술로 눈에 띄는 대로 크루마 연합군의 근위 타이탄들을 파괴해 나갔다. 미네르바는 그 악마를 막기 위해 자신의 능력을 최대한, 아니 그 이상으로까지 발휘해 봤지만 역시 역부족이었다. 오히려 그녀가 조종하는 헬 프로네의 왼손이 떨어져 나가고 생명까지 위태로워지자 그녀를 구하기 위해 그 부근의 실력 있는 기사들이 물불을 가리지 않고 뛰어들었다가 더 많은 피해만 자초했다.
 "이 상태라면 본국의 엘프란 기사단을 끌어들인다고 하더라도 아무런 의미가 없사옵니다. 키에리 같은 검객을 상대할 자는 최소한 근위 기사급은 되어야 하옵니다. 하지만 그를 없애기 위해 수많은 기사들이 협공했지만, 결과는……."
 "결과는 알고 있다. 나도 그를 당해 내지 못했으니까. 오늘 살아서 돌아왔다는 것 자체가 기적이었지. 나를 살리기 위해 수많은 유능한 기사들만 잃었구나."
 "너무 자책하지 마시옵소서, 전하. 오늘의 전투로 키에리를 상대할 사람이 없는 한, 더 이상의 전투는 무의미하다는 것이 밝혀졌사옵니다. 차라리 본국으로 후퇴하여 마법을 이용하는 것이 확률이 더 높을 것이옵니다. 만약을 대비하여 마리아 방어선에 대타이탄용 공격진을 설치 중이옵니다. 그곳으로 후퇴하시는 것이 어떠하올지……."
 노장군은 일부러 말끝을 흐렸다. 만약 지금 시점에서 후퇴한다면 후퇴가 아니라 패주로 전락, 적의 추격을 받아 최악의 경우 전멸의 가능성마저도 있었다.

"후퇴하면 더 비참해질 뿐이야. 우리가 본국으로 후퇴한다면 몇 남지 않았지만 우선 미란의 기사단이 등을 돌리게 될 거야. 그리고 몇 대 살아남지도 못했지만 그 외의 동맹국들도 등을 돌리겠지. 그 녀석들이야 모두들 처음부터 그런 생각이었을 테니까. 그리고 또 하나……."

미네르바는 거기서 말을 멈췄다. 자신이 그 망할 계집에게 주눅이 들어 별로 말대꾸도 못하고 쫓겨 온 그날의 일을 부하에게 말할 수는 없었다. 하지만 그녀가 뭔가 말을 하다가 중단하자 부하는 예의상이라도 질문을 던져 왔다.

"무엇이옵니까?"

미네르바는 한동안 생각에 잠겼다. 아마도 놈들은 이 한밤중에 야간 전투를 벌일 생각은 없는 모양이었다. 물론 마법사들을 동원하여 빛을 뿜는 마법을 사방에 펼쳐 대낮같이 해 놓고 싸울 수도 있었다. 하지만 사람의 몸이 강철로 만들어진 것이 아닌 바에야 낮에 그렇게 설쳐 댔으면 밤에는 쉬어야 하는 것이 정석이었다. 그러면서 놈들은 내일 있을 총공세를 준비하고 있을 것이다. 내일 새벽까지 키에리를 막을 수 있는 방법을 찾아내지 못한다면 크루마는 미란 국가 연합에서 벌어진 전쟁에서 패배할 수밖에 없을 것이다.

미네르바는 어젯밤 일을 곰곰이 생각하는 중이었다. 다크 폰 로니에르 공작. 검집이나 손잡이는 수수했지만 내용물은 정말 고급인 특이한 검을 착용하고 있던 소녀. 키도 작았고, 아직까지 앳된 티가 가시지 않은 걸 보면 절대로 어떤 마법이나 그런 걸 이용해서 노화를 억제하고 있는 모습은 결코 아니었다. 그것이 미네르바보다 더 뛰어난 검술을 가지고 있을 거라는 생각을 자꾸 막고 있었다. 미네르바도 예전에 경험했지만 중년에 이르러 마스터의 경지에 들어가면서 갑자기 몸이 젊어지는 것을 경험했다. 하지만 그건 한참 젊을 때로 돌아간다는 의미였지, 아예 성장기 때로 돌아간다는 것은 결코 아니었다.

"그게 문제야. 그녀가 과연 놈을 막을 수 있을까? 아니, 못 막더라도 상관없지. 지금 타이탄 60대가 얼만데······."

이윽고 생각을 정리한 듯 미네르바는 노장군을 향해 시선을 돌렸다.

"살라만더 기사단으로 갈 테니까 준비해 줘."

그녀의 말에 노장군은 즉각 고개를 숙이며 대답했다. 노장군 또한 그녀가 어젯밤에 살라만더 기사단의 로니에르 공작을 찾아가서 둘 사이에 뭔가 협정을 맺었다고 생각하며 그녀가 그것에 대해 입을 열기를 기다리고 있었다. 그녀는 작전관인 그에게 여분의 기사단이 놀고 있는 것에 대한 해명을 해 줄 의무가 있었기 때문이다.

"옛, 전하."

미네르바는 이번에는 수행원 한 명만을 거느리고 또다시 살라만더 기사단에 도착했다. 이번에는 미리 연락을 하고 왔기에 마법사가 좌표를 알려 주고, 또 그 부근의 알람 마법을 해지해 놓은 상태였기에 어제처럼 그렇게 요란한 등장은 아니었다.

"어서 오십시오, 공작 전하."

"로니에르 공작은 어디에 있나?"

"예, 따라오십시오."

마중 나온 기사의 안내에 따라 미네르바 일행이 사라지자, 그곳에서 기사와 함께 공작 일행을 마중 나왔던 당직 마법사는 재빨리 그곳에 알람 마법을 다시 시전했다. 이런 식의 마법 트랩을 부근에 쫙 깔아 놔야만 첩자나 적의 기습으로부터 안전이 유지되기 때문이다. 미네르바 일행이 안내된 곳은 어제 마법사와 함께 갔던 방향과 정반대 방향이었다.

똑똑.

"무슨 일이냐?"

"예, 공작 전하. 미네르바 공작 전하께서 오셨사옵니다."

"들어오라고 해."

"옛, 전하. 안으로 드시죠. 그리고 마법사 분은 이쪽으로 오십시오. 따뜻한 차라도 한잔하시죠."

기사의 말은 공작 한 사람만의 초청을 의미하고 있었다. 마리나는 미네르바에게로 시선을 돌렸다. 미네르바는 거의 보일 듯 말 듯 고개를 끄덕임으로써 자신의 의사를 전달했다. 마리나는 상대의 친절에 감사한다는 등의 상투적인 말을 내뱉으며 마지못해 기사를 따라갔고, 미네르바는 천천히 방 안으로 들어갔다.

미네르바가 봤을 때 공작의 방은 매우 깨끗하게 단장되어 있었다. 그런데 문제는 너무 깨끗해서 여자로서 필요한 물품들이 거의 없다는 데 있었다. 방 한쪽에는 술병들이 몇 개의 컵과 함께 놓여 있었고, 그 옆에는 그녀의 검이 걸려 있었다. 그리고 널찍한 탁자의 한쪽 구석에는 귀찮은 물건을 쌓아 놓듯 아무렇게나 놔둔 보석류 몇 가지가 있었다.

미네르바 또한 여자였기에 그쪽으로 자연히 시선이 가지 않을 수 없었다. 그곳에는 소녀에게 잘 어울리는 색상의 보석들로 만들어진 예쁜 귀걸이며, 반지, 목걸이, 팔찌, 빗 등이 놓여 있었다. 그것들은 미네르바가 척 보기에도 웬만한 사람은 구입하기도 힘들 정도의 정교한 진품들이었다. 이 정도로 대단한 세공품들은 드워프가 공들여 만든 것이 아니면 구하기 힘들었고, 인간 세상에 나와 장삿속에 물든 드워프는 도저히 만들기 어려운 대단한 작품들이었다. 이것들은 요즘 들어 아르티어스가 잡아먹겠다는 협박과 함께 군침을 흘리며 지켜보는 가운데 파이어해머가 꽁지 빠지게 만들어 바친 것이라는 것을 물론 그녀가 알 리 없었지만, 미네르바는 그것 하나만으로도 소녀의 격조 높으면서도 고아한 취향을 대충 짐작할 수 있었다. 물론 완전히 헛다리짚은 거였지만.

"정말 아름답군. 드워프가 만든 물건인 모양이지?"

"마음에 들면 하나 가져."

상대방으로부터 의외의 말이 튀어 나오자 미네르바는 약간 당황했다. 한눈에 보기에도 거기에 모여 있는 세공품들은 예술품에 가까울 정도로 뛰어난 것들이었기 때문이다.

"뭐? 준다면 고맙게 받기로 하지. 하지만 하나 골라 주지 않겠어? 주인이 좋아하는 것을 달라고 할 수는 없으니까 말이야."

"모두 다 마음에 안 드니까 아무거나 골라."

"......?"

대화가 이상하게도 헛도는 것 같다는 느낌을 받은 미네르바는 화제를 딴 걸로 바꿨다. 일단 처음 만나자마자 도와 달라고 하기에는 조금 자존심이 상했으니까 말이다.

"그때 보니까 저 검(劍)은 상당히 특이하더군. 혹시, 드래곤 본으로 만든 건가?"

 일단 검 얘기가 나오자 다크는 자신의 검을 가져와서는 살짝 뽑아 보이며 슬쩍 자랑을 하기 시작했다. 자신이 지닌 애검의 진가를 알아보는 사람은 여기 와서 처음 만났기 때문이다.

 "어떻게 알았지? 그걸 알아본 사람은 여태껏 없었는데……. 정말 대단한 작품이지?"

 그때는 대충 봤을 뿐이었기에 미네르바도 눈치 채지 못하고 있었지만, 가까이서 보니 그야말로 웬만한 국가의 왕도 가지기 힘든 보검이었다. 일부러 눈에 잘 안 띄게 하려고 전체적으로 단순한 형태와 우중충한 색상에 미세한 무늬를 넣은 것 같은 검집과 손잡이. 하지만 손잡이도 그녀가 쥐기에 좋고, 또 잘 미끄러지지 않게 매우 세심하게 만들어져 있었다. 또 살짝 모습을 드러낸 주문이 빽빽이 새겨진 황금빛 나는 검신. 정말 대단한 작품이었다.

 "정말 대단하군. 그런데 이렇게 대단한 것을 누가 만들었지?"

 "두 개를 만든 제작자가 달라. 손잡이와 검집은 드워프가 만들었고, 검신은 아버지가 직접 만들었지."

 "정말 대단한 장인(匠人)이신 모양이군."

 "별로 그렇지도 않아. 잔소리꾼일 뿐이지. 그건 그렇고 내 검이나 보자고 온 것은 아닐 테고, 무슨 일이지? 그대들의 실력을 아직까지는 입증하지 못한 것 같던데? 술 한잔하겠어?"

 "좋아."

 "이거 루빈스키가 보내 준 건데 입맛에 맞을지 모르겠군. 나는 아주 좋아하는 술인데."

 미네르바가 슬쩍 보니까 호박색의 액체가 들어 있는 병에는 '레드 드래곤'이라는 상표가 붙어 있었다. 레드 드래곤이라면 애주가 사이에서는 꽤 알려져 있는 스바시에 특산의 브랜디였다. 미네르바도 이게 엄청나게 독한 술이라는 것을 소문을 통해 알고 있었다. 그렇기에 그녀는 맛이나 보려는 심산으로 조금만 마셨다. 순식간에 독한 술기운이 목 안을 화끈거리게 만들더니, 곧이어 뱃속 저 깊은 곳까지 뻗어 나갔다. 소문대로 정말 독한 술이었다.

"그쪽의 시험에 내가 별로 성실한 답안을 제출하지 못할 것 같아서 알리러 왔어. 오늘 전장에서 코린트 최고의 검객 키에리 발렌시아드가 갑자기 나타났지. 그 덕분에 지금 크루마 연합군은 완전히 붕괴 직전이야."

귀에 익은 이름이 나오자 다크는 머릿속을 정리하며 생각하려고 애썼다.

"키에리 발렌시아드라. 어디서 많이 들어 본 이름인데? 꽤 여러 번 들어서 그런지 아주 귀에 익은 이름이야."

"키에리를 모른다면 검객이 아니지. 세 대의 헬 프로네 중 한 대의 주인이자, 코린트 최고, 아니 어쩌면 세계 최고의 검객일 거야. 오늘 싸워 보니까 정말 그 칭호가 아깝지 않은 사람이더군."

미네르바의 말에 다크는 코웃음을 쳤다.

"세계 최고라고? 쯧쯧. 그런 명칭은 함부로 쓰는 게 아니야. 내가 알고 있는 녀석도 엄청난 실력을 가지고 있던데, 그런 표현은 쓰지 않았어."

"그 사람이 누구지?"

"카렐."

들어 본 적도 없는 이름이었기에 미네르바는 상대의 표정을 유심히 살폈다.

"잘 모르겠군. 처음 들어보는 이름이야."

"아마 그럴 거야. 아주 오랫동안 은거한 모양이니까."

그런 고수가 있다고 하더라도 자신에게 직접 칼을 겨누지 않는 이상, 상대의 존재는 아무런 의미가 없었다. 그렇기에 미네르바는 그의 존재를 무시하고 이곳에 찾아온 이유를 밝혔다.

"뭐 그럴 수도 있겠지. 세상사에 관여하지 않는 뛰어난 실력의 무사들은 참 많으니까 말이야. 그건 그렇고 그자를 상대할 만한 기사가 없는 한 이번 전쟁은 절망적이지. 오늘 입은 피해가 워낙 컸기에 도와 달라고 찾아왔어. 솔직하게 말한다면, 만약 당신이 도와주지 않는다면 우리는 크루마 본국으로 후퇴할 수밖에 없어. 아마 그 후 오랜 시간이 지나지 않아 크루마는 지도 상에서 사라지게 될지도 모르지. 그렇게 되면 코린트에서 크로나사 평원을 되찾을 가능성은 아예 꿈도 꾸지 않는 것이 좋을 거야. 코린트는 점점 더 강해질 테니까."

"흠, 꿈도 꾸지 않는 게 좋겠다는 말이지? 그렇다면 황제가 별로 기뻐할 소식은 아니군."

"자, 어떻게 할 거야? 도와줄 거야, 말 거야?"

짐짓 생각하는 척하던 다크는 고개를 끄덕이면서 말했다.

"좋아, 도와주지. 대신 스웨인 지방까지 우리에게 줘야 할 거야. 패퇴하는 쪽을 돕는다는 것도 우리에게는 매우 큰 모험이니까 말이지. 위험률이 큰 만큼 그에 따른 대가는 그에 비례하는 법이지."

그 말에 미네르바는 발끈했다.

"크로나사에 이어 스웨인까지 가진다면 지금 코린트 면적의 거의 반을 가지겠다는 건가? 그건 욕심이 지나친 것 같은데……."

"나는 오히려 그쪽 욕심이 지나치다고 생각하는데? 멸망에서 승전으로 뒤바뀌고, 거기에다가 코린트 영토의 반을 차지하게 되는데 그것도 모자라서 더 가지겠다는 것인가?"

한참 생각하던 미네르바는 할 수 없이 입을 열었다. 괜히 고집 부려야 소용 없었다. 지금은 상대가 칼자루를 쥐고 있으니 말이다.

"좋아, 승낙하겠어."

미네르바의 허락이 힘겹게 떨어지자, 다크는 곧바로 서랍을 열고 서류 두 장을 꺼내 들고 미네르바 앞에 내밀며 쾌활한 음성으로 말했다.

"좋았어. 그렇다면 여기에 서명하라구. 아마도 다시 한 번 더 찾아오게 될 것 같아서 발칸보고 만들어 두라고 했지."

"철두철미하군."

"물론이지."

미네르바가 서류에 서명한 후 밖으로 나왔을 때 두 개의 달 중 하나는 이미 하늘의 중간에 위치해 있었다.

코린트에서 야간에 무리하게 전투를 벌이지 않은 것은 어두운 밤에는 상호 간에 분별이 힘들다는 것 등의 얄팍한 이유가 아니었다. 코린트군 최고 사령관인 키에리 드 발렌시아드 대공과 오늘 낮까지 크루마 침공군 사령관이었던 까뮤 드 로체스터 공작에게 전쟁을 하는 것보다도 더 급한 일이 생겼기 때문이다.

"먼 길을 가기 전에 포도주 한잔하고 가는 것이 좋겠지."

키에리는 리사 드 크로데인 후작 부인이 생전에 좋아하던 포도주를 한 잔 가득 부어 조심스럽게 관 위에 올려놓은 후 다른 두 개의 잔에도 가득 부었다. 그런 후 이제 단 한 명밖에 남지 않은 자신의 친구에게 잔을 건네준 후 침울한 어조로 중얼거렸다.

"절친했던 우리들의 친구를 위해서 건배!"

까뮤는 포도주잔을 완전히 비운 후 그 잔을 바닥에 내동댕이치며 으르렁거렸다.

"자네가 조금만 더 일찍 왔더라도 그녀는 죽지 않았을 거야."

까뮤의 질책에 키에리는 고개를 숙이며 침울한 어조로 답했다.

"미안하네. 다 내 잘못이야. 내가 망설이지만 않았어도… 나는 자네들만으로도 크루마를 충분히 막아 낼 수 있을 거라 생각했네. 내 착각 덕분에 친구 한 명만 잃었군. 그리고 수많은 부하들도."

까뮤는 포도주잔을 하나 더 가져다가 자신의 잔에 붓고, 또 키에리의 잔에도 부어 주며 애써 밝은 표정을 지었다. 그는 뭔가 오래전을 회상하는 듯 몽롱한 표정을 지으며 말했다.

"자네 기억나나? 리사와 처음 만났을 때 말일세."

그 한마디에 키에리의 입가에는 미소가 어렸다. 그때를 생각하기만 해도 미소가 절로 나왔던 것이다.

"훗, 당연하지. 그렇게 성질이 괄괄한 아가씨는 처음 봤었으니까 말이야."

"그런 건 괄괄하다고 하는 것보다, 대범하다고 하는 거야. 지독한 말괄량이였지."

"그 성격 덕분에 재미나게 돌아다녔었잖아?"

"그래, 그랬어. 그녀의 검술 실력은 그 당시 자네와 비슷했었지. 우리들이 모험 여행을 떠났을 때 그녀의 도움을 많이 받았었는데 말이야."

까뮤가 이런 말을 하는 것을 이해한다는 듯한 눈길로 키에리는 잠시 그를 따뜻한 눈길로 바라봤다. 그 당시 리사는 정말 대단한 검객이었다. 그녀의 스승이었던 크로데인 후작이 그녀의 천재성을 격찬했을 정도였으니까 말이다. 그녀의 검술 실력이 다른 친구들과 차이가 벌어지기 시작한 것은 출산 때문이었다. 만약 그녀가 아이 낳기를 포기하고 오로지 검술만을 수련했었다면 크루마와의 전투는 처음부터 크게 양상이 달랐을 것이다.

"아주 든든한 친구였지."

"그래, 처음 세상에 나가서는 드래곤이 어떻게 생겼는지 구경하겠다고 우기는 바람에 그녀를 말린다고 나는 정말 죽을 지경이었는데, 네 녀석은 그녀를 옆에서 부추겼지?"

"하지만 덕분에 깊은 산속에 은거해서 미련하게 마법 실험이나 하고 있던 친구를 한 명 더 구했잖아."

"그건 그래."

까뮤는 관을 세심한 손길로 쓰다듬으며 다시 말을 이었다.

"자네는 알고 있었나?"

"뭘?"

"나는 리사를 정말 사랑했었네."

까뮤의 말에 키에리는 그 당시를 회상하며 키득거렸다.

"대강은 눈치 채고 있었지. 사실 나도 조금은 마음이 있었거든. 그래서 자네가 아예 고백을 못하도록 막고 있었지. 킬킬킬······."

키에리가 오랜만에 속마음을 털어놓자 까뮤는 픽 미소 지으며 말했다. 만약 리사가 결혼하던 날 키에리가 고백이랍시고 이 말을 했다면 아마 칼을 빼들고 달려들었겠지만 그새 엄청난 세월이 흐른 후였기에 그들에게는 그때 일이 좋은 추억으로 남았을 뿐이다.

"그래서 우리 둘이서 견제하고 있는 사이에 딴 놈에게 뺏겼군."

"나는 너만 견제하고 있었지. 그라세리안은 여자에게는 별로 흥미가 없었으니까 말이야. 그런데 그런 말괄량이가 겨우 사랑 노래 한 방에 이성을 상실하고 경쟁 상대라고 생각도 안 하고 있던 비리비리한 녀석에게 결혼 승낙을 할 줄이야 꿈에라도 생각을 했었겠나?"

"참, 그 친구는 어떻게 되었을까? 진짜 죽었을까?"

"아마도……. 이번 전쟁이 끝나고 나면 리사의 자리에 그녀의 아들을 앉힐 작정이야. 아마 저승에 있는 그녀도 기뻐하겠지. 그런데 그라세리안의 자리는 누구에게 물려주지? 왜 그 녀석은 대를 잇지 않은 거야."

"아마 불능이었는지도 모르지. 킬킬……."

"글쎄."

그들은 전쟁 따위는 잠시 잊고 리사 드 크로데인 후작 부인과의 추억을 얘기하며 밤을 지새우고 있었다. 그러는 것이 고인(故人)에 대한 예의라고 생각했던 것이다. 만약 그라세리안 드 코타스 공작도 죽었다는 것이 밝혀진다면 그들은 또 한 번 더 고인이 좋아했던 술을 앞에 두고 밤을 지새울 것이다. 그것이 그들 나름대로 정해져 있던 고인을 전송하는 방법이었다. 추억과 술잔을 나누는 가운데 머나먼 변방의 밤은 점점 더 깊어 가고 있었다.

『〈묵향9 : 외전-다크 레이디〉에서 계속』

제국의 기사단과 타이탄

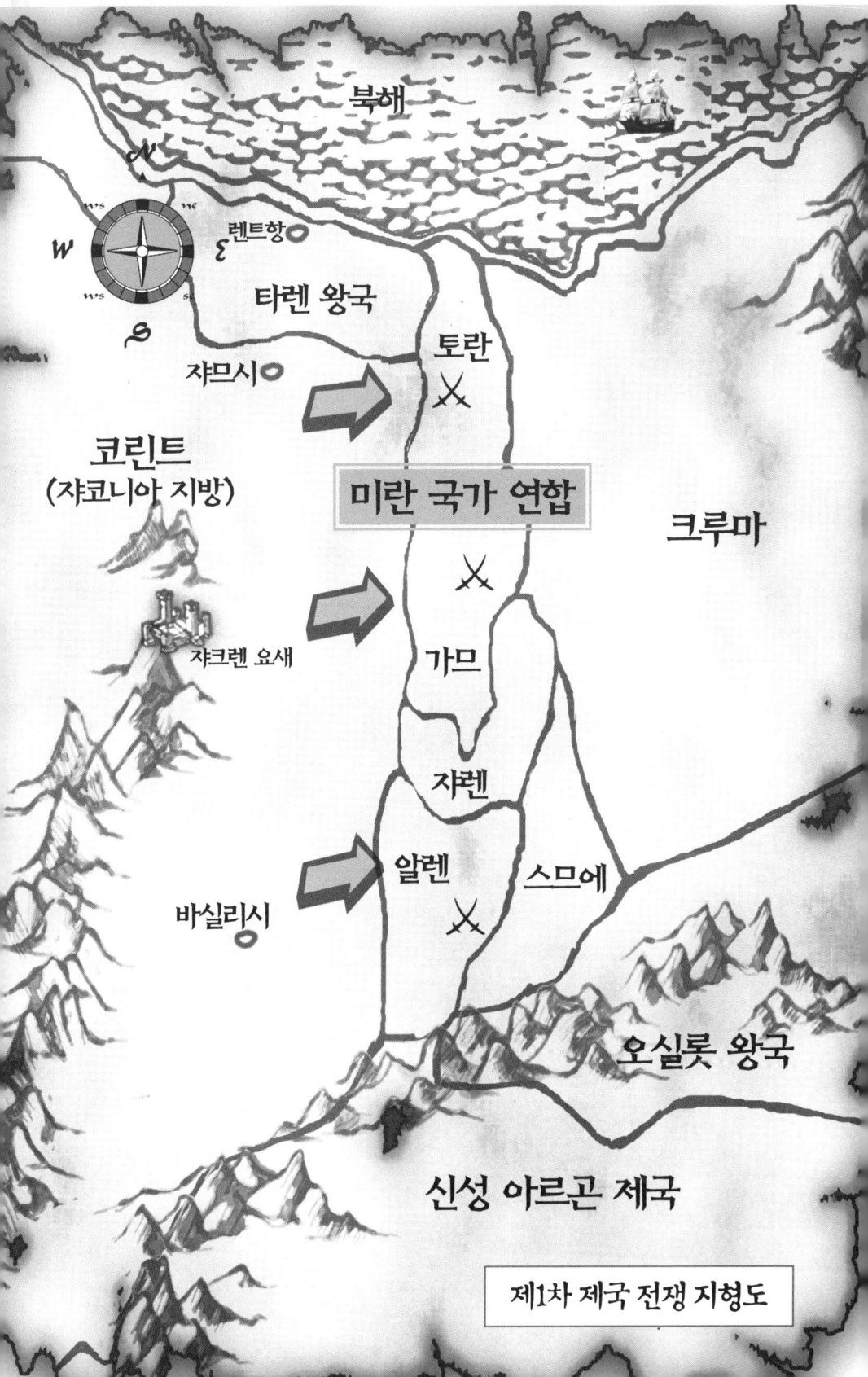

> **크라레스 제국**
>
> - **황제** : 프랑크 폰 그래지에트
>   (원래 황제의 성은 크라레스였지만 도중에 그 핏줄이 단절되면서 그래지에트 가문이 이어받았다.)
> - **수도** : 크로돈
> - **국화** : 히아신스

✤ 크라레스 제국 기사단의 전력과 타이탄의 편성 ✤

크라레스의 군사력은 전쟁을 거치면서 규모가 커진다. 여기서는 '영토 확장 전', '영토 확장 후', '코린트 대전'으로 나누었다.

❖ 영토 확장 전

다크가 판타지계에 들어왔을 당시가 기준이 된다. 이때는 청기사는커녕 아직 프로토타입의 타이탄도 생산되지 않았다.

크라레스는 과거 283대의 타이탄을 보유했지만 35년 전에 있었던 코린트와의 전쟁에서 160여 대의 타이탄을 잃었다. 그나마 그 정도 피해밖에 입지 않은 것은 크라레스가 최후의 결전을 회피한 덕분이다. 외부에 알려지기로는 기사 73명, 28대의 타이탄이 있는 것으로 되어 있다.

비공식 실제 전력	공식 전력
타이탄 124대 보유(청기사 제외) 기사 273명 보유(국가 재정으로 봤을 때 엄청난 수)	타이탄 28대 기사 73명

◇ 영토 확장 전 기사단 현황

- 스바스 근위 기사단 : 카프록시아 10대, 로메로 1대. 로메로는 비밀 사항으로, 크라레스 최고의 기사 루빈스키 폰 크로아 공작이 로메로를 타고 세상을 떠돌아 다녔다.
- 스펙터(유령) 기사단 : 로메로 22대, 미가엘 19대, 루시퍼 31대, 푸치니 23대. 외부에 알려지지 않은 기사단으로 크라레스 제국이 멸망 직전까지 갔을 때, 국외로 탈출시켰던 전력이다. 행방불명으로 처리되었기에 코린트에서는 이것을 의심하여 함정을 판 적이 있다. 이때 현 황제의 아버지가 중상모략이라고 항변하며 자신들의 결백을 증명하기 위해 자살하기까지 했다. 이 기사단은 우여곡절 끝에 살아남았는데, 현재 크라레스 제국의 매우 막강한 전력임에는 틀림없다.
- 콜렌 기사단 : 미가엘 4대, 루시퍼 4대, 푸치니 10대

❖ 영토 확장 후

크라레스 제국은 스바시에 왕국과 치레아 왕국을 병합하여 군사력의 증가를 가져왔다. 병합 후 편의상 크라레스 지구, 스바시에 지구, 치레아 지구의 세 개의 지구로 나누어 통치하게 된다. 크라레스 지구는 황제 직할지고, 스바시에와 치레아는 각각 총독들이 다스리게 된다.

	스바시에 왕국의 병합	치레아 왕국의 병합
지구	스바시에 지구	치레아 지구
총독	루빈스키 폰 크로아 공작 (소드 마스터)	다크 폰 로니에르 공작 (그랜드 소드 마스터)
전리품	127명의 기사 획득(세뇌 중) 노획 물자로 테세우스 39대, 카프로니아 2대 생산	55명의 기사 획득(세뇌 중) 테세우스 9대 생산

◇ 두 왕국과의 전쟁 이후의 전력

	외형상 전력	실제 전력
기사	73명+33명(회유했다고 발표)	455명
타이탄	97대(이중에 정규 출력 이상이 29대)	178대(정규 출력 이상 110대)
기사단	4개 기사단 · 스바스 근위 기사단(카프록시아 1대) · 콜렌 기사단(루시퍼 35대, 푸치니 33대) · 제1친위 기사단(카프로니아 I 1대, 미가엘 10대) · 제2친위 기사단(카프로니아 II 1대, 미가엘 7대)	5개 기사단 · 스바스 근위 기사단(청기사 10대) · 유령 기사단(본대 : 테세우스 40대, 로메로 23대, 미가엘 6대 / 스바스 근위대 파견대 : 카프록시아 10대) · 콜렌 기사단(루시퍼 35대, 푸치니 33대) · 제1친위 기사단(카프로니아 I 1대, 청기사 1대, 미가엘 10대) · 제2친위 기사단(카프로니아 II 1대, 청기사 1대, 미가엘 7대)

❖ 코린트 대전

	외형상 전력	실제 전력
기사	106명	455명
타이탄	97대(이중에 정규 출력 이상이 29대)	178대(정규 출력 이상 110대)
기사단	4개 기사단 · 스바스 근위 기사단(카프록시아 1대) · 유령 기사단 스바스 근위대 파견대(카프록시아 10대 / 만약 근위대에서 타이탄을 써야만 할 일이 있으면 이들이 출동함) · 콜렌 기사단(루시퍼 35대, 푸치니 33대) · 제1친위 기사단(카프로니아 I 1대, 미가엘 10대 / 검은 드래곤의 문장에 I 이란 문자가 있음) · 제2친위 기사단(카프로니아 II 1대, 미가엘 7대 / 검은 드래곤의 문장에 II 란 문자가 있음)	5개 기사단 · 스바스 근위 기사단(청기사 10대) · 유령 기사단(본대 : 미가엘 6대 / 스바스 근위대 파견대 : 카프록시아 10대 / 크루마 파견대 : 청기사 1대, 테세우스 48대, 로메로 23대) · 콜렌 기사단(루시퍼 35대, 푸치니 33대) · 제1친위 기사단(카프로니아 I 1대, 청기사 1대, 미가엘 10대 / 이 시점에서 카프로니아 I 은 친위 기사단 부단장이 소유함) · 제2친위 기사단(카프로니아 II 1대, 미가엘 7대 / 이 시점에서 카프로니아 II 는 총독 대리가 소유함)

✤ 크라레스 제국의 기사단 현황

❖ 스바스 근위 기사단
- 카프록시아 10대(치레아 병합 후 청기사 10대로 교체)
- 단장 : 프로이엔 폰 론가르트 백작

스바스 근위 기사단은 과거 30년 전, 대 제국일 때 창단되어 그 힘이 대단히 뛰어나며 30년 전의 전쟁에서도 거의 소모되지 않았다(12대의 청기사 중 2대는 총독들이 가지고 있음).

❖ 유령 기사단
외부에 알려지지 않은 기사단이지만 크라레스의 정예 기사단이다. 적의 주력 부대와 상대하기 위해 우수한 타이탄, 우수한 기사들을 대량으로 보유하고 있다.

❖ 콜렌 기사단
타국에 보여 주기 위해 낮은 수준의 기사, 낮은 수준의 타이탄들을 끌어 모아 만든 기사단. 전시에는 주력 기사단인 유령 기사단의 후방 지원이 주 임무다.

❖ 제1친위 기사단
- 카프로니아 1대(청기사 1대), 미가엘 10대
- 단장 : 루빈스키 폰 크로아 공작
- 문장 : 검은 드래곤, 중앙에 'I'이라는 문자 표기

콜렌 기사단과 스바시에 파견군(푸치니 7대)이 있지만 그들의 전력이 너무 낮기에 친위 기사단을 창설하였는데, 이들 기사단의 멤버들은 유령 기사단의 정예들로 이루어져 있다.

❖ 제2친위 기사단

- 카프로니아 1대(청기사 1대), 미가엘 7대
- 단장 : 다크 폰 로니에르 공작
- 문장 : 검은 드래곤, 중앙에 'Ⅱ'라는 문자 표기
- 본부 : 도톤시

이들 기사단의 멤버 역시 유령 기사단의 정예들이다.

❖ 외인 기사단

- 안토로스 4대, 파로인 4대

왕자 1명, 그래듀에이트 12명, 기사 5명, 마법사 5명으로 구성되었으며, 외부에 알려지지 않은 구 트루비아 왕국의 기사단이다.

✤ 크라레스 제국의 타이탄 현황 ✤

❖ 타이탄 등급별 전투력

타이탄	높이	출력	무게	기본 전투 중량	출력/전투 비율
안토로스급	5.0m	1.2	80t	88t	0.01364
파로인급	4.9m	1.0	78t	85t	0.011765
청기사급	6.1m	3.0	145t	160t	0.01875
카프록시아급	5.2m	1.3	90t	98t	0.0133
카프록시아II급 (일명 테세우스)	5.2m	1.3	90t	98t	0.0133
카프록시아III급 (일명 카프로니아)	5.2m	1.3	77t	83.2t	0.0163
로메로급	4.6m	1.0	62t	67.8t	0.01475
미가엘급	5.0m	1.0	77t	84t	0.011905
루시퍼급	4.5m	0.85			
푸치니급	4.0m	0.7			

❖ 타이탄 개발, 보유 현황

◇ 안토로스

총 14대가 생산되었으며 그중 4대가 트루비아에 존재한다.

◇ 파로인

총 32대가 생산되었으며 그중 4대가 트루비아에 존재한다.

◇ 청기사

크라레스의 신형 근위 타이탄으로 총 12대가 생산되었으며 각 총독들이 1대씩

가지고 있다. 안피로스의 최후 설계로 생산된 최고 성능의 엑스시온이 탑재되어 있고 타이탄들 중 유일하게 엑스시온의 핵으로 드래곤 하트를 사용한다. 그 덕분에 상상할 수 없는 고 증폭력을 가지고 있다.

◇ 카프록시아
크라레스 구형 근위 타이탄으로 총 12대가 생산되었으나 현재 10대가 남아 있다. 테세우스로 불리는 카프록시아Ⅱ도 이와 똑같은데 단지 외형에서 다르다.

◇ 카프록시아Ⅱ(테세우스)
크라레스의 차세대 주력 타이탄. 카프록시아급에 사용되던 엑스시온을 붙였고 카프록시아의 겉모양을 약간 변형시킨 것 외에 모든 재원은 거의 동일하다. 테세우스급과 카프로니아급 생산에 사용된 재료는 스바시에와의 전쟁에서 노획한 타이탄들이며, 일부 크라레스의 국가 재정을 동원하였다. 총 48대가 생산되었으며 현재 40대가 생산이 완료되어 실전에 배치되어 있다.

◇ 카프록시아Ⅲ(카프로니아)
카프록시아Ⅲ 2호기는 소드 스토퍼를 양팔에 붙였고 검집이 있는 것이 특징이다. 검집 무게도 무시할 수 없기에 웬만한 경우 검집을 생략하지만, 다크의 주문에 따라 붙여 놓은 것이다. 크라레스 총독들의 전용 타이탄으로, 단 2대만 생산되었다.
매우 호리호리하며 가볍다. 미스릴을 입힐 필요가 없기 때문에 입히지 않았다. 두 대 모두 주문에 따라 만들어진 탓에 기본 무장도 다르다. 한 대는 방패가 없고 약간 곡선이 진 검 한 자루만 가졌고, 또 한 대는 방패와 검을 모두 가지고 있다. 카프록시아급 엑스시온을 붙였다. 설계 원형은 거의 카프록시아지만 군살을 다 뺀 형태로 일대일 격투 전용(格鬪專用)의 타이탄이다.

◇ 로메로

총 23대를 보유하고 있다. 과거 알카사스로부터 34대를 수입했었지만 30년 전 전쟁에서 11대를 상실했다.

◇ 미가엘

총 37대를 생산하였으나 현재 24대를 보유하고 있다. 30년 전 전쟁에서 15대를 상실했다.

◇ 루시퍼

과거 67대를 생산하였으나 30년 전 전쟁에서 32대를 상실하여 현재 35대를 보유하고 있다.

◇ 푸치니

과거 133대를 생산하였으나 30년 전 전쟁에서 1백 대를 상실했다.

크루마 제국

- 수도 : 엘프리안
- 국화 : 백합

과거 대마법사 안피로스가 살았던 국가로서 그의 대표작인 타이탄들을 많이 가지고 있는 제법 강력한 대국이다. 예전 론드바르 제국을 병합한 후 요즘 들어 제법 잘나가고 있는 국가로, 아마도 좀 더 많은 시간이 주어진다면 코린트와의 경쟁도 가능할 것이다. 과거 안피로스의 타이탄 제작 기술이 전해지기에 아직도 그 기법에 따라 1대씩 제작 중이다. 대마법사 엘프가 2명 살고 있다. 알카사스는 엘프를 노예로 부리지만 크루마는 엘프를 존중한다. 이 때문에 동쪽 대륙에 사는 엘프의 60퍼센트가 크루마에 모여 산다.

✤ 크루마 제국의 기사단과 타이탄 ✤

723명의 그래듀에이트를 보유하고 있다. 현재 타이탄은 골고디아 184대, 로투스 52대, 카마리에 32대, 에프리온 8대, 안티고네 7대로 총 283대를 보유하고 있다.

♧ 크루마 제국의 기사단 현황 ♧

❖ 레디아 근위 기사단

- 문장 : 백색 유니콘
- 헬 프로네 1대, 안티고네 7대(현재까지 생산된 총량이며 계속 생산 중), 에프리온 8대, 카마리에 12대.
- 단장 : 미네르바 켄타로아 공작
- 부단장 : 지크리트 루엔 공작
- 기사단 마법사 : 마리나 지오그네(모습은 30대지만 실제 나이는 60세가 넘은 6사이클급 궁정 마도사)

드래곤 사냥 전에는 레디아 기사단으로 편재되어 있다가, 1차 군비 증강 계획이 완료되어 안티고네급의 1차 실전 배치가 끝나면 레디아 제1근위대와 제2근위대로 분리된다.

◇ 제1근위대

- 안티고네 15대
- 대장 : 타론 스메르
- 문장 : 적색 유니콘

◇ 제2근위대

- 에프리온 8대, 카마리에 12대(3차 실전 배치가 끝나면 모든 타이탄을 안티고네 15대로 교체)
- 문장 : 백색 유니콘

❖ 지발틴 기사단

• 카마리에 20대(현재 생산량, 계속 생산 중), 골고디아 60대

※ 3차 군비 증강 계획 종료 후 예상 편제 : 에프리온 8대, 카마리에 72대

❖ 제네리아 기사단

• 골고디아 1백 대

※ 3차 군비 증강 계획 종료 후 예상 편제 : 골고디아 134대

❖ 엘프란 기사단

• 골고디아 34대, 로투스 52대.

서부 산악 지대에 배치되어 있다.

※ 3차 군비 증강 계획 종료 후 예상 편제 : 골고디아 50대, 로투스 52대

✤ 크루마 제국의 군비 증강 계획 ✤

크루마 제국은 론드바르 제국을 병합한 후 총 3차에 걸쳐 군비 증강 계획을 실시한다. 현재 제1차 군비 증강이 실시 중에 있다.

1차 군비 증강 계획	안티고네 15대, 카마리에 30대
2차 군비 증강 계획	안티고네 8대, 카마리에 20대
3차 군비 증강 계획	안티고네 7대, 카마리에 10대
군비 증강 계획 종료 후	안티고네 30대, 카마리에 60대 증강. 총 346대 보유

과거 크루마는 4대 강국 중에서 최하위 전력을 가졌지만 1차 증강 계획이 완료되면서 알카사스보다 강해지고 2차 증강 계획이 완료되면 아르곤보다 강해진

다. 3차 증강 계획까지 완료되고 동맹만 잘 맺는다면 코린트와도 전쟁이 가능해질 정도가 된다.

1차 증강 계획에 필요한 모든 재원은 이미 확보된 상태이지만, 2, 3차 증강 계획을 완성하려면 돈이 엄청나게 더 필요하다. 그렇기에 생각해 낸 것이 드래곤 사냥이다.

✣ 크루마 제국의 타이탄 현황 ✣

❖ 타이탄 등급별 전투력

타이탄	높이	출력	무게	기본 전투 중량	출력/전투 비율
안티고네급	5.5m	2.2	100t	111.5t	0.0197
에프리온급	5.2m	1.7	90t	99.2t	0.0171
카마리에급	5.1m	1.5	85t	94.1t	0.0159
골고디아급	4.6m	1.0			
로투스급	3.8m	0.5			

❖ 타이탄 개발, 보유 현황

◇ 안티고네

크루마 제국의 신형 근위 타이탄. 기본 무장으로 두터운 방패와 검을 사용하는 육중한 무게의 전쟁용 타이탄이다. 코린트 제국의 흑기사를 상대하기 위해 제작, 생산하기 시작한 차세대 근위 타이탄이므로 무게, 출력, 무게 대 출력의 비율까지 모두 다 흑기사를 앞선다. 하지만 기밀 유지를 위해 숨겨 두고 있는 비밀

병기. 흰색(은백색)과 적색, 금색이 입혀져 있다. 총 7대가 생산되었고 계속 생산 중이다. 1차 생산량 15대, 2차 생산량 8대, 3차 생산량 7대.

◇ 에프리온
크루마 제국의 근위 타이탄으로 총 8대가 제작되었다.

◇ 카마리에
크루마 제국의 근위 타이탄. 론드바르 제국을 멸망시킨 후 노획한 타이탄으로 카마리에와 안티고네를 생산하였다. 안피로스가 개발한 후 생산된 12대 전량이 근위 기사단에 납품되었다. 크루마의 차세대 주력 타이탄으로 선정되어 대량 생산 중이다. 카마리에는 현재 코린트의 차세대 주력 타이탄 미노바보다 더 강력한 것으로 나타나고 있다. 1차 생산량 30대 중에서 현재까지 20대가 제작되었다. 2차 생산량 20대, 3차 생산량 10대.

◇ 골고디아
총 2백 대가 제작되었다가 현재 살아남은 수는 184대이다. 골고디아급도 안피로스의 설계로 제작되었는데, 그의 사후에도 계속 생산된 걸작이다. 미스릴이 없지만 대마법 주문의 강대함으로 인해 마법에 큰 피해를 입지 않는 게 장점이다.

◇ 로투스
총 2백 대가 제작되어 현재 살아남은 수는 52대. 과거 생산된 기종으로 출력은 낮지만 크기가 작고 가벼워 52대의 대부분이 서부 산악 지대에 배치되어 있다.

코린트 제국

- 황제 : 지그문트 드 아그립파 4세
- 수도 : 코란티아
- 국화 : 백장미
- 황궁 : 피의 궁전이라는 붉은 돌 및 붉은 벽돌로 지은 거대한 궁전

동쪽 대륙 최강의 군사력을 보유한 군사 제국. 흑기사 30대, 백기사 1대, 헬프로네 1대를 가진 근위 기사단만 동원해도 상대할 만한 국가가 거의 없다. 대국인 만큼 대마법사 1명이 있다. 대마법사는 그라세리안 드 코타스로 흑기사를 만들었으며, 현재 나이는 거의 2백 세에 가깝다고 하지만 강력한 마력 때문인지 아직도 싱싱한 젊음을 유지하고 있다. 흑기사는 크라레스 병합 이후부터 강대한 국력을 바탕으로 생산되기 시작한 최신예 타이탄. 그들이 보유한 코란 근위 기사단의 파워는 거의 무적이다.

세계의 치안을 담당하는 국가로서, 황제의 말은 그 어떤 것이라도 진리요, 법이다. 코린트의 황제는 무조건 그래듀에이트 이상이어야 한다. 만약 현 황제의 왕자들 중에서 그래듀에이트가 없으면 황제와 가장 가까운 혈족 중의 그래듀에이트가 다음 황제가 된다.

현재 23개의 동맹 및 속국을 거느리고 있고 그들로부터 동원 가능한 타이탄 총수는 3백여 대에 이른다.

총 443대의 타이탄 보유. 기사수 998명. 동십자, 철십자, 은십자, 금십자 기사단이 있으며 이 중에서 금십자의 힘이 최강이다. 하지만 금십자 기사단도 마스터 5명을 보유한 근위 기사단 앞에서는 무력하다. 나머지 기사는 각지에 분산 배치되어 있다.

✤ 코린트 제국의 군사력 ✤

❖ 코린트 제국의 소드 마스터 현황
- 키에리 드 발렌시아드 대공
- 까뮤 드 로체스터 공작
- 리사 드 크로데인 후작 부인(리사의 남편은 쟈크 드 크로데인 후작으로 5사이클급 마법사이자 음유 시인)
- 제임스 드 발렌시아드 후작(키에리의 셋째 아들)
- 까미유 드 크로데인 백작(리사의 아들)

✤ 코린트 제국의 기사단 현황 ✤

❖ 코란 근위 기사단
- 백기사 1대(황제 전용), 헬 프로네 1대, 적기사 5대, 흑기사 30대.
- 단장 : 키에리 드 발렌시아드 대공(헬 프로네 1대)
- 문장 : 불을 뿜는 레드 드래곤

코란 근위 기사단은 제1근위대, 제2근위대, 제3근위대로 나뉜다.

◇ 제1근위대
- 흑기사 15대
- 대장 : 까뮤 드 로체스터 공작
- 문장 : 불을 뿜는 레드 드래곤에 'I'이란 숫자 표시

◇ 제2근위대
- 흑기사 15대
- 대장 : 리사 드 크로데인 후작 부인
- 문장 : 불을 뿜는 레드 드레곤에 'Ⅱ'이란 숫자 표시

◇ 제3근위대
- 적기사 5대(근위 기사단 최고의 검객들로 구성)
- 대장 : 제임스 드 발렌시아드 후작
- 문장 및 모든 신분을 증명하는 표시 삭제(전시에는 적 후방 침투와 교란이 주 임무)

❖ **금십자 기사단**
- 미노바 57대, 미네르 43대
- 단장 : 프레드 드 알파레인 후작

❖ **은십자 기사단**
- 미네르 77대, 카로사 23대
- 부단장 : 지오르네 백작

❖ **철십자 기사단**
- 카로사 9대, 로메로 26대, 크라메 52대, 메지오네 13대

❖ **동십자 기사단**
- 메지오네 111대

✥ 코린트 제국의 타이탄 현황 ✥

❖ 타이탄 등급별 전투력

타이탄	높이	출력	무게	기본 전투 중량	출력/전투 비율
적기사급	5.6m	2.3	95t	99t	0.0232
헬 프로네급	5.5m	2.2	85t	87.5t	0.025
흑기사급	5.3m	1.8	95t	105t	0.0171
백기사급	6.5m	1.8	50t	54t	0.0333
미노바급	5.2m	1.2	90t	98.2t	0.0122
로메로급	4.6m	1.0	62t	67.8t	0.01475
카로사급	4.9m	1.0			
미네르급	5.0m	1.0	80t	88t	0.0114
크라메급	4.7m	0.85			
메지오네급	4.5m	0.7			

❖ 타이탄 개발, 보유 현황

◇ 적기사

총 생산량 5대. 전신이 눈에 확 띄는 핏빛, 즉 검붉은 색으로 도색되어 있다. 선명한 붉은색이 아닌 검붉은 색을 칠한 이유는 야간에 잘 드러나지 않도록 하기 위해서다. 양팔에 소드 스톱퍼가 붙어 있고, 기본 무장은 두 자루의 검이다. 전투용이라기보다는 일대일 격투용으로 제작되었기에 날씬하게 생겼다. 최강의 대열에 들어가는 흑기사가 30대나 있기에 더 이상 강력한 전투용 타이탄은 필요 없다고 보고 타국에서 비밀 작전용으로 개발한 타이탄이다. 그 때문에 집단전보다는 일대일 전투에 초점을 맞춰 개발되었다.

◇ 헬 프로네

미스릴이 없고 형태가 날렵하다. 헬 프로네의 높이, 출력, 무게 모든 것이 골든 나이트에 맞춰 만들어졌다. 엘프와 드워프의 합작품을 깔아뭉개기 위해 제작되었다. 3대 중에서 1대를 보유하고 있는데, 근위 기사단장이자 코린트 최고의 검객인 키에리 드 발렌시아드 대공이 가지고 있다. 최근 94세인 키에리의 은퇴설이 나돌고 있지만 정확한 것은 아무도 모른다.

◇ 흑기사

코린트 근위 타이탄으로 총 30대가 제작되었다. 그 위력은 어마어마한 것으로 알려져 있다.

◇ 백기사

최고 중의 최고라는 찬사가 아깝지 않을 만큼 아름다운 타이탄이다. 드래곤 본을 쓰는 백기사는 1대 제작비가 흑기사 14대와 맞먹는다. 드래곤 본이 워낙 비싸기 때문이다. 그 외에 외부 장갑은 드래곤 본보다는 무거운 와이번 본을 썼다. 원래 백기사를 그대로 철로 만든다면 176톤이 나가야 한다. 하지만 드래곤 본으로 하면 5분의 1인 35톤 정도로 떨어지고, 또 와이번 본은 4분의 1 정도 무게인 44톤(와이번 본은 검보다는 방패의 재료로 많이 사용됨)으로 떨어진다. 하지만 엑스시온이 들어가고, 크로네가 핏줄처럼 드래곤 본 사이를 가로지르기에 그 무게가 더해진다. 그래서 무게가 50톤에 이른다.

백기사의 방패는 와이번 본, 검은 드래곤 본으로 되어 있다. 검은 보통 타이탄의 검보다 거의 두 배 크기다. 과시용의 성격이 짙어 검집이 달려 있다. 검집은 와이번 본과 여러 가지를 섞어서 만들었다.

◇ 미노바

코린트의 최신형 타이탄이다. 총 57대를 보유하고 있으며, 현재도 2년이나 4년에 1대꼴로 계속 생산 중이다. 그중 60퍼센트는 크라레스와의 전쟁 후 노획한 엑스시온들을 재료로 하여 만들었다.

◇ 로메로

총 26대를 보유하고 있다.

◇ 카로사

총 32대를 보유하고 있다. 과거 크라레스와의 전쟁에서 노획한 엑스시온들 중 손상을 입지 않은 스탠다드 D형만 골라서 만들었다.

◇ 미네르

과거 코린트의 주력 타이탄이었다. 현재 총 120대를 보유하고 있으며, 과거 크라레스와의 전쟁에서 주력 기종이었다.

◇ 크라메

총 52대를 보유하고 있다.

◇ 메지오네

총 124대를 보유하고 있다.

> **미란 국가 연합**
>
> 미란 국가 연합은 토란, 가므, 쟈렌, 스므에, 알렌 등 5개 왕국이 연합한 형태이며, 현재 미란 국가 연합을 이끌고 있는 의장은 가므 왕국의 국왕 지크프리트 데 가므 3세이다.

✤ 미란 국가 연합의 군사력 ✤

총 10개 보병 사단, 4개 기병 여단, 4개 용병 사단
용병 사단의 주력은 보병

❖ 기사단
미란 국가 연합 유일의 기사단으로 엠페른 기사단이 있다.
미란 국가 연합은 근위 기사단 외에 중앙 기사단이라고 할 수 있는 기사단을 단 1개만 보유하고 있다. 더욱 큰 힘을 발휘하기 위해, 5개의 기사단으로 조각내지 않고 하나의 기사단에 모든 타이탄을 배치하는 방식을 선택했다. 대신 평상시에는 각국에 파견대가 보내진다.

❖ 타이틴
라이온 20대, 타이거 14대, 토리에 25대, 로메로-H 22대, 로메로-L 42대, 총 123대의 타이탄을 보유하고 있다. 원체 부유한 무역 국가라서 모든 타이탄은 정격 출력 이상이다. 문제는 전쟁을 한 번도 하지 않았던 국가라서 실전 경험이 매우 떨어진다는 것이다.

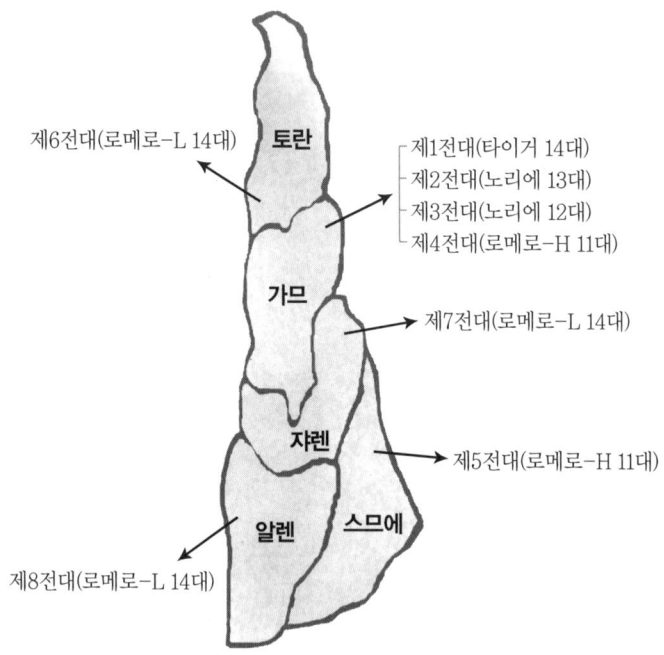

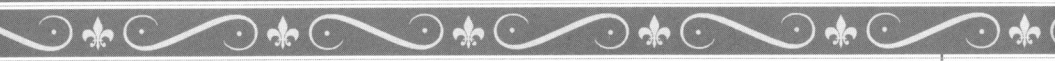

❖ 그 외 각국의 타이탄들 ❖

❖ 타이탄 등급별 전투력

타이탄	높이	출력	무게	기본 전투 중량	출력/전투 비율
헬 프로네급	5.5m	2.2	85t	87.5t	0.025
골든 나이트급	5.4m	2.1	85t	87.5t	0.024
아르곤급	5.6m	1.5	62t	67t	0.0224
카르마급	5.2m	1.5	85t	93.2t	0.0161
르비곤급	5.2m	1.24	90t	99.2t	0.0125
로메로급	4.6m	1.0	62t	67.8t	0.01475

❖ 타이탄 개발, 보유 현황

◇ 헬 프로네

헬 프로네의 높이, 출력, 무게 모든 것이 골든 나이트에 맞춰 만들어졌다. 엘프와 드워프의 합작품을 깔아뭉개기 위해 제작되었다. 총 3대만 제작된 헬 프로네는 안피로스가 크루마 제국 궁정 제1마법사로 일하던 때 최후로 제작한 타이탄이었다. 최강의 힘을 가지만 이상하게도 외부에 미스릴 처리는 하지 않았다. 미스릴 처리를 하지 않은 이유는 타이탄에게 좀 더 많은 자유를 주기 위해서라고 한다. 이 타이탄은 살아 움직이는 존재로서 그 자신의 주인을 스스로 택한다. 그 때문에 헬 프로네는 주인을 찾는 타이탄으로 유명하며 그래서 최강의 인물들이 헬 프로네를 소유하고 있다.

현재 각각의 헬 프로네는 코린트의 키에리 발렌시아드, 크루마의 미네로바 켄타로아, 타이렌의 엘빈 코타리스(그래플 마스터)가 주인들이다.

◇ 골든 나이트

엘프 카렐이 가지고 있다. 그의 검술은 그랜드 소드 마스터.

◇ 카르마

마도 왕국 알카사스의 근위 타이탄이다. 마도 왕국은 전통적으로 원형 방패를 좋아한다.

◇ 아르곤

국가의 이름을 가진 이 타이탄은 알카사스의 카르마급 엑스시온을 수입하여 단 1대만 제작되었으며, 아르곤 교황 전용이다. 내부 몸체는 드래곤 본을 조금 사용하였으며, 외부 장갑은 강철이다. 그렇기에 내부의 강도가 엄청나고 그러면서도 매우 가볍다. 검집은 강철로 만들어지지 않았다. 무게는 많이 줄였지만 엑스시온의 출력이 떨어지다 보니 강력하진 못하다.

◇ 르비곤

아르곤 제국의 근위 타이탄으로 총 30대가 제작된 신형 타이탄이다.

✤ 미란 국가 연합의 타이탄 현황 ✤

❖ 타이탄 등급별 전투력

타이탄	높이	출력	무게	기본 전투 중량	출력/전투 비율
라이온급	5.3m	1.24	85t	92t	0.01348
타이거급	5.0m	1.15	82t	89t	0.01292
노리에급	5.0m	1.02	76t	83t	0.0123
로메로-L급	4.6m	1.0	62t	67.8t	0.01475
로메로-H급	4.6m	1.0	75t	81.8t	0.012225

❖ 타이탄 개발, 보유 현황

◇ 라이온

알카사스에서 수입할 수 있는 한계치인 1.24짜리 엑스시온을 사용했다. 외장을 고명한 조각가 리카르도 파바네가 설계하여 매우 아름답다.

◇ 타이거

알카사스에 주문 생산하여 총 14대를 보유하고 있다. 차세대 주력 타이탄으로 계속 생산 중이다.

◇ 노리에

총 463대 생산되어 총 263대가 타국에 판매되었다. 알카사스가 제작, 생산한 타이탄들 중에서 최고로 호평을 받고 있는 작품이다. 로메로-L타입이 뛰어난 속도에 비해 파괴력이 떨어진다는 악평을 받은 반면에 노리에는 속도, 파괴력

모든 면에서 매우 우수하다고 인정받고 있다. 로메로-H타입의 발전형이다. 현재 알카사스의 주력 타이탄.

◇ 로메로-L
알카사스 본국 기사단 보유가 끝난 후에도 계속 생산되어 타국에 판매된 모델. 너무 기동성에 중심을 뒀기에 파괴력이 약하다는 평이 지배적이다. 후에 노리에 급으로 대체되면서 전량 판매되었다. 보통 로메로 하면 L타입을 말한다.

◇ 로메로-H
총 50대가 생산되어 전량이 판매됐다. 알카사스 본국 기사단만을 위해 제작된 헤비 타입으로, 노리에로 대체되면서 전량 수출됐다.